FELICIDADE CONJUGAL

Do mesmo autor:

Partir

O último amigo

Tahar Ben Jelloun

FELICIDADE CONJUGAL

Tradução
Clóvis Marques

BERTRAND BRASIL

Rio de Janeiro | 2014

Copyright © Edition Gallimard 2012
Copyright da tradução © Editora Bertrand Brasil Ltda., 2014.

Título original: *Le Bonheur conjugale*

Capa: Rodrigo Rodrigues

Imagem de capa: Lise Metzger/Getty Images

Editoração eletrônica: Imagem Virtual Editoração Ltda.

Texto segundo o novo
Acordo Ortográfico da Língua Portuguesa

2014
Impresso no Brasil
Printed in Brazil

CIP-Brasil. Catalogação na fonte
Sindicato Nacional dos Editores de Livros, RJ

J47f	Jelloun, Tahar Ben, 1944-
	    Felicidade conjugal/ Tahar Ben Jelloun; tradução Clóvis
	Marques. – 1. ed. – Rio de Janeiro: Bertrand Brasil, 2014.
	    322p.; 23 cm.

	Tradução de: Le bonheur conjugale ISBN 978-85-286-1674-3
	1. Ficção marroquina (Francês). I. Marques, Clóvis, 1951- II. Título.
13-05220	CDD: 843 CDU: 821.133.1(64)-3

Todos os direitos reservados pela:
EDITORA BERTRAND BRASIL LTDA.
Rua Argentina, 171 — 2º andar — São Cristóvão
20921-380 — Rio de Janeiro — RJ
Tel.: (0xx21) 2585-2070 — Fax: (0xx21) 2585-2087

Não é permitida a reprodução total ou parcial desta obra, por
quaisquer meios, sem a prévia autorização por escrito da Editora.

Atendimento e venda direta ao leitor:
mdireto@record.com.br ou (0xx21) 2585-2002.

"MARIANNE: Você acredita que duas pessoas sejam capazes de viver juntas a vida inteira?

JOHAN: O casamento é uma convenção social idiota, que pode ser renovada todo ano ou anulada. (...) Não se esqueça de pagar suas multas de trânsito, elas estão se acumulando."

Cenas de um casamento, Ingmar Bergman

"Nós fazemos a nossa sorte."

Gilda, King Vidor

PRIMEIRA PARTE

O HOMEM QUE AMAVA DEMAIS
AS MULHERES

Prólogo 11

I. Casablanca, 4 de fevereiro de 2000 15

II. Casablanca, 8 de fevereiro de 2000 21

III. Paris, 1986 38

IV. Paris, 1990 46

V. Marrakech, janeiro de 1991.. 55

VI. Casablanca, 24 de março de 2000 61

VII. Paris, agosto de 1992.. 70

VIII. Marrakech, 3 de abril de 1993.. 79

IX. Casablanca, 1995 86

X. Casablanca, 1995 95

XI. Casablanca, abril de 2000 102

XII. Casablanca, 1998 105

XIII. Casablanca, 15 de novembro de 1999 110

XIV. Casablanca, 27 de agosto de 2000 119

XV. Casablanca, 28 de agosto de 2000 128

XVI. Casablanca, 12 de setembro de 2000 147

XVII. Casablanca, 5 de outubro de 2000 150

XVIII. Casablanca, 4 de novembro de 2000................................155

XIX. Casablanca, 6 de novembro de 2000................................ 161

XX. Casablanca, 2 de novembro de 2002 167

XXI. Casablanca, 20 de novembro de 2002 174

XXII. Casablanca, 1º de dezembro de 2002.....................180
XXIII. Casablanca, 19 de dezembro de 2002...................186
XXIV. Casablanca, 4 de janeiro de 2003 190
XXV. Casablanca, 25 de janeiro de 2003......................199
XXVI. Casablanca, 3 de fevereiro de 2003 203
XXVII. Casablanca, 12 de fevereiro de 2003..................214
XXVIII. Casablanca, 18 de fevereiro de 2003.................219
XXIX. Tânger, 23 de setembro de 2003........................223

SEGUNDA PARTE

MINHA VERSÃO DOS FATOS
RESPOSTA A "O HOMEM QUE AMAVA
DEMAIS AS MULHERES"

Prólogo 231
Minha versão.. 233
O manuscrito secreto.. 244
Nosso casamento 258
Dinheiro 269
Sexo 277
Ciúme 281
O erro 285
A família dele 289
Nossos amigos... 293
Meu marido é… 300
Ódio.. 303
O amor 310
Existir 313

PRIMEIRA PARTE

O HOMEM QUE AMAVA DEMAIS AS MULHERES

PRÓLOGO

Ela pousou na ponta do seu nariz. Nem grande nem pequena. Uma mosca qualquer, cinzenta, preta, leve, inconveniente. Está se sentindo bem ali, naquele nariz onde acaba de aterrissar, como uma aeronave num porta-aviões. Limpa as patas da frente. Poderíamos dizer que as está esfregando, lustrando, para alguma missão urgente. Nada a incomoda. Ela faz o que tem de fazer sem sair do lugar. Não pesa, mas incomoda. Ela irrita o homem, que não consegue afastá-la. Ele tentou se mover, fazer vento, soprou, gritou. A mosca permanece indiferente. Nem se move. Está ali, muito bem-implantada, não tem a menor intenção de sair. Mas o homem não lhe quer mal algum, deseja apenas que se vá, que o deixe em paz, pois não consegue mais mexer os dedos, as mãos, os braços. Seu corpo não funciona mais. Ele está temporariamente imobilizado. Uma espécie de pane no cérebro. Um acidente ocorrido há alguns meses. Algo cuja aproximação não havia percebido, e que o atingiu como um raio. Sua cabeça não comanda mais os membros. Agora, por exemplo, ele gostaria que seu braço se levantasse e expulsasse a intrusa. Mas nada se mexe. E a mosca, por sua vez, está pouco ligando. Ele estar doente ou gozando de boa saúde não faz diferença, ela continua tranquilamente a fazer sua toalete na ponta desse grandioso nariz. O homem tenta se mexer outra vez. A mosca se agarra. Ele sente suas minúsculas patas quase transparentes se incrustarem na sua pele. Ela está muito bem-instalada. Sem a menor vontade de mudar de lugar. Como terá chegado até ali? Qual foi a desgraça que a enviou? As moscas são livres, não obedecem a ninguém, fazem o que querem, saem voando quando alguém tenta afastá-las ou esmagá-las. Diz-se que têm uma visão de trezentos e sessenta graus. Que sua vigilância é impressionante. Por enquanto, o homem tenta descobrir que caminho ela percorreu para chegar até ele. Ah, o jardim! A cumbuca que os cães deixam suja de comida. As moscas do bairro conhecem sua casa e o cantinho perto do portão. Chegam de toda parte, com a certeza de encontrar ali, infalivelmente, o seu alimento. Depois de se fartar, elas passeiam, voam de lá para cá a fim de fazer a digestão. Zumbem, mergulham no vazio, vão em todas as direções. E, de repente, se apresenta um nariz humano, convidando-as a visitá-lo. Uma vez tendo nele pousado a primeira, nenhuma outra ousa disputar o território. E o homem sofre. Sente vontade de se coçar, vontade de expulsá-la, de se levantar, de correr para limpar o lugar sujo do jardim onde o vigia costuma jogar parte do lixo. Ele começa até a reformar o mundo: se o jardineiro tivesse frequentado a escola; se seus pais camponeses não tivessem deixado a aldeia para morar na cidade, para mendigar, lavar automóveis, trabalhar no estacionamento; se o Marrocos não tivesse passado por dois anos de terrível seca; se o dinheiro do país fosse mais bem-repartido entre as cidades e o campo; se este tivesse sido considerado um celeiro e um tesouro para o país; se a reforma agrária tivesse sido feita com justiça; se naquela manhã o vigia tivesse tido a ideia de limpar essa parte do jardim cheia de imundícies; se tivesse se dado ao trabalho de expulsar as moscas que para ali convergem; e se, além do mais, os dois homens que cuidam dele estivessem por perto — essa mosca, essa maldita mosca, não teria aterrissado no seu nariz nem estaria causando coceiras de enlouquecer, agora que está há seis meses preso à cama por causa de um acidente vascular cerebral.

Ele pensa que está à mercê de um inseto, um ínfimo inseto. Logo ele, que, quando estava com boa saúde, podia ser levado por um simples mosquito a um acesso de raiva incompreensível. Quando criança, ele promovia, durante a noite, verdadeiras caçadas aos mosquitos, esmagando-os com enormes livros que ainda hoje têm traços de sangue na capa. No lugar onde vivia, eles pareciam insensíveis às plantas venenosas, aos detergentes e outros produtos venenosos. Sua mulher chegara a convocar um bruxo, que tinha preparado talismãs e recitado orações para expulsá-los. Mas eles eram mais fortes que tudo. Passavam a noite sugando o sangue dos seres humanos e desapareciam ao alvorecer. Vampiros.

Nessa tarde, a mosca veio vingar os insetos do Marrocos que ele massacrou ao longo da vida. Prisioneiro do corpo imóvel, o homem pode gritar, urrar, implorar, mas a mosca não se mexe e o faz sofrer cada vez mais. Não um sofrimento muito intenso, apenas um incômodo, bem pequeno, que acaba estimulando seus nervos — o que, no estado em que se encontra, não é em absoluto recomendado.

Até que, aos poucos, o homem consegue se convencer de que a mosca não o incomoda mais, de que a coceira é imaginária. Muito bem, ele começou a levar a melhor sobre ela. Não que se sinta melhor, mas entendeu que precisa aceitar a realidade e parar de reclamar. Nos últimos meses, sua relação com o tempo e as coisas mudou de natureza. Seu acidente é uma provação. E ele já parou de pensar na mosca.

Eis que os dois ajudantes, que estavam jogando cartas no cômodo ao lado, foram ver se o homem estava bem, e a mosca imediatamente saiu voando. Já não resta dela o menor sinal, senão uma raiva muda, uma raiva controlada que bem diz do estado desse homem — um pintor que não pode mais pintar.

CAPÍTULO I

Casablanca, 4 de fevereiro de 2000

> "Trago em mim a capacidade de amar, mas é como se ela estivesse trancada num compartimento fechado."
>
> *Cenas de um casamento*, Ingmar Bergman

Os dois sujeitos corpulentos que o tinham transportado e colocado numa poltrona de frente para o mar estavam arfantes. O doente também encontrava dificuldade para respira, e tinha o olhar cheio de amargura. Só a sua consciência estava viva. Seu corpo engordara, ele ficara pesado. A elocução por sua vez era lenta e quase sempre incompreensível. Tantas vezes o faziam repetir o que dizia, e ele detestava isso, pois era cansativo e humilhante. Preferia comunicar-se com os olhos. Quando os levantava, queria dizer não. Quando os baixava, queria dizer sim, mas um sim resignado. Certo dia, um dos Gêmeos — era como chamava os dois ajudantes, embora não fossem irmãos —, com a maior boa vontade, trouxe-lhe uma lousa com uma caneta de ponta de feltro presa a um cordão. Ele ficou furioso e teve forças para atirá-las no chão.

Naquela manhã, os Gêmeos não conseguiram barbeá-lo. Uma erupção de espinhas ao redor do queixo dificultava muito a operação. Ele não estava satisfeito. Negligenciado. Sentia-se negligenciado. Não suportava isso. Seu ataque cerebral o havia atingido em cheio, e ele não aceitava o menor desleixo em sua aparência física e no trajar-se. Quando descobriu que uma mancha de café em sua gravata não tinha sido lavada ficou ainda mais amuado. Os Gêmeos apressaram-se a trocá-la, e ele estava agora completamente vestido de branco, mas continuava resmungando baixinho.

Quando falava, os Gêmeos adivinhavam o que dizia, ainda que não entendessem certas palavras. Liam no seu rosto, adivinhavam seus desejos. Era preciso ter ouvido apurado e muita paciência. Quando ele se cansava, fechava os olhos várias vezes, sinal de que devia ser deixado sozinho. É possível que então chorasse, ele, que fora tão brilhante, tão elegante, festejado aonde quer que fosse. A morte tinha chegado perto, mas não concluíra seu trabalho. Ele sentia isso como um insulto, uma peça de mau gosto que lhe haviam pregado, uma maldade a mais. Era um motivo de permanente contrariedade para ele, que sonhava morrer durante o sono, como seu velho tio polígamo e bon-vivant. Mas no fim das contas lhe havia acontecido a mesma coisa que a tantos amigos e conhecidos de sua geração. Como dizia o médico, ele tinha chegado a uma idade crítica. A força da idade tinha de enfrentar algumas tempestades.

Quando a raiva dos primeiros meses se aplacou um pouco, ele decidiu sorrir para os que o visitavam, o que não deixava de ser uma maneira de não se entregar à decadência física, que às vezes podia acarretar a decadência mental. E então sorria o tempo todo. Havia o sorriso da manhã, leve e perfumado, depois o sorriso da tarde, impaciente e seco, e o da noite, que no fim das contas se transformava numa leve careta. Até que, de repente, ele parou de sorrir. Não queria mais fingir. Para que sorrir? Para quem e com que objetivo? A doença tinha embara-lhado seus hábitos. A doença ou a morte?

Ele não era mais o mesmo homem, e por sinal podia percebê-lo nos olhos dos outros. Perdera completamente o porte de grande artista. Mas se recusava a se esconder; esperava logo poder sair e se mostrar em seu novo estado. Seria um exercício penoso, mas ele fazia questão.

Apesar da paralisia quase total, nunca, curiosamente, ele pensara em abrir mão da pintura. Estava convencido de que a doença que o acometera não passava de uma espécie de crise, que seria passageira. Diariamente, tentava mexer os dedos da mão direita. E diariamente pedia um pincel, que lhe era colocado entre o indicador e o polegar, mas ele ainda não conseguia segurá-lo por muito tempo. Recomeçava, então, o exercício várias vezes por dia. Quando finalmente conseguisse segurar o pincel, o estado do resto de seu corpo já não lhe importaria tanto.

Ideias de novas telas se amontoavam em sua cabeça. A impossibilidade de pintar o deixava em estado de agitação. Ficava ainda mais impaciente que de hábito. Mas esses momentos de perturbação e intensidade acabavam em longos silêncios acompanhados de um sentimento de derrota. Seu humor mudava, caía numa espessa névoa, presságio de algum acontecimento lúgubre. Um fio de saliva ficava pendurado em sua boca entreaberta. Volta e meia, um dos Gêmeos o enxugava delicadamente.

Ele despertava e sentia vergonha por ter deixado escapar um pouco de baba, vergonha de ter adormecido. Esses pequenos detalhes o incomodavam mais que a paralisia.

A televisão estava ligada, transmitindo uma competição de atletismo. Ele sempre fora fascinado por esses corpos flexíveis, esplêndidos, perfeitos, perfeitos demais para serem humanos. Ele os contemplava, perguntando-se quantos anos, quantos meses, quantos dias de trabalho não haveria por trás de cada um dos gestos do jovem atleta. Não quis que mudassem de programa. Não, ele gostava de assistir àquele espetáculo, mesmo e sobretudo estando preso naquele estado. Ele sonhava, sentia um estranho prazer em acompanhar os movimentos dos jovens desportistas. De repente, viu que os estava observando e estimulando como se os conhecesse pessoalmente, como se fosse seu treinador, seu professor, seu conselheiro ou simplesmente um parente.

Lembrava-se de um texto de Jean Genet que havia ganhado de um amigo no aniversário, *Le funambule.** Lendo-o com apaixonado interesse, imaginara a atenção que o acrobata devia concentrar em cada um de seus gestos. Pensara em um dia ilustrar esse texto, mas lhe haviam dito que Genet não era um sujeito fácil e que não autorizaria. De tempos em tempos, voltava a lê-lo e focalizava a atenção num fio tensionado entre dois pontos, vendo-se nele, o corpo suado, os braços trêmulos segurando a barra, e depois o passo em falso, a queda, os membros quebrados. Chegava até a inventar uma história de equilibrista acidentado para explicar sua situação; ele estaria ali naquele estado por ter caído num espetáculo de circo. Seu acidente era físico, não

---

* Tradução livre: *O equilibrista.* (N. T.)

psíquico. Ele não era um pintor estressado e contrariado, mas um acrobata que tinha quebrado o corpo dez metros abaixo da corda bamba.

Estava satisfeito com aquela descoberta. Nenhuma lágrima lhe corria pelo rosto. Seu moral não vacilava. Com a mão pesada, ele apalpava a perna e não sentia grande coisa. Pensava: "Vai melhorar, meu amigo, aguente firme!"

Desde a última briga e o acidente vascular cerebral que logo se seguira, ele não voltara a ver sua mulher. Estava morando em seu ateliê, onde mandara instalar tudo de que poderia precisar para viver e superar a provação da doença. Ela vivia em outra ala da propriedade do casal em Casablanca, que era muito grande. Os Gêmeos tinham sido instruídos a nunca permitir que ela se aproximasse dele. Mas de nada servia. O afastamento antes lhe parecia conveniente, e ela não havia manifestado a menor vontade de cuidar de um doente grave. Ele, por sua vez, queria fazer o balanço dos vinte anos de vida em comum. Nesse sentido, a suspensão imposta ao casal pelo acidente era providencial. Às vezes, por uma das janelas do ateliê, que dava para o pátio interno da *villa*, ele a via arrumar-se para sair. Ninguém sabia aonde ela ia, e era melhor assim. De qualquer maneira, ele tomara a decisão de não a vigiar nem suspeitar da mulher.

Antes, quando estava com boa saúde, ele fugia, viajava e não dava mais sinal de vida. Era assim que reagia ao mal-estar e aos conflitos do casal. Mantinha um diário em que só tratava de seus problemas conjugais. Nada mais era anotado nesse caderno. Em vinte anos, a transcrição das brigas, das contrariedades e dos acessos de raiva não variava muito. Era a história de um homem que julgara que os seres humanos mudavam, cuidavam de seus defeitos, consolidavam suas qualidades, tornavam-se melhores ao se questionarem. Ele guardava bem lá no fundo a esperança de um dia ver sua mulher não propriamente dócil e submissa, nada disso, mas pelo menos conciliadora e amorosa, calma e racional, em suma, uma esposa compartilhando e construindo com ele uma vida em família. Era um sonho. Ele se iludia e culpava a mulher, esquecendo-se de reconhecer sua parcela de responsabilidade nesse fracasso.

CAPÍTULO II

Casablanca, 8 de fevereiro de 2000

"Num casal, todos os sacrifícios são possíveis e
aceitáveis até o dia em que um dos dois se dá conta
de que existe um sacrifício."

Donne-moi tes yeux, Sacha Guitry

Pouco depois de acordar, o pintor pediu aos Gêmeos que lhe trouxessem um espelho. Três meses depois do acidente, pela primeira vez ele se sentia com forças para enfrentar a própria imagem. Quando se viu, deu uma enorme gargalhada, pois não se reconhecia e achava seu reflexo patético. Disse então a si mesmo: "Que teria feito eu no seu lugar? Eu me mataria? Não teria coragem para tanto. Não teria permitido que me dessem um espelho? Sim, é isso, é o que eu teria feito: não me ver, não me dar conta daquilo em que me transformei. Teria evitado a qualquer preço abrir mais brechas no sofrimento."

Depois do acidente, ele jamais pensara em se suicidar. A vontade de viver tornara-se mais forte, abdicar teria sido fácil demais. Embora seu estado geral não fosse muito bom, ele aos poucos voltara a ter gosto pelas coisas cotidianas. As ideias sombrias tinham ido embora; não todas, mas ele estava mais preparado para expulsá-las e não se entregar a elas. Não era otimista, coisa de ingênuos. Mas igualmente detestava se queixar. Para que ficar gemendo? Provavelmente para evitar pensar. Ele aprendera com a mãe que nunca devia se queixar — primeiro, porque não adiantava nada, e além do mais, porque aborrecia os outros. O sofrimento tinha de ser suportado, se fosse o caso, chorando sozinho de noite. Sua mãe lhe dizia em tom irônico: "Eu teria tantas coisas a dizer aos meus coveiros... Já os anjos que nos acompanham no dia do nosso enterro haverão de erguer minh'alma bem alto lá no céu. Será minha mais bela viagem." Como então deixar de visualizar os anjos negros que vêm para levar a alma de Liliom, interpretado por Charles Boyer no filme de Fritz Lang? Mas ele achava que os anjos que viriam para levar sua mãe seriam brancos, sorridentes e bondosos. Ele os imaginava e estava convencido de que sua mãe merecia fazer a última viagem nos braços desses anjos de que fala o Corão.

No espelho, sua decadência física era espetacular. Não ser mais o mesmo, não corresponder mais à imagem que as pessoas têm de nós, aceitar e se acostumar a um novo rosto — era o que ele teria de enfrentar se quisesse voltar ao convívio dos vivos. Tinha a impressão de estar com a aparência de um pano amarrotado, de uma caricatura. Mais parecia, pensava, irônico, um retrato de Francis Bacon. Era o que podia observar no olhar de certos amigos que vinham vê-lo. Dava para ler o choque causado a um simples olhar pousado em seu corpo, deformado, desajeitado, difícil de se mover. Ele tinha sido visitado pela sombra da morte, que deixara traços numa perna e num braço. Era apenas o sopro da morte.

FELICIDADE CONJUGAL

Talvez os visitantes se vissem em seu lugar, observando-se por alguns segundos no espelho que lhes era mostrado, dizendo: "E se um dia me acontecesse isso, eu ficaria assim, sentado numa cadeira de rodas empurrada por um homem saudável? Ficaria com a metade do corpo paralisada e com dificuldade de falar? Talvez fosse abandonado pelos meus... Ficaria reduzido a um peso para os mais próximos, para os amigos, me tornaria inútil, uma pessoa sem interesse, ninguém gosta de ver o sofrimento no corpo dos outros." Saíam correndo para o médico e faziam *check-ups* completos. E, por sinal, todo mundo queria saber como tinha acontecido. Gostariam muito de saber para prevenir um acidente, para não serem vítimas das aberrações da máquina que irriga o cérebro. Quando ficavam sabendo que o cérebro é um complexo conjunto de mais de cem bilhões de células nervosas que trabalham pelo bom funcionamento da nossa vida cotidiana, sentiam medo. Não tinham coragem de lhe perguntar como aquilo havia acontecido. Comentavam entre eles, entravam na Internet e liam tudo que encontravam a respeito do AVC. O pior era quando o médico ou a Internet informavam que isso podia acontecer com qualquer um, em qualquer idade, embora sempre houvesse fatores que favoreciam. Um de seus amigos de infância, Hamid, chocado e preocupado, parou imediatamente de fumar e beber. Chegou certo dia todo de branco, com um rosário entre os dedos, inclinou-se na sua direção e beijou sua testa: "Graças a você, minha vida mudou; fui o único que tirou proveito do seu acidente; fiquei com tanto medo que ele me foi útil!" Já ele há muito sabia que o excesso de cigarros e de álcool podia provocar esse tipo de acidente; cuidava da sua hipertensão arterial, evitava o açúcar, pois tinha antecedentes na família, mas nada podia contra o estresse, essa doença silenciosa e às vezes fatal.

O estresse era uma espécie de contrariedade que abria buracos nos órgãos vitais. Ele o imaginava como uma máquina perturbando tudo com que se depara, sem que se dê conta. O estresse era o seu duplo malévolo, aquele que exigia dele cada vez mais trabalho, subestimava sua real capacidade e o levava a crer que seria capaz de ir além do possível. O estresse agarrava o coração, apertava-o e assim brutalizava suas funções. Tudo isso ele sabia e havia muitas vezes analisado.

Na época em que era válido, quando ficava entediado — o que raramente acontecia —, ele parava de trabalhar e ficava observando esse sentimento que tornava o tempo imóvel, pausado enquanto ele remoía ideias fixas. O tédio era resultado da insônia, uma recusa de se deixar cair no buraco negro do desconhecido. Ele ficava dando voltas e acabava por desistir, esperando que a coisa passasse. Assim, enquadrava o estresse num lugar entre a ausência de sono e a imobilidade das horas.

Em seu ateliê, onde agora passava os dias, longe dos ruídos da cidade, ele se perguntava de que maneira o acidente pudera destruí-lo assim fisicamente. Tinha dificuldade de suportar seu corpo magoado, que o impedia de agir e de ser livre. Na adolescência, ele jogava futebol na praia de Casablanca. Era um excelente atacante, e no fim das partidas os amigos o carregavam nos braços e festejavam, pois ele marcava todos os gols. Poderia ter se tornado um jogador profissional, mas na época seria necessário mudar-se para a Espanha e entrar para um dos grandes times. Seus pais preferiam que ele pintasse, embora não rendesse um centavo. Tudo, menos o exílio entre os espanhóis, que detestam os mouros!

Ele voltou a observar a própria imagem no espelho. Estava feio, ou melhor, destruído. Voltou a se lembrar da canção de Léo Ferré, "Vingt ans":* "Pour tout bagage on a sa gueule, quand elle est bath ça va tout seul, quand elle est moche on s'habitue, on se dit qu'on n'est pas mal foutu; pour tout bagage on a sa gueule qui cause des fois quand on est seul [...] quand on pleure on dit qu'on rit [...] alors on maquille le problème." Lembrou-se dos momentos que passou na companhia de Ferré, quando ele viera cantar em Casablanca. Os dois tinham tomado chá no pátio do Mansour e ele observara seus olhos pequenos, seus tiques, seu mau humor quase permanente e, sobretudo, o grande cansaço que morava em seu rosto. Sempre considerara Ferré um poeta, um rebelde cujas canções faziam bem àqueles que se davam ao trabalho de ouvi-las com atenção.

Nos primeiros meses da doença, ele não se mostrava muito, ficando abrigado em seu ateliê. Cercado das suas telas inacabadas, fechava-se em si mesmo, com um consentimento de suprema solidão, pois o sofrimento não se compartilha. É verdade que recebera muitas manifestações de simpatia. Ficava feliz com isso e às vezes se espantava que certas pessoas que mal conhecia fossem capazes de encontrar palavras justas que o tocavam profundamente. Espantou-se com Serge, em especial, com quem esbarrava só de vez em quando, pois moravam no mesmo bairro: quinze dias depois de ele ter saído do hospital, Serge lhe havia telefonado,

---

* "Nossa única bagagem é a cara, quando é bonita tudo vai bem, quando é feia nos acostumamos, pensando que não é das piores; nossa única bagagem é a cara, que às vezes nos deixa sozinhos... quando choramos dizemos que rimos... e estamos maquiando o problema..." Tradução livre. (N. T.)

expressando-se com sinceridade. E, a partir de então, passou a visitá-lo semanalmente, pedindo notícias suas, dando-lhe apoio moral. Até que, certo dia, o pintor ficou sabendo que ele tinha morrido repentinamente. Serge tinha um câncer e nada disse a respeito. Só depois da sua morte é que o pintor ficou sabendo do que sofria. Teve vontade de chorar. Tanta humildade e tanta amizade, partindo de uma pessoa que nem sequer era do seu círculo mais íntimo, o haviam comovido. Nenhuma semelhança com certos amigos seus, que de uma hora para outra tinham desaparecido. Simplesmente sumiram. De medo. Um enorme pavor. E, no entanto, o AVC não é uma doença contagiosa! Ele ficou sabendo que um de seus amigos alegava que não o visitava porque se envergonhava de estar com saúde. Certamente era sincero. Mas, quando um doente tem a sensação de ter sido abandonado, o sofrimento é mais insidioso, mais cruel.

Quando ele era criança, seu pai recomendava que visitasse os doentes e os moribundos. "É um conselho do nosso Profeta", dizia-lhe; "precisamos ir ao encontro dos que sofrem à espera de sua hora, que demora a chegar. Visitar um moribundo é uma maneira de ser ao mesmo tempo generoso e egoísta. Dedicar seu tempo a alguém preso à cama é uma maneira de aprender a ser humilde, de saber que a vida está presa por um fio, que somos grãos de areia, que pertencemos a Deus e a ele voltaremos! Quem tem medo da doença dos outros precisa enfrentá-la e se familiarizar com o que nos espera. Aí está, meu filho, são banalidades, mas elas dizem a verdade."

Na clínica onde fora internado depois do ataque, ele dividia o quarto com um pianista italiano de vinte e sete anos chamado

Ricardo. Ele também sofrera um acidente vascular cerebral durante as férias no Marrocos. Os médicos e sua família esperavam alguma melhora de seu estado para mandá-lo de volta a Milão. Desde que recobrara a consciência, Ricardo não parava de olhar para as mãos. Não conseguia mais mexer os dedos e chorava em silêncio. Suas lágrimas rolavam sem parar. Como nada podia detê-las, ele fechava os olhos e voltava a cabeça para a parede. Sua vida fora arruinada, sua carreira, brutalmente interrompida. Uma mulher, talvez sua esposa ou uma amiga, vinha diariamente a sua cabeceira e o consolava. Massageava-lhe os dedos, acariciava-lhe o rosto, enxugava suas lágrimas e depois deixava o quarto, arrasada. Ela saía da clínica para fumar e depois voltava, com a expressão triste. Certa vez, sentou-se na cama do pintor e começou a falar com ele. Ele a ouvia, balançando a cabeça: ela percebeu que sua mão esquerda se mexia muito de leve. E confidenciou a ele: "Ricardo é o homem da minha vida, estava diante de um futuro excepcional, mas seus inimigos levaram a melhor. Eu sou siciliana e acredito em mau-olhado, não é por acaso que os gênios quase sempre são cruelmente atingidos. Ciúmes, inveja, maldade. Disseram-me que no Marrocos as pessoas acreditam nisso. O mau-olhado existe, tenho provas disso. Ricardo e eu íamos nos casar um mês depois dessa viagem ao Marrocos. Nossos pais não estavam de acordo — sabe como é, milaneses da alta burguesia não casam o filho único com uma filha de pescador de Mazara del Vallo! Mas nós tínhamos um plano: logo depois do casamento, íamos nos mudar para os Estados Unidos, de onde seu agente o chamava insistentemente. Mas, no dia seguinte ao da nossa chegada a Casablanca, ele caiu fulminado no quarto do hotel. Não sei o que foi que aconteceu. Na verdade, eu sei que ele falava muitas vezes de estresse, da perfeição que queria alcançar e que o devorava, incapaz de tolerar o menor errinho ou negligência. Antes dos concertos, ele ficava doente, não comia, não falava com ninguém, eu sentia que ele estava com um nó na garganta, angustiado, como um toureiro antes de entrar na arena. Que será de nós? Desculpe-me, estou falando com o senhor e nem o conheço... Nem perguntei o seu nome, o que fazia antes do acidente... Estou tão abalada."

Ele tentou pronunciar algumas palavras. Ela entendeu que ele estava na mesma situação que Ricardo. Um artista atingido pela desgraça, pela incapacidade de exercer sua arte, e então ela baixou os olhos e lágrimas lhe correram pelo rosto.

Ele a ficou observando e percebeu sua beleza selvagem, uma moça do Sul, morena, alta, elegante e sem afetação. Que estrago!, pensou. A vida é injusta!

Dias depois, Ricardo deixou a clínica e foi mandado de volta à Itália. Ao partir, a jovem rabiscou algumas palavras no verso de uma receita e a deixou sobre a mesa de cabeceira do pintor, dando-lhe um rápido beijo na testa. Ela deixava com ele o endereço e o número de telefone do casal, tendo redigido uma pequena mensagem de esperança na qual manifestava o desejo de que um dia voltassem a se encontrar todos ao redor de uma mesa na Sicília ou na Toscana. E assinara "Chiara".

Sua nova condição de doente lembrou-lhe suas visitas a Naima, uma prima de quem gostava como se fosse uma irmã, acometida aos trinta e dois anos pela terrível doença de Charcot, a esclerose nas placas amiotróficas. Ele tinha acompanhado sua evolução e assistido à lenta mas inexorável degradação de seu corpo, cujos músculos iam aos poucos se degenerando. Ele sentia admiração por aquela bela mulher presa ainda tão jovem a uma poltrona, tão corajosa, tão otimista. Ela falava com dificuldade e dependia completamente de sua ajudante — uma boa mulher, tão dedicada que nunca a deixava e se considerava não só um membro da família, mas um prolongamento de suas mãos, de seus braços, de suas pernas.

Ele sabia que a esclerose amiotrófica era uma doença incurável. Ela também sabia muito bem disso, e diariamente pedia a Deus um pouco mais de tempo para ver os filhos chegarem ao fim dos estudos, quem sabe ver as duas filhas casadas, ela era mendiga do tempo cotidiano. Orava e entregava a vida nas mãos de Deus.

O pintor bem que teria seguido seu exemplo. Mas não tinha tanta fé para rezar com regularidade. Ele acreditava na espiritualidade, às vezes acontecia de invocar a misericórdia da força superior que governava o universo. Tinha lá suas dúvidas e tendia a explorar os caminhos do espírito. Um artista não pode ter certezas. Todo o seu se e todo o seu trabalho são movidos pela dúvida.

Numa das primeiras noites passadas no ateliê, ele tivera uma cãibra de repente, sentindo urgente necessidade de mudar de posição na cama. Mas a campainha estava com defeito. Por mais que ele chamasse com seu fio de voz, batendo na guarda da cama com a força que conseguia reunir, os Gêmeos, dormindo no quarto ao lado, não ouviram. Ele sentia dores em todo o lado esquerdo do corpo, que se enrijecia. Numa última tentativa, caiu subitamente da cama. O barulho da queda foi alto o suficiente para despertar os dois ajudantes, que correram em sua direção. Por sorte, ele não quebrou nada, ficando apenas com hematomas nos quadris. Voltou a pensar em Naima e nas noites terríveis que devia ter passado.

A doença de Naima mudara radicalmente sua visão sobre o mundo da deficiência física. Ele estava muito mais bem-informado a respeito que a maioria de seus amigos. Toda vez que encontrava uma pessoa deficiente, imaginava e visualizava sua vida cotidiana; dava-lhe verdadeiramente atenção e se interessava por seu caso. A boa saúde, física e moral, constantemente encobre a realidade; nós nunca enxergamos as falhas, as feridas às vezes abertas daqueles que foram golpeados pelo destino. Passamos ao largo e, na melhor das hipóteses, sentimos piedade e seguimos em frente.

Assim foi que, certo dia, ele se ofereceu para acompanhar o amigo Hamid a uma reunião de pais de deficientes físicos. Seu filho, Nabile, nascera com trissomia no cromossomo 21. O pintor acompanhou os depoimentos desesperados de mães que lutavam por não haver no Marrocos a possibilidade de tratar dessas crianças "portadoras de uma desgraça indiferente", como dizia um psicólogo presente na sala. Depois da reunião, ele teve a ideia de convidar Nabile a visitar seu ateliê. Deu-lhe uma tela e tintas. Mostrou-lhe como fazer. Nabile estava feliz, passou o dia inteiro pintando. À noite, foi embora com suas pinturas, que viriam a ser emolduradas e penduradas pelos pais na parede da sala.

Para ele, estava profundamente convencido, aquele acidente era uma oportunidade de reavaliar tudo. Não apenas sua vida conjugal, mas também sua relação com o trabalho e a criação. "Eu gostaria de saber pintar um grito como Bacon", pensava. "Ou então o medo, esse não sei o quê que me paralisa e me torna tão vulnerável. Pintar o medo de forma tão precisa que seja capaz de tocá-lo, e assim torná-lo inoperante, apagá-lo, cancelá-lo da minha vida. Acredito nessa magia surgida da pintura e que age sobre a realidade. Sim, assim que puder mexer as mãos e os dedos, vou enfrentar o medo, um medo horizontal como os trilhos de trem, um medo móvel, mutante na aparência e nas cores, capaz de apagar todas as luzes. Isso mesmo, vou captá-lo e expô-lo diante do mar, cujo azul vai invadir a tela. O medo será afogado, inundado pelas ondas azuis. Vou contemplá-lo da mesma forma que penso na morte. A morte já não me causa mais medo. Mas preciso tomar cuidado para não me deixar levar. Terei de criar um ritmo, uma música para rechaçar o medo."

Ele observou a perna imóvel e riu de leve. Certa noite, pensando no seu destino, tinha se convencido de que a perna paralisada se tornara o refúgio de sua alma e de que sua libertação começaria por ali. A alma está viva e não suporta o que é rígido e imóvel. Ele estava satisfeito por pensar que sua alma se havia alojado na perna e trabalhava para lhe restabelecer os movimentos. Era uma ideia meio maluca, claro, mas estava perfeitamente convencido. Desde que fora impedido de pintar, passava o tempo sonhando e reinventando a vida. Gostava de pensar que vivia numa cabaninha de onde podia contemplar o mundo sem ser visto. Mas a dor, ainda vívida, e a difícil reabilitação logo viriam tirá-lo desse universo de criança doente.

Um dia, tendo voltado à clínica para exames de rotina, ele recebeu um telefonema. Um dos Gêmeos entregou-lhe o telefone dizendo "É a senhora Kiara!", e fez um gesto de incompreensão.

Ele imediatamente se lembrou dela, espantado por não ter sido esquecido. Ela começou por pedir notícias, mas percebeu que ele ainda se expressava muito mal. Informou-lhe então que Ricardo tivera uma melhora espetacular. Os dois haviam permanecido pouco tempo na Itália, mudando-se para os Estados Unidos, onde ele tinha se transformado com a reabilitação. Seu agente artístico se encarregara de tudo. Ricardo já conseguia mexer os dedos e, quando se sentava ao piano, tocava de maneira estranha, meio fora de esquadro, mais ou menos como Glenn Gould reinterpretando Bach à sua maneira. Seu agente imediatamente resolveu explorar esse aspecto da sua arte. "Os produtores nunca perdem o prumo", prosseguiu ela, "mas nós estamos mesmo interessados em que Ricardo recupere os reflexos!"

O pintor ficou contente por ter notícias do antigo companheiro de quarto. Pensou que havia esperança no fim do caminho da dor.

De volta para casa, concluídos os exames, ele se entregou a devaneios sobre os comentários a respeito de seu acidente e o que deviam estar dizendo pelas suas costas: "Você não sabia que ele teve um ataque? Pobre coitado, não pode mais pintar... Está na hora de comprar." Ou então: "Logo ele, tão arrogante, tão egocêntrico, foi um sinal de Deus; agora está avisado, a próxima vez será a última." Ou ainda, mais brutalmente: "Está fodido, vai ver nem fica mais de pau duro, logo ele, que gostava tanto de mulher... E falando de mulher, a sua, pobre coitada, que passou por poucas e boas, já pode ficar tranquila, agora que a pica só serve para mijar — parece que existe justiça neste mundo!"; "O grande sedutor finalmente vai conhecer nossa solidão! Confesso que tínhamos inveja de seu sucesso, e ainda por cima suas telas vendiam bem!" Como se estivesse presente, ele viu seu galerista telefonando a colecionadores: "E de jeito nenhum vão vender agora! Esperem alguns meses!" E sua mulher, que será que fazia desde que recebeu a notícia, não estaria tentando se vingar? Não, não, ele prometera a si mesmo que não ficaria fazendo esse tipo de perguntas. Não queria mais saber de conflitos com ela, queria paz, para poder curar-se.

Quando por desgraça alguém é atingido por uma doença ou por um acidente, os que o cercam mudam repentinamente. Há os que, como ratos, abandonam o navio, os que aguardam novos acontecimentos para tomar posição e, finalmente, os que se mantêm fiéis aos próprios sentimentos e a seu comportamento de sempre. Estes são raros e preciosos.

Ao seu redor, havia representantes das três categorias. E, por sinal, ele nunca se iludira a respeito. Antes de começar a pintar, ele havia se aprofundado na filosofia. Gostava especialmente de Schopenhauer e seus aforismos; achava graça em suas observações incisivas, que lhe haviam ensinado a desconfiar das aparências e suas armadilhas. Chegara inclusive a pensar seriamente em enveredar para o estudo da filosofia. Achava que pintar e ler Nietzsche e Spinoza não eram atividades irreconciliáveis. Mas manejava lápis e pincéis melhor que ninguém, e seu professor de desenho o havia firmemente exortado a se matricular na Escola de Belas-Artes em Paris. O estímulo o havia ajudado a deixar de lado os sonhos filosóficos.

E foi assim que um belo dia ele trocou o Marrocos por Paris. Ainda não tinha completado vinte anos. Para ele, Paris era a liberdade, a audácia, a aventura intelectual e artística. Lá Picasso alcançara a glória, e sua vocação surgiu quando pela primeira vez viu as telas do mestre, especialmente aquela em que o jovem de quinze anos pintara a própria mãe no leito de morte. Picasso o impressionava profundamente, queria seguir seus traços. Na Belas-Artes, ele aperfeiçoou a técnica e encontrou seu caminho. Tomou distância de suas grandes referências para forjar um estilo próprio, hiper-realista, que viria a se tornar sua marca registrada. Suas telas, de um rigor absoluto, eram sempre fruto de um trabalho longo e minucioso. Ele não poderia encarar a arte de outra maneira. Não conseguia entender como seus contemporâneos se permitiam atirar baldes de tinta numa tela ou rabiscar alguns traços. Achava que as mãos deles eram levadas pelo mais fácil, e era justamente o que detestava. Tinha horror a coisas conseguidas facilmente, sem esforço, sem imaginação. Queria que sua pintura fosse como a filosofia a que tinha renunciado: uma construção exata, coerente, profunda, sem lugar para o flou, as ideias genéricas, os clichês, o mais ou menos... Toda a sua vida fora aos poucos construída sobre tais bases. Para ele, era uma questão de rigor. Ele se mantinha atento ao mesmo tempo ao que fazia e ao que era. Até mesmo sua saúde se transformara em permanente preocupação, não que fosse hipocondríaco, mas sabia de conhecidos que tinham morrido por negligência, por não levarem a sério as recomendações dos médicos.

Em seu atual estado, essa moral do rigor em todas as coisas perdia um pouco o sentido. De que adiantava almejar a perfeição quando não se pode mais manter um pincel entre os dedos? Havia dias, quando conseguia dar a volta por cima, em que não perdia a esperança de voltar a criar. Lembrava-se de Renoir e Matisse, já muito idosos, continuando a pintar apesar das dificuldades físicas. Afinal, ele tinha evitado o pior. Seu amigo Gharbaoui não tinha morrido de frio e solidão num banco em Paris, com apenas quarenta anos? Cherkaoui, outro pintor que admirava, não morrera de uma peritonite aos trinta e seis anos, pouco depois de fugir da França, após a Guerra dos Seis Dias?

Ao recobrar a consciência na clínica, dias depois do AVC, informado da evolução de seu estado, ele tinha se lembrado do que a mãe mais temia: transformar-se numa coisa, como um monte de pedras ou de areia, depositada num canto da vida, totalmente dependente dos outros. Felizmente, ao voltar para casa, ele pôde contratar os Gêmeos para enfrentar o peso desse estado novo e imprevisível. Conseguir tomar banho, fazer a barba, limpar a bunda, vestir-se, preservar um pouco da elegância natural, manter-se digno e apresentável, não deixar abertas suas feridas, algumas delas profundas, era este o seu horizonte. Nada mais de fantasias. Nem de súbitos desejos de ir comer um steak tartare no restaurante. Nem de caminhadas pela manhã para manter a forma. Nem de visitas ao Louvre, ao Prado ou às belas galerias do *sixième arrondissement*. Nem de caprichos, encontros com belas desconhecidas, jantares tête-à-tête em Roma ou qualquer outro lugar. Nem de visitas inesperadas ao velho amigo com quem adorava fazer compras em Paris, Londres e outras cidades. Tudo isso e tantas outras coisas não eram mais possíveis. Ele perdera a leveza que sempre fora sua. Já não era mais o único senhor da própria vida, de seus movimentos e desejos, de seu humor. Tornara-se dependente. Dependente para tudo. Fosse para beber um copo d'água ou para sentar no vaso sanitário e fazer suas necessidades. Sua reação foi imediata, ficou constipado. Ele retinha, adiava o momento em que haveria de se esvaziar. A falta de movimentos favorecia esse estado. Ele pensava: é a merda que nos trai. Sua mãe passara a sofrer de incontinência; recusava as fraldas e se aliviava como um bebê. Ela cheirava a merda, mas, apesar disso, ele se debruçava sobre ela e a beijava. E então chamava as enfermeiras para que fizessem sua higiene e ia para o corredor chorar em silêncio. Uma vida nas mãos dos outros ainda é uma vida?

"A ilusão anda de bonde." Uma voz interna às vezes lhe murmurava essa frase. Ela lhe lembrava algo, mas ele não conseguia realmente identificar. De repente, como num raio, ele viu uma bela mulher, morena, penteada à moda dos anos 1950, sentada, a mão direita no rosto, a outra pousada no ombro de um homem de ar desolado, os braços cruzados, a gola da camisa aberta, apesar da gravata. Era uma imagem em preto e branco. E então, como num sonho, surgiu o nome da mulher: Lilia Prado. Ele brilhava no escuro de sua memória. Lilia Prado! Mas quem era ela? De onde tinha saído? Ele se lembrou de uma amiga argelina que tinha esse prenome, mas ela não se parecia com essa Lilia. E, além do mais, por que a ilusão andaria de bonde? Ele repetiu a pergunta várias vezes, e finalmente o nome de Luis Buñuel veio lá das profundezas. A frase que lhe tinha aparecido era o título original de um filme feito em 1953 pelo cineasta espanhol, quando vivia no México, tendo fugido do franquismo. *On a volé un tram.* O título que o distribuidor francês escolheu era ridículo. Toda a poesia e o mistério iam por água abaixo.

---

* Tradução livre: Roubaram um bonde. (N. T.)

Ele estava satisfeito por ter conseguido decifrar o enigma, era um indício de que sua memória bloqueada voltava a funcionar.

CAPÍTULO III

Paris, 1986

> "Se um homem e uma mulher formam as duas
> metades de uma maçã, dois homens muitas vezes
> formam as duas metades de uma pera."
>
> *Ils étaient neuf célibataires*, Sacha Guitry

Em meados da década de 1980, o pintor ainda não tinha conseguido se instalar de forma definitiva. Nunca ficava no mesmo ateliê por mais de alguns meses e viajava sem bagagens, limitando-se quase sempre a um caderno e lápis para esboços. O encontro com sua futura mulher mudaria tudo isso. Uma semana depois do primeiro beijo, ele decidiu passar menos tempo em seu ateliê para se dedicar a ela, e um mês depois os dois trocavam juras de fidelidade. Os que o conheciam bem não acreditavam no que estavam vendo. O pintor adivinhava o que os amigos diziam a seu respeito quando os encontrava em Paris, com sua mulher dependurada no braço: jovem demais para ele, bela demais também.

Pois estavam errados em sua maledicência, durante dois longos e doces anos, o pintor e sua mulher foram o casal mais feliz do mundo. Ela sabia torná-lo bom, aprendera rapidamente a se adaptar a suas manias, seus hábitos, seus caprichos. Aceitava-os com um sorriso e às vezes zombando docemente. Nunca se via sequer a sombra de uma contrariedade. Sintonia perfeita!, dizia ela, sorrindo.

Ele alugou uma casinha para ela na rue de la Butte-aux-Cailles. Encantadora, parecendo até que se estava em pleno campo, embora estivessem em Paris. Os dois levavam uma vida sem conflitos nem atropelos. Ainda hoje, ele guardava profunda e sincera nostalgia dessa época. Sua mulher era amorosa e estava decidida a viver intensamente aquela relação. Eles não viajaram em lua de mel, mas tinham combinado que ela o acompanharia aonde quer que ele fosse convidado: exposições, seminários ou feiras de arte contemporânea. A cada vez, tiravam alguns dias a mais para visitar o país, com um guia nas mãos. O pintor, que tinha viajado muito, comovia-se ao lhe apresentar as grandes cidades do mundo: Veneza, Roma, Madri, Praga, Istambul, Nova York e, mais tarde, San Francisco, Rio de Janeiro, Bahia... Ela comprava tudo que lhe agradasse e nunca se esquecia de levar presentes para a família. Ele não se preocupava com as despesas. De volta a Paris, ela telefonava aos parentes e amigos para contar nos mínimos detalhes essas maravilhosas viagens. Dizia-lhes humildemente que se sabia uma mulher de sorte. Quando desligava, ele dizia, cheio de ternura: "Sabe, sou eu que tenho sorte de ter conhecido você!" Ele considerava que, aos trinta e oito anos, casar-se com uma jovem de vinte e quatro era realmente excepcional, um privilégio reservado a poucos eleitos. Não fazer como os outros, pensava, era uma espécie de garantia de felicidade eterna. Além do mais, pensava ter chegado a hora de se aprumar na vida, constituir uma família e mudar de ritmo. Para essa nova vida, ela era a mulher ideal.

Eles faziam amor com muita frequência, e era terno, natural. Às vezes ele gostaria que ela participasse um pouco mais; ela achava graça, dizendo que era pudica. Certo dia, zapeando tarde da noite, eles deram com um filme pornográfico. Ela deu um grito, horrorizada com o espetáculo daquelas mulheres enlouquecidas e daqueles homens de sexo enorme. Chocada, aninhou-se contra ele como se quisesse ser protegida de um perigo iminente. Nunca na vida ela vira imagens pornográficas. Ele a tranquilizou, dizendo que aqueles filmes eram exagerados, que a sexualidade da maioria das pessoas era mais simples. Ela recobrou a calma. Ele desligou o aparelho e os dois dormiram abraçados no sofá da sala.

Certo dia, ela pegou o trem para visitar os pais, que moravam nos arredores de Clermont-Ferrand. Perguntou se ele podia ajudá-la a comprar a passagem, e também queria levar alguns presentinhos. Ele a ajudou no que ela queria e disse que naquela mesma tarde abririam uma conta conjunta para que ela não precisasse mais lhe pedir dinheiro. Ela ficou contente, e disse que, de todo modo, o que é seu é meu e o que é meu é seu. Ele riu, feliz com aquele perfeito entendimento.

Ela ficou uma semana na casa dos pais. O pintor passou esses sete dias e sete noites com a impressão de ter sido abandonado. Pela primeira vez se separavam por tanto tempo. Sentia uma terrível falta dela. Telefonava diariamente, mas com frequência não conseguia falar com ela — acabara de sair, fora fazer compras... Ele descobriu o quanto estava apaixonado, fisgado, como dizia na juventude. Ela ocupava seus pensamentos, não o deixava. Na mesa de trabalho, ele não conseguia mais dar andamento aos projetos. Imaginava-a entre seus braços, cantarolava as canções de sua aldeia, apesar de não apreciá-las tanto, mas já não conseguia viver sem elas, embora não entendesse a letra. Era isto o amor, amar aquilo que nos lembra do ser amado. Cansado de não encontrá-la nos recantos da casa, ele entrara em dado momento no banheiro para cheirar seu pijama, sentir seu perfume; no dia seguinte, chegou a usar sua escova para escovar os dentes. Sentado na sala, surpreendera-se conversando com ela como se estivesse à sua frente. Incapaz de se concentrar em suas obras, via filmes antigos na televisão até tarde da noite. Acabava sempre adormecendo no sofá, e foi assim que, por volta de duas horas da manhã, viu o rosto de sua mulher se confundindo com o de Natalie Wood em *Clamor do sexo*, de Elia Kazan. Elas se pareciam um pouco, mas sua mulher parecia ser maior e tinha cabelos castanhos.

Quando ela finalmente voltou de Clermont-Ferrand, foi uma festa. Ele fora de carro buscá-la na estação e chegara bastante adiantado. Em casa, presentinhos a esperavam, e ele botou música para recebê-la. Preocupada, ela perguntou se sentira sua falta. Mais que isso, ele respondeu, não conseguia dormir sem ela, nem comer, nem beber. "Eu era como uma criança de orfanato..."

Dois meses depois, ela anunciou que estava grávida. Ele deu pulos de alegria, cantou até deixar preocupados os gentis vizinhos, que vieram saber se estava tudo bem. Um jantar foi então improvisado com eles, e mais uma vez se abriu o champanhe. Ele nunca fora tão cuidadoso com uma mulher. Os dois podiam passar horas a fio juntos sem fazer nada, ele ficava de quatro para mimá-la. Certa vez, altas horas da noite, ela pediu ouriços-do-mar. Por que ouriços? Nenhum dos dois jamais tinha comido ouriços. Ela lera naquele dia um artigo de revista sobre esse fruto do mar e simplesmente estava com vontade de provar. Que fazer? Os dois pegaram o carro e saíram em busca de um restaurante aberto. Atravessaram Paris de norte a sul, de leste a oeste, mas em vão. Eram três horas da manhã e estava tudo fechado há muito tempo. Enquanto conversavam, ele viu que ela adormecera, seu desejo passara de uma hora para outra. Durante os nove meses, os dois também inventavam brincadeiras. Improvisavam cenas como se estivessem diante da câmera de John Cassavetes. Era uma loucura, delicioso, extremamente livre. Os filmes de Cassavetes que ele a levou para ver na rue des Écoles já não lhe agradaram tanto. Muito desespero, desencanto demais. Ela confessou que preferia comédias e filmes românticos, e também tinha um fraco por Delon. Um dos amigos da época, fotógrafo de cinema, ficou sabendo disso e os convidou para assistir, nos estúdios de Boulogne, às filmagens de uma produção em que Delon interpretava um vagabundo. Ela se maquiou e não esqueceu de levar sua câmera. Entre uma tomada e outra, o amigo os apresentou ao ator, que se mostrou muito amável, interessado sobretudo nela e tirou uma foto a seu lado. Quando já estavam para se despedir, Delon interveio:

— Mas esta bela jovem não gostaria de fazer cinema? É muito bonita, um tipo forte. Logo se vê que tem jeito para a coisa. Então, não interessaria?

Enquanto o pintor, perplexo, ficava mudo, ela baixou os olhos e murmurou:

FELICIDADE CONJUGAL

— Sempre sonhei em fazer cinema... — mas logo se recompôs. — Fui modelo quando tinha dezessete anos, na agência Sublime, talvez conheça Jérôme... Jérôme Lonchamp?

Delon fez que não com a cabeça. Um membro da equipe veio buscá-lo, as filmagens seriam retomadas. O ator deu-lhe um beijo e desapareceu.

Ela ficou comovida, contente, como uma menininha ganhando sua primeira boneca. "Minha mulher apaixonada por Alain Delon em plena gravidez, devo estar delirando!", pensou o pintor no táxi em que voltavam para casa. Não, era impossível, ridículo. Só podia estar pensando assim por causa do ciúme. Mas não deixou de imaginar Delon marcando encontro com ela num hotel de luxo para uma tarde de amor... e a via em seus braços, aconchegada contra ele, e até numa piscina, tendo na mão um copo de suco de laranja misturado a algum álcool. Ele estava louco, imbecilizado, doente, em suma, infeliz. Ela não notou nada.

Nos dias que se seguiram, ela telefonou às amigas para contar o episódio. Exagerava um pouco a beleza, o carisma e a gentileza do grande ator. Ele tentava manter a calma. Era como se, de uma hora para outra, Delon estivesse em toda parte, na sala, no banheiro, no quarto, na cabeça dele, na cabeça dela; ocupava o lugar todo, devorava a vida de ambos sem deixar uma migalha.

Até que, passadas duas semanas, a febre Delon desapareceu de repente. E o ciúme do pintor também. Nunca mais se falou do ator. Novamente feliz, satisfeita, sua mulher tinha a atenção totalmente voltada para o bebê que trazia no ventre. A casa estava mergulhada em felicidade e tranquilidade. Felicidade conjugal, da mais verdadeira, simples e bela. O pintor acariciava a barriga da mulher, fazia-lhe declarações exaltadas. Ela gostava de ouvi-lo dizer o quanto a amava. Era a perfeita harmonia.

Certa manhã, começaram muito cedo suas contrações, e ele a acompanhou até a clínica, assistindo ao parto. Quando a enfermeira lhe estendeu as tesouras para que cortasse o cordão umbilical, ele ficou tão emocionado que quase desmaiou. Depois de se recuperar, correu para a cabine telefônica do corredor para dar a notícia até que o aparelho engolisse todas as fichas. Sua mãe deu gritos que lhe arrancaram lágrimas. Os amigos e os colegas de trabalho o cumprimentaram. A galeria que cuidava de suas pinturas mandou entregar um grande buquê de flores. Ao deixar a clínica, à noite, ele dançava e cantava.

A volta para casa foi mais difícil. A empregada tinha pedido demissão e ele não tivera tempo de encontrar outra. Felizmente, sua sogra veio dar uma força. Eles deram uma bela festa pelo nascimento. A mãe do pintor, que morava no Marrocos, não pôde fazer a viagem e se sentiu relegada. "Quando vocês vierem", disse-lhe, peremptória, "eu vou dar a 'verdadeira festa'." O pintor nada comentou.

Até que a vida dos dois mudou repentinamente. O bebê passou a ocupar todo o lugar. O casal ficava relegado a segundo plano, mas ele continuava apaixonado por ela. Passado um mês, a galeria o chamou, pedindo que voltasse a trabalhar. Ele se fechou no ateliê, mas levou tempo para recuperar a inspiração. O tipo de desenhos hiper-realistas extremamente frios que fazia antes do casamento não o satisfazia mais. Ao voltar à noite, ele percebia o cansaço da mulher. Cuidava dela, dava-lhe de comer, a consolava; e depois passava a cuidar do bebê, trocando a fralda e dando-lhe a mamadeira. Ainda se lembrava do arroto pelo qual tinha de ficar esperando uma eternidade para só então deitá-lo no berço... Era um pai cheio de cuidados; aprendia a função e tentava levar um pouco de alegria à casa. Mas sua mulher estava ficando deprimida. Era clássico, ele tinha sido avisado. Tratou então de redobrar a atenção e a ternura. Ela sentiu-se grata, recobrou a confiança em si mesma e deu a volta por cima. A criança fazia progressos dia a dia, o que aparentemente fortaleceu o casal. A vida lhes sorria e ele sentia que sua obra entrava em uma nova fase.

CAPÍTULO IV

Paris, 1990

> "Eu te deixarei cair com um ruído seco quando bem quiser", disse a mulher do bazar a Liliom.
>
> Liliom, Fritz Lang

Era uma belíssima toalha de mesa de Fez bordada a mão, do fim do século XIX. Estava um pouco gasta, o tecido não resistira ao tempo. Fora presente de casamento de um amigo marroquino do pintor, que sabia de seu gosto por belos bordados. Era tão bela, tão preciosa que ele pensara em emoldurá-la e pendurá-la como uma pintura. Mas por enquanto a havia estendido, da maneira mais delicada possível, sobre uma mesa baixa cuja forma e madeira ele não apreciava, uma mesa qualquer, dessas que podem ser encontradas na maioria das casas. Essa toalha no meio da sala causava um belo efeito, não só encobrindo a mediocridade do móvel, mas também embelezando a peça. Ele procurou se informar sobre a arte do bordado em Fez no século anterior e se surpreendeu ao descobrir que a toalha pertencera à família de seu avô materno. Fazia parte do enxoval da noiva, Lalla Zineb, filha de Moulay Ali, professor da Universidade de Qaraouiyine.

A seus olhos, essa peça assumira, então, um valor inestimável: não só era bela e única, como também fazia parte do patrimônio familiar. Na verdade, era o único presente de casamento que ele realmente tinha apreciado. Os outros eram tão convencionais que rapidamente os esqueceu. O mesmo não acontecia com sua mulher, que os dispôs em lugar de destaque no quarto e por toda a casa. Vasos, travessas douradas, lençóis bordados por mãos pequenas, cobertas de lã sintética, serviço de café imitando porcelana inglesa, mas, naturalmente, *made in China*, buquês de flores de plástico feitos para durar eternamente e outras quinquilharias que de nada serviam senão para ficarem numa prateleira lembrando que o casamento foi uma bela festa e esperando, comportadas, que a poeira viesse cobri-las entre uma espanada e outra.

Ao voltar para casa certa noite, ele se deu conta de que a toalha tinha desaparecido. Sua mulher a tinha jogado no cesto de roupa suja. Sem nada dizer, ele a resgatou, dobrou-a cuidadosamente e a guardou numa gaveta de seu armário. Pensava nas mãos delicadas que tinham passado semanas bordando aquele corte de tecido, naquele ou naquela que desenhara as flores e tinha escolhido as cores. Ele estava transtornado. Pensar que aquele bordado tinha atravessado duas guerras mundiais, o protetorado francês no Marrocos, a independência do país e, mais adiante, as várias mudanças de três, talvez quatro famílias, para acabar na loja de um antiquário que o havia exposto na vitrine, para que finalmente um de seus amigos o comprasse e lhes oferecesse como presente de casamento! Tudo aquilo parecia varrido pelo gesto de sua mulher, na melhor das hipóteses por indiferença, na pior, por ignorância. Ele quis ir ao seu encontro para lhe falar da importância que conferia a esses objetos do passado. Mas já tinha percebido que sua mulher detestava lições. Ela podia responder-lhe, de mau humor: "Mas de que serve essa velharia? Minha casa não é um bazar!" Inicialmente, ele pensou em perdoá-la, falar-lhe com ternura, explicar-lhe as coisas, ensiná-la a contemplar uma obra de arte, dizer-lhe que é possível ler um bordado como se lê um belo poema, decifrar um tapete antigo como quem identifica os traços de uma civilização etc.

Retirou-se então para seu escritório, querendo entender por que essa história de toalha de mesa mexera tão profundamente com ele. Até então, o amor dos dois sempre fora mais forte. Certos comportamentos de sua mulher o chocavam, mas ele gostava que ela fosse diferente dele. Diferenças e divergências sempre eram superadas. Mas agora não estava dando. Impossível perdoar seu gesto. Ela fizera algo irreparável, que pela primeira vez o levava a sentir que um dia poderiam se separar. A noite passou. O pintor não falou do assunto com a mulher durante o jantar. Tarde da noite, ele ria da própria raiva.

Depois do nascimento do filho, ela adquiriu muita confiança e mudou de atitude e de comportamento. O incidente da toalha foi seguido de brigas diárias. A cada vez, ele acabava saindo de casa para caminhar pela cidade. Não gostava de frequentar bares. Passeava de punhos cerrados nos bolsos e falava sozinho.

Certa noite, já bem tarde, deteve-se diante da vitrine de uma loja de televisões em que todas as telas curiosamente transmitiam uma reportagem sobre a música do Alto Atlas. Não havia som, mas, vendo aquelas mulheres vestidas com túnicas de várias cores e os homens de *djellaba* branca percutindo *bendirs* e outros tocando flauta, ele não pôde deixar de ouvir aquela música cheia de estridência e desarmonia que fora tocada em seu casamento. Era uma lembrança que tentara esquecer, mas que voltava à tona naquele momento.

Ele nunca gostara de música folclórica, fosse do seu país ou de outros. Mas, durante as providências para o casamento, sua opinião acabara não sendo levada em conta. Não pode haver festa sem música, nem um grande jantar sem muito barulho. Ele, que sonhava com um casamento em *petit comité*, entre amigos e, a rigor, alguns membros das famílias, vira-se num turbilhão de algazarra e tumulto.

Durante toda a noite, apesar da felicidade de estar desposando sua mulher, ele ficara com um ar atordoado que não era exatamente o seu jeito. Seu olhar, inclusive, ficava inquieto quando encontrava o de seu pai, radicalmente oposto àquela união, não vendo uma razão nem uma necessidade. Sua mãe vestira seu mais belo caftã, sua cinta dourada e suas mais belas joias. Mas estava contrariada, irritada com o choque de classes que lhes fora imposto pelo filho. Os outros membros da família compartilhavam esse sentimento, era o que ele podia ler no rosto tenso de cada um. Chegara-se mesmo a pedir a sua tia, conhecida pela franqueza, que ficasse quieta. Ninguém estava ali para se indispor e provocar um escândalo. Na família de sua esposa, as mulheres se esforçavam por encontrar o tom certo. Mas os olhares eram carregados de subentendidos. Os hábitos não eram os mesmos de um lado e de outro, como tampouco os gestos. Só aquela música, com a amplificação no último volume, ensurdecendo todo mundo, impedia que a situação se tornasse explosiva e acabasse em desastre. À parte ele e ela, ninguém estava feliz. Ninguém queria aquela união. Só mesmo muita loucura, pensavam os convidados, para querer juntar dois mundos tão diferentes.

Uma outra lembrança do casamento o perseguia. A do perfume de cravo-da-índia usado pelas mulheres da tribo de sua esposa. O cheiro literalmente lhe causava náuseas desde o dia em que, na infância, o sentira pela primeira vez durante uma viagem de ônibus com os pais. Quase chegava a ser uma alergia; e, depois de senti-lo, ele passava a ter dores de cabeça que o torturavam durante horas.

Naquele casamento, estavam reunidas todas as condições para derrubá-lo, mas ele soube enfrentar. Sentia infinita ternura por aquela jovem que imaginava desvinculada e fora do alcance de sua tribo. Ele a olhava e a cobria de beijos, estreitava-a nos braços enquanto acariciava sua esplêndida cabeleira quase loura. Estava apaixonado. Perdidamente apaixonado. Nenhuma outra mulher prendia sua atenção, logo ele, o sedutor que tantas experiências tinha acumulado em suas viagens e seus encontros.

Ele jamais teria imaginado que aquela festa de casamento — que agora chamava de sua derrota — viesse a deixar traços indeléveis na vida de ambos, em sua vida de casados. O encontro das duas famílias fora um choque de classes, dois blocos distantes que nada conseguira aproximar. Naquele momento, todavia, ele resolvera deixar as diferenças de lado. Achava que o amor seria mais forte que tudo, como nos melodramas de Douglas Sirk que tanto apreciava. Seu imaginário era muito mais influenciado pelos filmes do que pelos livros. Na adversidade, voltara a pensar em *Clamor do sexo*, de Elia Kazan, e *Um lugar ao sol*, de George

FELICIDADE CONJUGAL 51

Stevens, e tinha se identificado com o jovem herói às voltas com os confrontos entre as duas famílias. Mas o fato é que sabia que o cinema era o sonho da realidade.

No início da noite, apesar de todas as recomendações, sua tia não conseguiu se conter, e comunicou em voz alta seu ponto de vista aos convidados, com incrível arrogância. Com palavras francas, declarou que, para ela, toda mistura era uma traição do destino. Ela empregava termos crus, violentos, acompanhados de gestos e caretas que os tornavam ainda mais pesados. Seu desprezo era evidente. Como é que uma senhora da alta burguesia de Fez como ela podia aceitar a companhia de campônios que nem sequer falavam direito o árabe? Como pudera o seu sobrinho perder-se daquela maneira? Uma única explicação: ele não estava agindo, era induzido; não tomara uma decisão, algo nele falava em seu lugar. Com toda a evidência se tratava de um complô. O pobre noivo transformara-se num cordeiro entregue a ignorantes que tinham encontrado uma oportunidade única de se apropriar da elegância, da graça e da mais alta das tradições. Sua tia queria ferir, ser bem clara e avisar àquela gente do interior que, se os dois pombinhos se amavam, jamais poderia haver um casamento entre as duas famílias.

Sua mãe, por sua vez, manteve-se calada durante toda a festa. Sua sensibilidade e sua memória eram agredidas por aquela união, mas ela engolia a raiva. Chorava em silêncio por trás dos óculos de míope e de vez em quando dirigia um olhar de pena para o filho, que, em sua opinião, estava cometendo um erro fatal. Era uma mulher conhecida pela bondade e a sabedoria;

seria incapaz de falar mal de alguém ou de brigar. Mas tinha certezas simples, incontornáveis.

O tom seria aquele. Nada de mão estendida, nada de braços abertos, nada de hipocrisia. Sua tia assumira a liderança da frente da recusa, e não media palavras, embora fingisse dirigir-se à irmã, às filhas e sobrinhas: "Vejam só essas pessoas, não são dignas de se misturar conosco! Olhem para esse pai que nunca sorri e nem sequer tem a decência de usar um paletó limpo, vestindo essa *gandoura* amarfanhada e querendo falar de igual para igual com os nossos! E nem vou falar da comida. Decididamente, nada temos em comum, nem os mesmos gostos nem as mesmas necessidades, somos estranhos. No fim das contas, teria sido preferível que ele se casasse com uma cristã, uma moça da Europa. Não compartilham a nossa fé, mas pelo menos têm muita experiência do mundo. Um outro sobrinho meu casou-se com uma francesa, e nunca tivemos motivos para nos queixar de sua família. Lamento ser tão franca, mas eu digo o que penso, estou traduzindo o silêncio dos outros membros da família. Essa história está começando mal e vai acabar mal. Tomara que ele caia em si a tempo, que seus olhos se desvendem. Caso contrário, ela vai ter vários filhos e será tarde demais. É um método bem conhecido: dar um jeito para que cada filho pese uma tonelada, para impedir que o marido se vá!"

Por volta da meia-noite, tendo se esforçado ao máximo para dissimular à mulher essa hostilidade, ele foi encontrá-la chorando, escondida num canto. Enxugou suas lágrimas e a consolou. Teria ouvido os ataques de sua tia, ou seria o fato de estar deixando os pais para fundar uma família com ele que de repente a deixava abalada? O pintor lembrou-se do casamento de sua irmã, no qual todo mundo chorava, pois o marido chegara para levá-la definitivamente. Fora há muito tempo em Fez, um casamento no mais puro respeito dessas tradições tão veneradas por sua tia. As famílias se uniam. Tudo era acertado a meias palavras; cada um sabia de cor seu papel e a peça não podia dar errado, pois tudo fora previsto, o ritual se desenrolava sem tropeços, as famílias estavam à vontade nesse convívio, nenhuma surpresa desagradável, nada de discursos deslocados nem de falta de gosto. Ao menor passo em falso, sempre havia alguém disposto a intervir para restabelecer o equilíbrio da festa.

Hoje ele sabia perfeitamente por que, naquela noite, sua mulher começara a chorar sem conseguir responder-lhe. A atitude das duas famílias tinha reativado um sentimento de rejeição que ela julgava ter superado desde que passou a viver com o pintor. As lembranças das insuportáveis humilhações que sofrera na infância por ser de condição modesta voltavam à tona, como uma ferida secreta que de repente se abria de novo.

Ele pensou que devia ter se mostrado mais firme em sua defesa. Preparado o terreno antes do casamento. Dito que a amava qualquer que fosse a opinião das respectivas famílias, para a qual pouco estava ligando. Facilmente poderia ter lhe mostrado que o amor dos dois era mais forte que qualquer acidente de percurso. Mas não tivera esse cuidado, pensando que seu amor era tão evidente, visível, e que seria suficiente para calar as más línguas. Aquele casamento era como proclamar seu amor aos quatro ventos, urrar para quem quisesse ouvir seu afeto por aquela jovem do interior e expressar publicamente seu orgulho por ter desafiado toda uma classe social.

Sozinho pelas ruas, os punhos nos bolsos, ele remoía as histórias dos dois e em vão buscava uma maneira de pôr fim às brigas, para reencontrar a essência do amor que sentiam um pelo outro.

CAPÍTULO V

Marrakech, janeiro de 1991

> "Seria terrível depender de você de alguma
> maneira", disse a Isak Borg, setenta e oito anos, a
> mulher de seu filho.
>
> Morangos silvestres, Ingmar Bergman

Certa vez, viajando pelo sul do Marrocos, os dois passaram pela aldeia onde ela crescera antes de se transferir para a França. Ele viu sua mulher feliz, como não a via há muito tempo, movimentando-se com desembaraço, doce e generosa. Ela demonstrava cumplicidade, falava sobre a beleza da luz, das paisagens e sobre a gentileza dos moradores das regiões do interior. De repente, voltava a se lembrar da jovem que conhecera antes do casamento e pela qual havia se apaixonado. Perturbado, pensou até em se estabelecer ali, já que a região influenciava tão maravilhosamente o temperamento dela! E não estava errado, pois, no reencontro com as raízes, ela se sentia segura, o que lhe permitia apresentar-se aos outros de maneira positiva, e não mais agressiva ou deprimida. Ela passava horas conversando com as mulheres da aldeia, que lhe falavam de seus problemas. Tomava notas, comportava-se com a exatidão de um sociólogo e prometia voltar para encontrar soluções com elas. Trouxera roupas para as mulheres que conhecia e as havia escolhido cuidadosamente, tinha também brinquedos para as crianças e uma porção de remédios, que entregou à única jovem que sabia ler.

O pintor via sua mulher fazendo o bem e se sentia feliz. O céu era de um azul límpido e à noite o frio era paralisante. Ela se aninhava contra ele para se aquecer, mas também porque sentia que seu homem lhe pertencia. Ela o segurava, o atraía com todas as forças para si, como se quisesse mostrar que haveria de tê-lo para sempre. Ele pensou, por um momento, que ela o havia levado àquele lugar para apreendê-lo magicamente. Pois não acreditava em feitiçaria, como as mulheres de sua aldeia? Mas tratou de afastar do pensamento essa ideia retrógrada.

Ele desejaria fazer amor com ela naquela noite, para selar o reencontro, mas não estavam sozinhos no quarto. Havia crianças dormindo a seu lado. Ela o beijava docemente e lhe murmurava ao pé do ouvido: "Meu homem, você é meu homem..." Ele respondeu acariciando longamente seu peito.

Pela manhã, levantaram-se cedo e fizeram um desjejum tradicional. O café era inviável, a mistura de grão-de-bico grelhado com alguns grãos de café lhe dava um gosto estranho. Ele pediu chá, infelizmente açucarado demais. Em seguida, foram caminhar na estrada que leva à montanha. Estavam de mãos dadas. Ele a sentia leve, despreocupada. Disse-lhe que deveriam um dia fazer também uma viagem a Fez, sua cidade natal. Ela respondeu que gostaria, desde que não visitassem sua família e especialmente a tia de quem guardara uma lembrança traumatizante. Ele não fez qualquer comentário, temendo que o menor passo em falso estragasse aquele momento de graça que pretendia prolongar o quanto pudesse. Há meses não a via tão tranquila.

Eles caminharam por muito tempo e se esqueceram da hora. Chegando ao alto da montanha, encontraram um pastor que tocava flauta. Parecia saído de um livro de ilustrações. Descansaram então ao lado do homem. Quando ele se foi com o rebanho de cabras, estavam de novo sozinhos. Ela o beijou com ternura na boca. Ele a desejou, olhou ao redor. Foi ela quem notou uma pequena cabana. Em seu interior, eles se jogaram na palha e se despiram. Fizeram amor lentamente. Teriam de voltar com frequência, pensou ele, pois sua mulher ficava transformada.

Eles ficaram na cabana um longo momento; tinham adormecido. O pastor, como mandava a tradição, trouxe-lhes leite fresco e algumas tâmaras. Era uma forma de dar boas-vindas. O sol se punha. Começava a fazer frio. O pastor lhes fez perguntas sobre a vida do casal, disse-lhes que nunca tinha deixado sua montanha e se perguntava o que acontecia nas cidades. Mas tinha um pequeno aparelho de televisão em preto e branco que punha para funcionar com um botijão de gás. Essa espécie de janela o deixava feliz. Podia, às vezes, levá-lo como em viagem até a França, o país onde seu pai e seu tio trabalhavam.

Eles se levantaram para voltar, temendo ser surpreendidos pela noite. Em janeiro, as noites são longas e pesadas. O pastor estava feliz com aquela visita inesperada. Em sinal de gratidão, o pintor lhe ofereceu os óculos escuros: "Você precisa mais que eu, está diariamente voltado para o sol, precisa proteger os olhos." A ideia de usar os óculos da moda parecia deixá-lo louco de alegria. Ele imediatamente os pôs no rosto e declarou que estava vendo a montanha e a planície de outra forma, alegando que suas ovelhas mudavam de cor. E ria, enquanto lhes fazia mil votos de prosperidade. A mulher do pintor ainda enfiou no bolso do homem uma nota de cem *dirhams*. O pastor beijou-lhe a mão, o que era embaraçoso.

Na descida, o cansaço se fez sentir, mas um bom cansaço, aquele que leva diretamente à cama e permite dormir sem interrupções. Eles estavam com fome, sonhando com pão com manteiga, como em Paris. Mas a senhora em cuja casa estavam hospedados lhes tinha preparado um cuscuz de sete legumes. Eles se fartaram como turistas estrangeiros. O pintor estranhava a manteiga rançosa. A esposa arregalou os olhos e disse: "É bom, querido, muito bom para sua saúde, é bom para a vista, para a memória, para a imaginação e a criatividade." Ele não tivera tempo de fazer nenhum esboço, mas tudo ficara impresso em sua memória. A cor muito especial do céu voltava com frequência ao seu pensamento; ele se perguntava como poderia traduzi-la na tela. Nada tinha a ver com a de Casablanca, que era mais esbranquiçada, muito menos com a de Paris, que tendia para o cinzento. Ali, no cafundó do Marrocos, preservada da poluição, ela era de um azul suave e sutil. Delacroix, ao contrário do que se poderia imaginar, nunca tinha pintado uma tela no Marrocos. Tomara notas e desenhara em seus cadernos. Só depois de retornar à França é que tinha encontrado as cores desse país, descobrindo como compô-las em seus quadros.

No dia seguinte, eles tiraram algumas fotos da aldeia. As crianças corriam para posar diante da objetiva. As mulheres não se deixavam fotografar: diziam ter medo de perder a alma. Uma delas posou de costas. Ria e dizia: "Estou segurando bem a minha alma." Usava um vestido florido. Parecia um quadro de Majorelle, o pintor de Marrakech.

Chegou a hora de ir embora. Eles cumprimentaram todo mundo, entraram no carro e tomaram a estrada para Agadir. Passaram a noite num belo hotel de frente para a praia. O pintor imaginava como seria a cidade antes. Antes do terremoto de 29 de fevereiro de 1960. Na época, ele vira um de seus professores chorando. Tinha perdido toda a família.

Agadir viria a ser totalmente reconstruída. Os hotéis se estendiam a perder de vista. A cidade estava completamente voltada para o turismo. Sua alma fora enterrada. Em 1960, sua mulher ainda não nascera, e ele tinha seis anos. Trazia viva na memória a lembrança desse professor golpeado por tão grande desgraça. Revoltado, seu pai chegara mesmo a duvidar diante dele da bondade de Deus. Outros espalhavam o boato de que era uma punição divina. Aos seis anos, tudo isso fica meio vago na memória. Mas a lembrança dessa catástrofe o havia acompanhado a vida inteira.

Eles passearam pelos diferentes mercados da cidade. Os habitantes eram muito diferentes das pessoas de Marrakech. Sua natural dignidade impunha respeito. Mas será que ele seria capaz de viver nessa cidade reconstruída, como se tivesse sofrido várias operações de cirurgia estética? Não lhe dizia nada. Ele notou que sua mulher tinha o ar triste. Eles voltaram à estrada bem cedo no dia seguinte, antes que seu humor piorasse de novo. Ela se instalou ao volante e começou a dirigir em alta velocidade. Ele observou sua maneira segura de conduzir um veículo de muitas cilindradas. Era, de repente, uma mulher desconhecida que se sentava ao seu lado, decidida, determinada e que não tinha medo de nada.

Policiais os pararam por excesso de velocidade. O pintor quase ficou aliviado. Ela tentou suborná-los. Um dos guardas passou-lhe um sermão. Ela se dirigiu a ele em *tamazight*. Ele respondeu na mesma língua, devolveu os documentos do veículo e disse que tomasse cuidado.

O pintor ficou bestificado: a solidariedade tribal era, então, mais forte que as normas de trânsito.

CAPÍTULO VI

Casablanca, 24 de março de 2000

> "Venho da parte de alguém que não existe mais. Ele marcou encontro comigo neste lugar comovente, mas não virá", apresenta-se Louis Jouvet à doméstica que abre a porta.
>
> Un *revenant*, Christian-Jaque

O pintor cochilava, a cabeça inclinada, a perna pesada, as duas mãos cerradas uma contra a outra.

Abriu lentamente os olhos. Os Gêmeos jogavam cartas, sentados no gramado do jardim. Sua cadeira tinha uma campainha, mas ele não queria incomodá-los. Podia ouvi-los rindo e contando piadas. Ele nunca soubera jogar o que quer que fosse, nem cartas, nem *bridge*, nem xadrez. À parte o futebol, não se destacava em nenhum esporte. Uma vez jogara uma partida de tênis, mas seus amigos Roland e François tinham debochado dele. Um deles dissera: "Você está jogando como em *Blow-Up*, o filme de Antonioni"; e o outro acrescentara: "Joga de maneira tão leve que nem precisa encostar na bola!" Ele não conseguia se concentrar no jogo. Ficava o tempo todo pensando em suas telas. O pintor dedicara toda a vida de adulto ao trabalho. Passara algum tempo ensinando, mas depois se limitara a pintar e desenhar. Em compensação, gostava muito de acompanhar competições esportivas na televisão. Gostava do fator desafio existente no esporte, a ambição dos atletas de serem os melhores, pela pura e simples vontade, a obstinação no esforço e a paixão do detalhe. Gostava de lembrar aos filhos que tinha alcançado o sucesso por etapas. Subira um a um todos os degraus, nunca tinha caído nas armadilhas da facilidade nem tampouco sucumbira às modas, ou às mundanidades que acabam cegando até os melhores.

Fizera sua primeira exposição no colégio de Casablanca, onde era professor. Não tinha sido fácil obter a autorização do diretor, mas ele sabia como convencê-lo. Era um antigo colega de faculdade, um homem preocupado em seguir as regras da sociedade. Casara para atender à vontade dos pais, tinha dois filhos matriculados na Mission Française, passava as férias no sul da Espanha e sua ambição era obter crédito para construir uma mansão. Chamava-se Chaâbi e ganhara o apelido de "Pop", de "popular". Uma semana depois de o pintor ter proposto a exposição, Chaâbi o procurou para dizer, como se fosse sua a ideia: "O ministério ficará contente com essa iniciativa, sobretudo neste momento de greves e agitação; você responde à rebelião dos alunos com a arte! É incrível, não há o menor perigo e posso até prever uma promoção para você!" Pela primeira vez, com efeito, adolescentes dos bairros populares teriam acesso à pintura, e ainda por cima contemporânea. Antes da abertura da exposição, o pintor promoveu vários encontros depois das aulas, nos quais lhes falou longamente de seu trabalho, na esperança de sensibilizá-los para a arte e, sobretudo, para que aprendessem a contemplar uma obra. Projetou para eles um curta-metragem de Alain Resnais sobre Vincent van Gogh e um outro de H.G. Clouzot sobre Picasso no trabalho. Eles se mostraram interessados e até mesmo impressionados.

Nos anos seguintes, outros pintores seguiram seu exemplo. A experiência se revelava frutífera. Por intermédio dele, a pintura entrava nos colégios. E pintores que raramente conseguiam expor saíam de seus ateliês. Ficou orgulhoso.

Ela trabalhara diariamente, então, durante trinta anos, sempre com o mesmo rigor, voltando a cada tela tantas vezes quantas fossem necessárias e recusando muitas ofertas tentadoras de galeristas quando sentia que não eram suficientemente sérias. O reconhecimento chegou devagar, mas de forma segura. As coisas não foram fáceis, e certos artistas, sobretudo os mais medíocres, tentaram criar problemas para ele, não hesitando em se juntar para armar emboscadas que comprometessem sua reputação. Eram golpes baixos, que nada tinham a ver com sua obra em andamento. Esses medíocres não alcançaram seus fins, mas, como diz o tolo ditado, "onde há fumaça, há fogo". Seu pai teve receio por ele: "Mais cedo ou mais tarde, você será visado por pessoas frustradas; não apareça muito, seja discreto, não esqueça o que dizia o Profeta: longe dos extremos, a melhor coisa é o centro! Veja bem, sempre que alguém fica muito exposto, não falta quem se disponha a remexer no lixo. Quando não encontram nada, inventam alguma infâmia. A imprensa adora essas coisas e, quando você tenta remediar, ninguém presta atenção, o mal já foi feito!"

Graças a sua prudência e sabedoria, no ano em que completou trinta anos, uma grande galeria de Londres promoveu a primeira retrospectiva de suas obras. Um trampolim inestimável para o mundo inteiro. Logo viriam também outras capitais. Seu agente estava particularmente satisfeito; telefonou de Nova York e lhe disse, em um francês ruim: "Está vendo, só mesmo um judeu para fazer um árabe ganhar *lot money*, é *incredible* meu *friend*, tudo vendido, sua reputação só sobe e sobe!" Tendo ganhado, no mesmo ano, o Prêmio de Roma, ele passou um ano na Villa Medici e conheceu a Itália. Esse fulgurante sucesso em nada alterou sua modéstia nem seu comportamento. Seus pais estavam orgulhosos, as mulheres o admiravam e o procuravam com insistência. Ele continuou trabalhando, como sempre. Boatos inacreditáveis surgiam e logo evaporavam sem que ninguém entendesse nada. Um jornal marroquino deu um jeito de acusá-lo de ganhar dinheiro explorando a beleza do país... Um jornal líbio exigiu que ele fosse boicotado: "É um pintor vendido aos sionistas, que trabalha com um agente judeu e expõe em galerias de americanos que apoiam a política criminosa de Israel!" Más lembranças que desfilavam sem chegar a afetá-lo. Ele sabia que o sucesso tem um preço. Seu pai sempre lhe dizia: "A derrota é órfã, o sucesso tem vários pais!"

Ele era racional em tudo, o que contrastava com a riqueza e a profusão que reinavam em sua pintura hiper-realista. Os retratos que pintava de vez em quando, executados na mais pura tradição clássica, eram, com certeza, seus quadros que mais se pareciam com ele como homem. Mas, em suas outras telas, ele fazia questão de variar as fontes de inspiração e provar que sua arte não se baseava no acaso, mas num perfeito domínio da técnica, a única capaz de permitir a transposição do real para o suporte.

Tinha horror às escolas autoproclamadas ou inventadas artificialmente pelos críticos. Não passavam, para ele, de nichos em que diferentes artistas eram arbitrariamente dispostos. Ele não se ligava a nenhuma corrente, nenhum grupo específico. Quando lhe faziam perguntas demais, dizia simplesmente que vinha da escola Adoua, a escola primária franco-marroquina frequentada pelos filhos de notáveis de Fez, onde tinha sido matriculado pelo pai logo depois da escola corânica. Lá é que aprendera a escrever e desenhar. O professor era apaixonado por pintura e muitas vezes mostrava aos alunos livros sobre Van Gogh ou Rembrandt. Algumas crianças riam, mas ele contemplava aquelas reproduções com ardente curiosidade, que ainda hoje sentia.

Na medina de Fez, a luz era escassa. Quando o tempo estava bom, ele subia ao terraço da casa dos pais e desenhava o que via. Era difícil, e ele muitas vezes rasgava o desenho e começava de novo até alcançar um retrato o mais exato possível da cidade. Todas as casas eram parecidas, tinham a forma de cubos que se interpenetravam. Era preciso ir além dessa aparência e criar um clima. Aos dez anos, ele tomou coragem de mostrar um de seus desenhos, que considerava bom, ao professor, que o estimulou, presenteando-o no fim do ano com uma caixa de lápis de cor.

Desenhar lhe permitia escapulir, viver de outra maneira sua relação com o mundo. Ele tinha uma vizinha surda-muda muito bonita que se chamava Zina. Nenhum dos dois conhecia a linguagem dos sinais, então ele se comunicava com ela por desenhos. Passava tardes inteiras desenhando para dizer-lhe coisas gentis e fazê-la sonhar. Fez para ela o retrato de todos os membros de sua família. Foi um exercício decisivo para sua futura técnica. O desejo de se comunicar com a menina o obrigava a ser criativo.

De volta à casa, ele continuava a desenhar histórias que oferecia a ela no dia seguinte. No dia em que os pais de Zina se mudaram de Fez para Casablanca, ele ficou muito triste. A menina prometeu que mandaria seu novo endereço. Ele esperou por muito tempo, mas nunca receberia notícias dela. Essa lembrança o fez sorrir, pois Zina certamente era a primeira menina por quem havia se apaixonado, aos dez anos... Depois de alguns meses de espera vã, decidiu, para esquecer a história, queimar todos os desenhos que fizera para ela. Hoje, lamentava esse gesto, mas se tranquilizava, convencido de que deviam ser muito ruins...

Ele olhou para o despertador sobre a mesinha rolante na qual depositava seus pincéis e suas tintas quando ainda podia pintar. Onze horas e quarenta e cinco minutos, era a hora da injeção e dos remédios. Imane, sua enfermeira, uma morena de gestos delicados e olhar cheio de ternura, entrou no cômodo e começou imediatamente a cuidar dele. Sempre discreta e afável, ela vinha três vezes por dia. Ele a chamava de "Fé", tradução de seu prenome árabe, o que divertia a jovem e a fazia sorrir. Fora-lhe recomendada por um amigo médico, que dissera: "É uma pessoa que vai passar muito tempo com você, de modo que é melhor que seja, além de eficiente, agradável e até bela. É importante estar cercado de pessoas que não façam cara feia! Como sei que você gosta das mulheres, esta não vai lhe desagradar, sobretudo levando-se em conta que as relações serão de ordem estritamente médica. É uma moça de boa família, provavelmente ainda virgem. Sempre se pode lucrar alguma coisa com os acidentes da vida."

Ele sempre esperava, impaciente, cada visita de Imane. Era um momento privilegiado, pois sua presença o reconfortava.

FELICIDADE CONJUGAL

Ela fazia seu trabalho com seriedade e brandura. Certo dia, ele perguntou se tinha um noivo. Ela sorriu e disse: "Da próxima vez, quando estiver de folga, virei lhe contar minha história e, se quiser, poderei ler para o senhor tanto em francês quanto em árabe." O pintor achou a ideia excelente. Ele poderia, assim, mergulhar de novo nos textos de Baudelaire sobre Delacroix, que tanto amava, descobrir a nova biografia de Matisse. Uma vez concluído seu trabalho, Imane retirou-se tão discretamente quanto havia chegado.

Na hora do almoço, os dois ajudantes o transportaram para a sala de jantar, onde o alimentaram como um bebê. Para ele, era o momento mais penoso do dia. O médico lhe tinha dito que recobraria os movimentos da mão em algumas semanas. Era uma questão de tempo e de paciência. Mas nada acontecia. Ele comia pouco, menos por falta de apetite do que para se livrar daquela provação. Ver-se assim tão desajeitado, tão diminuído, acabava com ele. Bebia cada gole como um velho desidratado, temendo engolir de mau jeito. Um problema herdado do pai, que lhe acontecia com frequência e, em seu estado atual, podia ser mortal.

Os banheiros ainda não tinham sido adaptados para que pudesse usá-los sozinho. Era a Festa do Sacrifício, a Aïd Kébir, e nada funcionava no país. O bombeiro esperava que seus funcionários voltassem do interior para retomar o trabalho. O pedreiro não era encontrado. O pintor tinha desaparecido. A festa do carneiro era o momento em que milhões de marroquinos comiam carne, e ninguém queria perder a oportunidade, mas ao mesmo tempo era a comemoração mais temida pelas pequenas e médias empresas, pois toda atividade econômica cessava de repente. Para ele também não era nada bom. Depois da refeição e da ida ao banheiro, repousava por um longo tempo. Precisava disso, essas coisas banais da vida exigiam dele um grande esforço.

Enquanto o acomodavam para a sesta, lembrou-se de uma conversa que tivera não fazia muito tempo com seu filho mais velho. "Onde você quer ser enterrado, papai, no Marrocos ou na França? Quer ser coberto com um lençol branco ou ficar num caixão vestido com um belo terno preto? Quer que a gente visite seu túmulo ou não está nem aí? De qualquer maneira, não vai ficar sabendo se alguém veio ou não, não faz a menor diferença, não é? Eu não gostaria que você fosse queimado, já vi isso nos filmes, é horrível. De qualquer maneira, acho que é proibido pelo islã, não? Bom, estou fazendo muitas perguntas, mas você sabe muito bem que eu quero que viva muito tempo, muito mesmo, eu te amo muito. Mas, por favor, responda sobre o país e a mortalha, por favor."

Ele respondeu: "Meu filho, está tudo decidido; o país será o Marrocos; a mortalha será branca. Nada de terno preto! O que me deixa desolado é a sujeira de nossos cemitérios; você vê quando vamos visitar o túmulo dos seus avós, ficamos enojados com a falta de higiene. São garrafas e sacos plásticos por toda parte, gatos mortos, fezes de vira-latas, mendigos, charlatães, em suma... Os mortos não são respeitados em seu sono eterno. Você pode dizer que eles não estão nem aí, e tem razão, mas devem ser respeitados, é uma questão de princípio. De qualquer maneira, meu filho, o principal é se lembrar daqueles que não estão mais neste mundo; enquanto nos lembramos de alguém, ele não está morto, vive no nosso pensamento, na nossa memória, de modo que, se vierem visitar meu túmulo ou não, pouco importa, o grave seria que me esquecessem completamente. Enquanto isso, viva a vida!"

Lembrando-se dessas palavras, o pintor adormeceu em paz consigo mesmo.

CAPÍTULO VII

Paris, agosto de 1992

"Agora não sou mais aquele que entrou. Como o tempo passa! Não gosto mais de tulipas. As flores que vou lhe oferecer agora serão violetas de Parma. Um dia vou gostar muito de anêmonas."

Un revenant, Christian-Jaque

Um ano e meio tinha se passado desde aquela viagem ao Marrocos em que as brigas pararam repentinamente. De volta a Paris, eles continuaram se entendendo bem. Ele conseguia pintar, cuidar dos filhos, passar momentos com ela. Aquela escapulida lhes permitira que eles recuperassem o equilíbrio, e as brigas começavam a parecer apenas um sonho ruim. Graças às viagens que fazia para apresentar seu trabalho, o pintor conseguia se distanciar de vez em quando, o que certamente contribuía para o bom entendimento que haviam recobrado. Ela nunca se ressentia dessas viagens, gostando também de ficar sozinha por algum tempo.

Certo dia, o pintor recebeu um convite para uma reunião de artistas dos países do Sul a se realizar na China. Há muito ele sonhava com esse país, do qual nada conhecia em particular, mas que o fascinava e intrigava. Feliz, ele se preparava para a viagem com o entusiasmo de um garoto. Seria no mês de agosto. Quando ele pisou no aeroporto de Pequim, encontrou um céu branco como um quadro monocromático, mas de uma brancura que tinha algo pesado, inquietante. Em vão ele procurava nuvens ou um buraco azul. O céu da China era diferente de todos os outros céus. Ele logo sentiu os sinais de uma enxaqueca. Pensou que fosse por causa da refrigeração e da umidade, mas a dor de cabeça não o deixava, apesar dos analgésicos que tomava e que antes geralmente o ajudavam. A dor o acompanhava dia e noite, e em momento algum ele se sentiu bem. Tudo lhe parecia estranho. Ele não entendia nada do que acontecia. Houve uma recepção na embaixada do Marrocos, onde encontrou alguns rostos conhecidos e sobretudo um colega de colégio que se tornara adido comercial. "Não tente encontrar referenciais", disse-lhe ele. "Aqui tudo é diferente, e, de todo modo, é muito difícil deixar o ambiente das embaixadas, tudo é vigiado." Mas ele aceitou o convite do conselheiro cultural francês, que conhecia bem seu trabalho; ele o levou a um restaurante popular onde a comida era preparada pela família. O pintor pelo menos pôde constatar que a comida chinesa era melhor em Paris que em Pequim. À noite, não se sentiu bem, sua cabeça rodava, a visão estava desfocada, ele sentia dores nas costelas. Pensava ter se resfriado. Não tinha mais vontade de ficar naquele país onde tudo era secreto, organizado, dirigido. Impossível fazer contato com um velho pintor chinês que um amigo espanhol lhe recomendara visitar. Na China, um endereço não era suficiente, ao que parecia. Ele desistiu da investigação necessária para encontrar esse homem. Disseram-lhe: "Ah, o senhor também quer vê-lo! Todo mundo quer encontrá-lo, mas infelizmente ninguém sabe onde ele mora... Ele não é o único neste país, podemos organizar para o senhor uma visita aos melhores pintores da China, se quiser; pessoas excelentes que ainda não têm reputação no Ocidente, mas de talento reconhecido!"

Ele estava doente, mas achava que bastaria deixar o país para se curar. Ao fim de uma semana, conseguiu trocar sua passagem de volta e chegou a Paris em mau estado. Dores surdas e contínuas percorriam seu peito e os pulmões. Ele foi se consultar na clínica de pneumologia do Hospital Cochin, sendo medicado com antibióticos fortes. Mas não sentiu melhora alguma. Pelo contrário, seu estado se agravou — ele deu entrada na emergência, pois estava sufocando. Viu a morte de frente. Ela não tinha rosto, mas um cheiro forte — uma mistura de alvejante, éter e vapores de cozinha — e percorria vários corredores antes de alcançar seu alvo. Ele foi ligado a tubos de oxigênio e ficou algumas horas na sala de espera da emergência, pois não havia leito disponível. À noite, foi transferido para o pavilhão de doenças tropicais, onde havia lugar. Foi a sua sorte. Por acaso, um jovem médico encarregado perguntou-lhe: "Esteve recentemente na Ásia?" Ele fez que sim com a cabeça. Pareceu-lhe que de repente os odores fúnebres se afastavam, que o espectro da morte recolhia sua sombra. Com ar misterioso, o médico perguntou: "Por acaso comeu frutos do mar crus?" Ele se lembrou de ter percebido um camarão na salada do pequeno restaurante familiar. "O senhor contraiu um parasita que só existe na Ásia, que infecta apenas crustáceos e ataca os pulmões. Creio que está com uma distomíase pulmonar, ou paragonimose, do nome do parasita *Paragonimus Miyazaki*."

Deu-lhe, então, dois comprimidos para tomar. "Se não conseguir dormir, faça uso de soníferos e calmantes", esclareceu. E o médico se foi. O pintor passou uma das noites mais terríveis de toda a sua vida. O colchão era forrado por um plástico sobre o qual se estendia um lençol áspero, exalando um calor insuportável. Era uma tortura, mas ele não tinha como mudar de cama. E, para se sentar, ele precisava tomar infinitas precauções, pois podia arrancar os tubos de oxigênio através dos quais respirava. Tinha a sensação de ser atravessado por labaredas, de que sua pele queimava, de que seus cabelos estavam caindo. Mais uma vez, via o fim se aproximar e entendeu por que se dizia que a morte era a doença, pois a morte não é nada, o que a antecede é muito pior. Lembrou-se do que falava sua mãe quando passava uma noite ruim: "Esta noite está entre as que eu vou contar ao meu coveiro." E ria, pois quando criança não entendia como um morto ainda podia falar, especialmente com o coveiro. Além do mais, o que ela poderia dizer a ele? Que tinha dormido mal, que sentira angústia, suores frios, uma impressão de morte iminente, com seu cortejo de sofrimentos e incertezas?

Incapaz de dormir realmente ou de aplacar o mal-estar, ele escreveu suas impressões no caderno que costumava usar para os esboços. Entre sono e vigília, uma voz parecia ditar-lhe estas palavras:

> *Noite de 27 para 28 de setembro. Calor tórrido incendeia minha pele dolorida, mais insuportável que a infecção. Longo calvário; esta noite parece uma sala de espera num porão de torturas. Estou suando e me sinto sufocar, abro a janela, fico com medo*

de me resfriar. Aguardo o amanhecer diante de um sofá de plástico particularmente horroroso. Os doentes que passam o dia inteiro deitados numa cama deviam ser dispensados do sono à noite. Deviam ser preparadas atividades para eles, brincadeiras com animadores, mímicos, palhaços, como se faz com as crianças.

A cama infernal onde já tentei todas as posições emite ondas abrasadoras que se transformam em pesadelo quando meu corpo sucumbe ao cansaço: nossa casa foi destruída por crianças que derramaram baldes de tinta por todo lado, nos móveis, na cama, na biblioteca. Estou vendo uma pessoa ajoelhada, recortando uma esponja amarela, verde, vermelha. Enquanto isso, as crianças chafurdam nas poças de tinta, ignorando minha presença. Sem ver o rosto do homem ajoelhado, começo a bater nele com tanta força que acordo todo suado, trêmulo. Salto da cama e quase caio. Não suporto o contato com essa matéria maléfica.

Acomodo-me no sofá, depois de cobri-lo com minhas roupas, para não ter contato com o plástico. E adormeço. Volto então a sonhar. Estou em Casablanca, no hotel Riad Salam. Tomo um táxi, o motorista corre muito e pouco se importa se eu bato contra o vidro a cada virada. Está muito apressado, não me ouve, não se vira, precisa me levar até o lugar onde lhe disseram que me deixasse. As portas estão trancadas. Chegamos à medina de Casablanca, e o sujeito me atira num pátio onde há jovens aparentemente à minha espera. O primeiro a me olhar é careca e não tem mais dentes. Ele me observa longamente, e eu ouço: "Muito bem, agora você vai pagar!" Ele se afasta e me deixa nas mãos de outros jovens muito agressivos. Não conheço ninguém entre essas pessoas. Um sujeito de pulôver marrom me diz: "Por que não escreve em árabe? Você vai pagar." Eu lhe digo: "Mas eu não sou escritor, sou pintor, está cometendo um erro." Mas ninguém acredita em mim. Eu ouço: "Nós o conhecemos, nós o vimos na televisão, você fala em francês conosco." Eu tento negociar, defender a causa dos que escrevem em francês, embora não seja escritor, mas sinto o ódio deles. Eles querem um julgamento, com execução imediata. Sinto que estou perdido. Digo-lhes: "Vim a Casa para uma exposição das minhas pinturas." Eles riem; gritam: "Ele quer escapar, quer se passar por pintor para não ser julgado; é muito fácil, pois a pintura não é em árabe nem em francês..." Chega então um homem de cabelos grisalhos. Tenho a impressão de conhecê-lo. Ele propõe que o julgamento seja adiado, para que se faça um interrogatório. Eu escapei do linchamento... O homem não se dirige a mim, dá-me as costas e me deixa num canto onde crianças preparam uma mesa, cadeiras e instrumentos de tortura...

Às cinco horas, o pintor acordou e amaldiçoou a cama infernal onde adormecera.

O dia nasceu, ele retirou os tubos de oxigênio, abriu a ducha e viu a água escorrer sobre seu corpo, que adquiria tonalidades cinzentas, negras. Ele não sonhava mais, mas estava sofrendo de alucinações.

Estranhamente, essa passagem pelo hospital e a sensação de ter chegado perto da morte deixaram o pintor mais sereno.

A doença o debilitara muito, e os efeitos do parasita demoravam para desaparecer completamente. Mas o pintor saía, agia como se não estivesse mais doente. Continuava indo a pé para seu ateliê, que ficava no décimo quarto *arrondissement*, muito longe de sua casa. Tinha uma encomenda da prefeitura de Barcelona para o aniversário da Declaração dos Direitos do Homem, mas não conseguia pôr mãos à obra. Certa manhã, sentindo-se mais cansado que nos outros dias, sua mulher o levou para o ateliê de carro. No trajeto, com a voz branda, ele perguntou se ela poderia ir buscá-lo por volta das cinco horas. Surpreendentemente, ela explodiu: "Não sou sua motorista nem seu táxi. Fique sabendo que há um mês estou farta de bancar a enfermeira. Quem você pensa que é? O centro do mundo? Já está se aproveitando demais desse seu estado, então não conte comigo."

Eles estavam na rue d'Alésia. Ele ficou fora de si, retrucando: "Se é assim, vou continuar a pé." Ela freou brutalmente e abriu a porta. Ele saltou e foi para o ateliê sozinho.

Esse incidente fez capotar definitivamente sua vida de casal. Os conflitos se sucediam, cada vez por um motivo diferente. Ele tinha sua responsabilidade nessa debacle. Sua fraqueza, sua ingenuidade, suas ilusões e, além do mais, essa eterna esperança de que um dia ela mudaria. Para evitar brigas, ele começou a evitá-la e a criar clandestinamente laços com mulheres mais amorosas, que o admiravam como artista e como homem. Encontrava junto a elas conforto, uma amenidade de que precisava na vida. Essas relações secretas o ajudavam a preservar o equilíbrio e a não deixar brutalmente sua casa. As crianças estavam felizes, o amavam, o paparicavam. Sua felicidade agora já era feita de momentos múltiplos, mas nunca no mesmo espaço, na mesma expectativa, nunca numa espécie de continuidade. Ele esperava costurar tudo isso e viver várias vidas duplas sem pôr em risco o famoso equilíbrio.

As coisas iam tão mal entre os dois que ele a convenceu a consultar um terapeuta de casal. "Não estou maluca, se concordei em vir foi para mostrar ao seu psiquiatra como você é louco, perverso e monstruoso", disse-lhe ela pouco antes da sessão. Na sala de espera, olhava-o com olhos cheios de ressentimento.

O psiquiatra esclareceu as coisas antes de começar, explicando o desenrolar da sessão. Ela não queria saber. Vomitou diante daquele estranho horrores sobre a vida a dois, comparando o pintor a um aiatolá que queria sequestrar a mulher, impedi-la de viver, gastando dinheiro dos filhos com irmãos e irmãs, viajando o tempo todo, um autêntico marido-fantasma... "Ele simplesmente nunca está presente! Com as crianças, sou obrigada a assumir os dois papéis, de pai e de mãe. Faço de tudo para que eles continuem a amá-lo, embora o pai os tenha literalmente abandonado; mas ele não quer saber, sempre com o pretexto de que precisa trabalhar no ateliê, de que tem suas exposições, e então nunca está presente. Quando, por acaso, aparece, está sempre de mau humor, grita, berra e bate nas crianças!"

Ele, por sua vez, disse a sua verdade, que era mais simples: "Há algum tempo já não temos mais a mesma concepção da vida de casal, nem a mesma filosofia sobre a educação; a família pesa demais nas decisões dela e eu não posso dizer nada. O que minha esposa acabou de dizer não é verdade. Lamento, ela não aceita as regras, recusa-se a se questionar, ao passo que eu vim aqui porque tenho dúvidas e gostaria que fizéssemos uma terapia de casal."

Ela cancelou a sessão seguinte e o acusou de ter aproveitado para atacar sua família, o que ela não toleraria.

Um mês depois, ele voltou sozinho ao psiquiatra. Era um sujeito gordinho, de pele morena, com óculos de armação vermelha e ostentando nos ombros a caspa que caía da abundante cabeleira. Lançou-lhe um olhar de entendimento que parecia dizer: "Eu sabia que voltaria." Deixou o pintor falar por um momento e o interrompeu:

— Vou lhe fazer uma confidência, coisa rara e nada profissional. Não me chamo Jean-Christophe Armand. Sou marroquino, como você e sua mulher. Meu nome é Abdelhak Lamrani, nasci em Casablanca, me formei em medicina em Rabat e me especializei em Paris. Gostaria de exercer a profissão em meu país, o Marrocos, mas há muita incompreensão sobre minha especialidade. Muita gente considera que quem vai ao psiquiatra é maluco. Mas voltemos a você. Sua mulher não veio para mudar as coisas, veio porque acha que você estava perturbado e que ela tem boa saúde mental. Está equivocada, e eu não posso ajudar pessoas que não estão dispostas a serem ajudadas. Por isso, não podemos contemplar no momento uma terapia de casal. O que recomendar, então? Que se separe? Divórcio? Que se conforme? Que fuja? Você é que terá de tomar uma decisão. Só você poderá tomá-la. O problema estará sempre aí. Ninguém muda realmente. Não sou eu que estou dizendo, são os antigos. Boa sorte.

CAPÍTULO VIII

Marrakech, 3 de abril de 1993

> Três burguesas contam suas alucinações:
> "Levantei a tampa e vi um grande precipício e
> as águas claras de uma torrente.
> — Antes de me sentar uma águia passou por
> baixo de mim!
> — O vento jogou folhas mortas no meu rosto."
>
> *O anjo exterminador*, Luis Buñuel

O pintor sempre se prometera refazer o percurso de Delacroix pelo Marrocos. A primavera derramava sua bela luz no país quando ele decidiu comprar uma passagem de avião para Marrakech. Como na juventude, levou alguns cadernos, lápis e pincéis. Nenhuma bagagem. Hospedou-se num hotelzinho não longe da praça Jamaa el Fna e telefonou a um de seus amigos escritores que morava na medina. Este imediatamente o convidou a visitá-lo. O escritor o apresentou a duas mulheres cultas, igualmente de passagem. Uma tinha seus cinquenta anos, era magra, seca, fumava muito. A outra era nitidamente mais jovem e, além do mais, bela e opulenta. Falava pouco, mas a outra falava por ela. A primeira chamava-se Maria, a segunda, Angèle. Tinham pelo menos trinta anos de diferença. Maria trabalhava numa multinacional e viajava o tempo todo. O pintor logo percebeu que sentia prazer em conversar com ela, principalmente porque a mulher conhecia perfeitamente o Marrocos. Na despedida, marcaram um encontro no dia seguinte no hotel onde estavam hospedadas. Elas queriam entregar ao pintor um livro que tinham escrito, *As origens da arte indígena na América Latina*, que certamente o interessaria muito. Maria era argentina; Angèle, uma catalã que vivia na Guatemala.

No hotel, ele pediu para falar com Angèle, mas quem atendeu foi Maria. Agradeceu pelo livro e convidou-as a ir a uma aldeia do Sul que não conheciam e de que certamente gostariam, mas elas tinham de pegar o avião no dia seguinte. Trocaram, então, endereços e marcaram um encontro para a próxima vez em que as duas passassem por Paris.

À noite, ele tentou mais uma vez falar com Angèle, que, aparentemente sem jeito, respondeu laconicamente ao seu telefonema. Ele abreviou a conversa e se arrependeu do gesto. Dez minutos depois, ela lhe telefonou: "Estou na rua, posso falar agora. Podemos nos escrever quando eu voltar para casa. Combinado? Eu entendo o francês, mas falo mal." Ele respondeu: "Escrevo mal o espanhol, mas tento falar."

Seu instinto não o enganara. Algo era possível entre eles. Um flerte, uma aventura, uma simples história, nunca se sabe... Ele se sentia disponível, aberto a qualquer proposta, até mesmo as mais extravagantes. Tentava se desvencilhar do controle da mulher, com a qual não tinha mais relações há vários meses. Em sua cabeça, ele tinha partido, mas concretamente tudo continuava como antes. Ele alugou um carro, desistiu da ideia de seguir Delacroix e rumou para a aldeia natal de sua mulher. Manteve o quarto de hotel em Marrakech, caso mudasse de novo de ideia. Guardava as piores e as melhores lembranças daquele recanto perdido no interior.

Errou o caminho várias vezes até encontrar a placa indicando "Khamsa". A aldeia recebera esse nome porque havia apenas cinco árvores e cinco mesquitas para uma população de cinco mil almas.

Na entrada da aldeia, uma horda de crianças alegres o recebeu aos gritos. "M'ssiou, M'ssiou", diziam, girando ao seu redor. Algumas estavam descalças, outras tinham os olhos machucados. Ele respondeu em árabe — o que bastou para que começassem a debochar do seu sotaque do Norte. Mas ele tinha pensado nelas. Tirou da bolsa cadernos, lápis de cor e pacotes de canetas fosforescentes. Fez, então, a distribuição e pediu-lhes que lhe mostrassem seus desenhos no dia seguinte.

Os tios e tias de sua mulher o receberam, muito intimidados. Não sabiam mais o que inventar para agradá-lo. Lembrando-se da última visita com a esposa, ele fizera uma provisão de remédios em Marrakech e lhes deu de presente.

Eles agradeceram e pediram notícias de sua mulher. O pintor disse que estava tudo bem, que ela cuidava dos filhos, da casa, que eles estavam felizes... Era a primeira vez que ele vinha sozinho. Teve a sensação de que devia fazer essa viagem com mais frequência, pois as coisas adquiriam um aspecto diferente. Encontrou pessoas humildes, generosas, atenciosas, com um grande coração. Explicou-lhes que estava de passagem, que queria ir à montanha para tirar fotos e desenhar. Alguém logo se ofereceu para acompanhá-lo, carregar suas coisas. Era um jovem de olhar vívido, falando um pouco de francês, mas nem uma palavra de árabe. Tinha menos de vinte anos e se chamava Brek.

Durante toda a subida, ele não parou de fazer perguntas sobre "Clirmafirane". O pintor levou algum tempo para entender que se tratava de Clermont-Ferrand. Parecia absurdo, no alto daquelas montanhas, ouvir assim repetidamente sem interesse o nome dessa cidade. O céu estava de um azul puro, as perspectivas eram magníficas; o horizonte, quase infinito. Brek tinha guiado dois anos antes um casal de franceses em visita à região. Eles viviam em Clermont-Ferrand e tinham prometido ao rapaz que tentariam conseguir um visto para ele trabalhar em sua casa e cuidar de seu jardim.

Enquanto o pintor fazia esboços em seu grande caderno, Brek disse de repente:

— Sabe, minha prima, sua mulher, também me convidou para ir à França. Eu enviei fotos para identidade, meu passaporte e outros documentos. Ela me disse que eu poderia ir em breve. Por isso é que eu quero saber tudo sobre Clirmafirane, é lá que você mora?

— Não, nós moramos em Paris, no décimo terceiro *arrondissement*. Não é como aqui.

— Ela me disse que vocês têm uma casa grande e que eu cuidaria do jardim.

— Ah, sim?

— Sim, vou ser o seu jardineiro.

— Mas você é jardineiro?

— Não, mas o casal de Clirmafirane também me disse isso. Eu vou saber fazer as coisas. Sei arrancar ervas daninhas, cavar, regar...

— Mas você acabou de casar, vai deixar sua mulher e partir para o estrangeiro?

— Não, minha prima me disse que minha mulher vai trabalhar para vocês na casa; mandou providenciar também um passaporte e um visto para ela.

E foi de fato o que aconteceu apenas alguns meses depois. Ao voltar a Paris depois de um vernissage na Alemanha, o pintor surpreendeu-se ao descobrir que uma mulher muito jovem estava instalada num dos quartos das crianças. Ela era tímida, não falava uma palavra de francês nem de árabe. Quando ele perguntou à esposa por que não lhe falara a respeito nem perguntara sua opinião, ela respondeu de forma agressiva:

— Sei o que estou fazendo. Essa moça se casou muito jovem, e mandei trazê-la para que frequente a escola e, ao mesmo tempo, me ajude a cuidar das crianças. Você nunca está aqui, não sabe o que acontece nesta casa quando está ausente, tudo que é preciso fazer. Está procurando um pretexto para me encher, não é? Pode começar a procurar outro...

— Mas você me põe diante do fato consumado!

— Fato consumado é você!

Ele se calou. Constatou no mesmo dia o tamanho do estrago. A pobre camponesa estava totalmente deslocada. No banheiro ao lado do quarto que ela ocupava, encontrou papel higiênico usado no chão. O vaso estava sujo, pois ela devia subir nas bordas, não sabendo que era para se sentar. Ele saiu consternado. Nada disse à mulher, preferindo que ela tomasse conhecimento por si mesma. Deu uma olhada no quarto. Ela usava a cama para depositar seus pertences. À noite, dormia sobre um edredom estendido no chão. Na manhã seguinte, ele a encontrou em posição fetal, completamente vermelha. Confundiu um vidro de mostarda com geleia e engoliu uma colherada bem cheia. Na cozinha, ele encontrou uma latinha de Coca-Cola cheia de buracos. Provavelmente ela tinha tentado abri-la com os dentes... À noite, ele a ouviu chorar no quarto.

Um mês depois, ela voltava para sua aldeia. O pintor ficou aliviado. Mas, duas semanas depois, uma outra moça viria substituí-la. Esta acabara de passar no vestibular e iniciava os estudos de biologia. Ele tampouco fora avisado de sua chegada. Qualquer discussão ou contestação seria inútil. Ele fez apenas uma pergunta à mulher: "E o jardineiro? Quando é que ele chega?" Não teve resposta.

Do alto da montanha, a aldeia de Khamsa parecia uma mancha vermelha e ressecada. Nenhum oásis por perto, nem sombra de verde nas imediações, nem um único arbusto. O pintor pensou que era um cafundó maldito, apenas pedras e cardos. Brek confirmou. Ele se mostrava eloquente sobre seu lugar de origem: "Deus nos esqueceu. Não temos nada: pouca água, nada de eletricidade, nem colégio, nem médicos, nada, nada frutifica aqui; mas temos uma colônia de gatos e cães tão esfomeados quanto nós. Eles vêm para cá porque ninguém os impede de farejar em qualquer lugar. Dá para entender então, meu irmão, que Clirmafirane não pode deixar de ser melhor! Sabe, por acaso, por que a sra. Nicole não me escreveu nem respondeu às minhas cartas? E minha prima, acha que vai cumprir a palavra?"

Quando ele achou que já bastava de esboços e fotos, voltou para a aldeia com Brek. Esperava-o um magnífico jantar. O *tagine* de carneiro com azeitonas era muito gorduroso. Não poderia comê-lo, engoliu algumas colheradas e se serviu de um cuscuz tão gorduroso quanto o *tagine*. Envergonhava-se de não honrar aqueles pratos que as mulheres tinham levado o dia inteiro preparando. Felizmente, os outros convivas comeram tudo. Ele dormiu num quarto usado para orações. Ardência no estômago e azia não o deixaram fechar os olhos. Bem cedo pela manhã, ele deixou a casa e deparou com uma luz de suavidade e sutileza extraordinárias. Tirou uma série de fotos para guardar na lembrança. Ao retornar a Paris, logo começou a trabalhar com tudo que vira e que tanto o havia impressionado durante a viagem.

Sua mulher entrou no ateliê e reconheceu sua aldeia. As duas telas não estavam concluídas. Ela as contemplou e, antes de partir, disse:

— O dinheiro da venda dessas telas será para Khamsa. Você não tem o direito de explorar essa pobre gente. Eles não sabem que você enriquece com sua miséria, é como o seu amigo fotógrafo que filma os operários nas minas e depois faz exposições nas quais se enche de dinheiro. Isso devia ser proibido.

Ele respondeu sem saber se ela o ouvira:

— Elas não estão à venda.

CAPÍTULO IX

Casablanca, 1995

> "Há quem diga que pela cor dos cabelos dos
> mortos se pode saber o que foi feito de sua alma."
>
> *Le rio de la mort*, Luis Buñuel

Certo dia, quando já viviam em Casablanca há dois anos, em sua bela casa, sua mulher lhe disse em tom lacônico: "Sei que você me trai e sei até com quem."

Começou a era da suspeita. Que nunca mais terminaria. Ela o vigiava, desconfiava de tudo que ele lhe dizia e suspeitava de qualquer mulher do seu círculo de relações. Seu ciúme não conhecia limites. Assim, quando ele se preparava para ir ao encontro do pintor Anselm Kiefer, em Berlim, para um debate sobre "Arte e escrita", ela lhe anunciou que sua viagem tinha sido cancelada.

— Mas como é possível? — perguntou. — Quem fez isso?

— Eu, quem mais queria que fosse? Uma mulher telefonou para perguntar a que horas seu avião chegaria a Berlim, era uma magrebina, uma certa Asma... Senti pela voz que ela se prostituía, então disse que meu marido não estava interessado nesse suposto seminário e que ia ficar com sua mulher, e desliguei.

Essa história deixou o pintor completamente furioso. Ele tentou cancelar a anulação, mas já era tarde, ela rasgara os convites para o seminário, e ele não tinha mais os nomes dos organizadores. Envergonhava-se da situação e descobria como sua mulher podia ser perigosa para ele. Ainda tentou telefonar a um de seus amigos em Berlim, mas ninguém atendeu. Era a véspera do seminário. Ele não conseguia aplacar sua raiva. Naquela noite, dormiu na sala e decidiu ir visitar sua mãe doente.

Na manhã seguinte, ele ainda não recobrara a calma. Tinha pressa de se afastar da casa. Indignado com o cancelamento do seminário, ele ruminava na estrada para Fez, onde vivia sua mãe. Lembrava-se de um recente jantar com amigos no restaurante do hotel Le Mirage, perto de Tânger. Sua mulher começara a contar coisas horríveis sobre uma pessoa conhecida. Ela inventava, dizia absurdos, acusava essa pessoa de quase ter afogado os filhos de ambos, e depois, sem a menor cerimônia, se dirigira ao marido: "Você não é um homem e menos ainda um marido! Se fosse um homem, teria cortado relações com esse suposto amigo que quase causou a morte de um dos seus filhos!" Não aguentando mais, perdendo completamente o controle, o pintor jogara um copo d'água no rosto da mulher. Ela imediatamente devolveu a agressão, atirando-lhe seu copo de vinho. Ele não enxergava mais; ficou no escuro durante alguns segundos. O restaurante inteiro acompanhou a cena. O casal de amigos tentou acalmar as coisas. Mas a violência do que acabava de acontecer lhe causava muito mal, ele não se perdoava por ter perdido o sangue-frio.

Nunca mais haveria de se permitir esse tipo de reação. Com lágrimas nos olhos, ele fora caminhar pela praia com o amigo. "Quando a violência se instala num casal, a vida em comum não é mais possível", dissera-lhe o amigo. "Tudo o mais não passa de remendos e mentiras. O divórcio, então, é a única solução." Pela primeira vez alguém pronunciava a palavra divórcio ao falar sobre sua vida de casado.

Quando sua mulher viajava e ele ficava sozinho com as crianças, a grande casa de Casablanca mergulhava no silêncio, as coisas aconteciam sem drama e até as brigas habituais dos filhos eram menos frequentes. O pintor observava a casa com um olhar perscrutador e pensava: até as paredes descansam. Reinava no ambiente uma calma inusitada que ele adoraria prolongar além dessa ausência. Mas como?

Quando eles moravam em Paris e ele ia para o ateliê, podia às vezes dormir por lá, pressentindo a tempestade que o esperava em casa. Adiava por uma noite, esperando, assim, aplacar as recriminações. Sua mulher desconfiava que não estaria sozinho no ateliê, aparecia no meio da noite e ia embora sem dizer uma palavra. Passara a se referir a seu local de trabalho como "o suposto ateliê" ou, mais diretamente, o "bordel".

É verdade que lá ele recebia suas amigas, de preferência à tarde. Trabalhava pela manhã e depois do almoço gostava de fazer a sesta. Uma dessas amigas, em particular, conhecia melhor que ninguém o sentido que ele conferia a essa palavra. Era uma mulher casada, professora de matemática aplicada. Ela gostava desses momentos em que encontrava o artista, que já admirava antes de conhecê-lo. Levava-lhe presentes, não raro chás de perfume sutil, e o amava sem deixar de amar o marido, com quem fizera um pacto de liberdade assumida, sem mentiras, sem trapaças. Em momento algum o pintor se sentia culpado. Não estava fazendo nada de mau, apenas buscando seu equilíbrio fora de um casamento que funcionava, intermitentemente, em função dos acontecimentos familiares e, sobretudo, das viagens. Com a professora, como a chamava, ele passava horas conversando, trocando ideias, às vezes se confidenciando. Também podiam fazer amor, mas não era o mais importante. Passados alguns anos, tinham conseguido instaurar uma paz de que ambos precisavam, ele em especial. Havia ternura, amizade e também sensualidade. Eles tomavam chá e falavam das exposições. Ela o conhecia bem e adivinhava seus desejos. Gostava de ler e de contar o que a emocionava no estilo dos romancistas do século XVIII. A professora de olhos claros e cabelos castanhos tinha uma pele de brancura estonteante. Quando ficava nua, ele pedia que ficasse andando pelo ateliê, pelo prazer de admirar seu corpo e seu porte. Ela mandava que ele ficasse vestido, ajoelhava-se, com os dentes agarrava o zíper da braguilha e a abria, pegava seu membro e o acariciava demoradamente, beijava-o e só o largava depois de engolir a semente que lhe causava arrepios no contato com seu palato.

Apesar das suspeitas da mulher, o pintor pensava que fizera bem ao decidir, de repente, deixar Paris e seu clima cinzento para se instalar em Casablanca. A luz da cidade o deixava feliz, o que se podia perceber em sua nova maneira de pintar. O lugar onde moravam era de grande beleza. Construída por um casal de homossexuais ingleses na década de 1920, sua casa tinha um belo jardim, com vista para o antigo porto, tendo, ao fundo, o mar. Mas essa magnífica residência ficava escura toda vez que estourava uma briga entre ele e sua mulher.

O pintor sempre tivera um pressentimento, a estranha intuição de que um dia seria vítima de um ataque ou de algo parecido. Consultara um amigo cardiologista, que lhe dissera o que era preciso evitar: antes de mais nada, estresse, contrariedades, acessos de raiva repetidos, reações violentas. "Seja esperto", dissera-lhe. "Fique indiferente, não se deixe invadir nem manipular. Nós temos a mesma idade, meu caro, então sei do que estou falando. Se sentir alguma tensão em casa, se afaste, vá para o ateliê. Nós precisamos de você como amigo, é verdade, mas também como artista. Você é conhecido, festejado, respeitado, tem talento e o seu trabalho se impõe sem dificuldade mundo afora; portanto, não se deixe abater... Muito bem, seu eletrocardiograma está bom, o teste de esforço também, você tem pressão arterial descontrolada, vamos cuidar disso, pratique esportes, siga um regime alimentar e sobretudo, sobretudo, relaxe e busque momentos agradáveis!"

Tudo isso ele sabia. Seu amigo apenas confirmava. Ele cuidava da pressão e não comia mais coisas gordurosas. Parou de fumar, a não ser um charuto de vez em quando, e caminhava diariamente. Desde que tinham voltado a viver no Marrocos, deixando para trás Paris e sua vida trepidante, ele tinha mais tempo para cuidar da saúde. Todas as manhãs saía para caminhar com um amigo que chamava de Google, pois era tão culto que bastava fazer uma pergunta para que ele respondesse com uma brilhante exposição durante todo o passeio ao longo da amurada de Aïn Diab. Ele se exercitava enquanto o amigo falava, durante quase duas horas, depois mergulhava no mar e então retornava à *villa*, onde tinha montado um ateliê.

Na primavera, seu galerista espanhol veio visitá-lo, insistindo que se preparasse para a grande exposição que estava organizando para ele no início do ano seguinte. Recebeu também a visita de dois críticos de arte que estavam fazendo um livro sobre seu trabalho. Não era a primeira obra dedicada a ele, mas dessa vez era mais importante, estando previsto o lançamento do livro em três línguas para coincidir com a exposição. Uma grande operação. Ele era modesto, mas no fundo estava orgulhoso e lisonjeado; não deixava isso transparecer e sentia nascer em si uma energia especial para pintar a série de telas que tinha imaginado e para a qual já fizera alguns esboços. Para essa série, decidira pintar as árvores de seu jardim. Cada uma delas era diferente e semelhante ao mesmo tempo, mas a precisão do traço e a adequação entre o real e o imaginário eram espantosas, quase perfeitas. Eram grandes telas sobre fundo neutro, árvores isoladas, mas reinventadas. Ele detestava a expressão "natureza-morta", pois, para ele, a arte nada tinha de congelado, a arte era vida, e nada havia de morto em suas telas. Sempre desconfiara de etiquetas e categorias. E, sobretudo, não queria saber de realismo! Um amigo escritor comentara a dificuldade de escrever um texto sobre seu trabalho, pois as palavras justas eram raras e, em certos casos, ambíguas. Ele tivera, então, de descartar as expressões inadequadas.

Ele viajou por alguns dias a Madri para comprar o material de que precisava e aproveitou para encontrar alguns amigos. Reencontrou Lola, a mulher que amara antes de se casar. Ela havia mudado, casara-se e tinha dois filhos. Por vezes ele a observava e constatava o quanto as lembranças são mentirosas. Guardara dela a imagem de uma bela jovem de corpo magnífico e sensualidade perturbadora, mas se via então diante de uma mãe de família que se deixava levar. Foi uma noite triste. Ele a beijou e a levou até em casa. Era melhor não reavivar lembranças. Quando voltou a Casablanca, seu motorista e assistente Tony — que fora assim apelidado por seu antigo patrão, mas na verdade se chamava Abderrazak —, responsável por cuidar das questões administrativas, fazer as compras, pagar as contas e, sobretudo, poupar o pintor dos problemas de ordem prática — problemas particularmente frequentes e absurdos nesse país —, não estava à sua espera. Estranho. Tony nunca tinha faltado a um compromisso, nunca se atrasava; era sempre impecável, pontual e se antecipava aos fatos. Ele então lhe telefonou. "Lamento muito, senhor, mas sua mulher me tomou as chaves do carro e me mandou embora. Eu ia telefonar, mas não sabia a que horas seu avião aterrissaria." Ele ligou para a mulher, que lhe disse: "Muito merecido! Esse parasita roubava dinheiro dos meus filhos e nos enganava direitinho. Você é muito ingênuo, está o tempo todo sendo passado para trás e acredita nas bajulações desse sujeito. Mas agora acabou o seu Tony! Que vá roubar em outra freguesia. De qualquer maneira, não precisávamos dele, estava vivendo às nossas custas e agora pode ir procurar o seu veado italiano... E, por sinal, é muito estranho esse seu apego a ele! Bom, não

FELICIDADE CONJUGAL

quero mais saber desse assunto, eu o mandei embora porque descobri que ele estava roubando, é um ladrão esse seu Tony!"

Enquanto ela berrava esses disparates, crescia nele uma raiva incontrolável. Ele não conseguia mais se segurar, as pessoas o olhavam e continuavam se dirigindo ao balcão de check-in. Ele largou a bolsa no chão, onde estava seu computador, e começou também a berrar. Andava em círculos como um louco no saguão do aeroporto e desligou o telefone xingando e insultando sua mulher. Estava arrasado, sua saliva tornou-se amarga e rara. Era um indício de grande contrariedade. Ele saiu em busca de um copo d'água. Ao beber, engoliu de mau jeito e começou a tossir, ficou completamente vermelho, pôs o copo de lado e levou a mão ao peito. Alguém havia apanhado sua bolsa e veio trazê-la. Ao fazer menção de agradecer, ele sentiu como se tivesse levado uma facada na altura do peito. Sentindo dor, suas pernas vacilavam e ele se sentou numa cadeira, tremendo, suando e com uma dor de cabeça mais violenta que de hábito. Empregados do aeroporto que o conheciam vieram socorrê-lo e mandaram perguntar pelo alto-falante se havia algum médico entre os passageiros. Um sueco se aproximou e disse, em inglês: "Rápido, para o hospital." Ele ficou em observação por vinte e quatro horas e, no dia seguinte, foi levado para casa de táxi.

Era apenas um alerta. As crianças estavam no colégio, sua mulher tinha saído, talvez tivesse ido embora. Ele sentiu um grande alívio, pois o que poderia dizer depois do incidente do aeroporto? Não falar nada seria, de certa forma, consentir. Por isso era conveniente que ela não estivesse ali. Menos um confronto. Ela nem sequer ficara preocupada por ele não ter voltado para casa no dia da briga pelo telefone. Devia ter pensado que ele fora embora ou dormira no hotel ou na casa de uma das amantes. Tony, por sua vez, fora visitá-lo no hospital e lhe pedira que não ficasse aborrecido com a mulher, pois, de qualquer maneira, ele continuaria a lhe prestar serviços. Ele sentia muito e lamentava ver seu patrão e amigo naquele estado.

CAPÍTULO X

Casablanca, 1995

> "Entre o homem e a mulher, a crueldade é indispensável", responde Matsuko a mulher do assassino.
>
> *O obcecado à luz do dia*, Nagisa Oshima

O pintor se surpreendera ao constatar que, depois que foram viver em Casablanca, sua mulher mudara de hábitos. Ela se ausentava com frequência, voltava no meio da noite, bebia muito e dizia que estava com "as garotas". Costumava encontrar um bando de mulheres divorciadas, amarguradas e feministas tardias, que se reuniam na casa de uma bruxa cuja feiura física denunciava uma alma escura. Baixa, gordinha, uma cabeleira de leoa, olhinhos profundos e, sobretudo, uma testa estreita que, de acordo com um fisionomista, era de mau agouro. Queria que a chamassem de "Lalla", alegando que sua mãe fora uma das concubinas de Hassan II. O nome de toda princesa é antecedido de "Lalla". Ela vivia inventando histórias, dizendo-se uma antiga hippie que tivera como amantes celebridades, cantores, músicos e até um ator famoso cuja foto trazia sempre consigo, tirada numa cidade que dizia ser Los Angeles, quando, na verdade, devia ser um cenário da Kasbah de Zagora. Declarava ter se hospedado, na Índia, na casa de um mestre que lhe abrira os olhos sobre os mistérios da alma; aprendera com ele onde encontrar a fonte de todas as energias, tanto as positivas quanto as negativas; afirmava que as ondas que emitimos levam tempo para se deslocar, de modo que acabara de receber as de sua mãe, morta e enterrada dez anos atrás — em suma, bancava a mística com palavras complicadas cujo sentido exato desconhecia, mas demonstrava suficiente convicção para influenciar mentes dispostas a segui-la e a obedecê-la em seus delírios e manipulações. Servia-lhes o velho discurso feminista da década de 1960 com um tempero mito-místico-orientalista-fajuto, com perfumes de incenso *made in China* encontrado em qualquer drogaria popular do bairro de Maarif. Dizia que seu mestre e guru indiano lhe mandava essas ervas colhidas em seu próprio jardim e ressecadas em seu salão de meditação. Dava-lhes nomes tirados dos títulos de filmes de Bollywood vendidos em DVDs piratas perto do mercado de legumes de Jouteya.

Lalla tinha senso teatral e de encenação. Nela, tudo era falsificado, mas acabava passando, não obstante a evidente estupidez e o absurdo de seu discurso. Quanto mais estapafúrdio, mais impressionava a corte de tietes, que nem de longe suspeitavam da mistificação. Elas tinham finalmente encontrado sua alma gêmea, aquela que as entendia e sabia encontrar as palavras certas para lhes falar e mostrar o caminho. Lalla casara-se com um primo que tinha recebido considerável herança. Era um homossexual que queria dispor de uma cobertura social, e pagara caro por ela. Ao fim de um ano de vida maquiada de casal, ela se separou, não sem antes tirar dele alguns milhões, além da mansão onde viviam. Sem qualquer preocupação de ordem pecuniária, ela dispunha de tempo e dinheiro suficientes para formar uma pequena corte e, assim, sentir-se importante. Dizia fazer traduções para editoras americanas, mas não era capaz de mostrar sequer uma com seu nome impresso. Seu pai, que voltara a se casar após a morte da mulher, vivia longe dela e quase nunca a encontrava. Ela tentara atrair para seu círculo a madrasta, que logo se dera conta do grande blefe, atirando-lhe umas boas verdades na cara. Dias depois, levou ao pai fotos comprometedoras de sua mulher, fotos que havia montado no computador. Queria prejudicá-la, mas a madrasta, mais forte e sã que Lalla, desmascarou o truque. Depois do fracasso dessa lastimável maquinação, ela ficou em quarentena, não mais sendo autorizada a entrar na casa do pai. Contava às "garotas" que seu pai estava sendo enfeitiçado por uma bruxa que o espoliava de seus bens e da qual esperava um dia poder salvá-lo.

A mulher do pintor levava a sério essa história rocambolesca. Dizia que a madrasta, de uma família de Agadir, descendia de uma linhagem de feiticeiras conhecidas no Sul do país. Quando o marido se mostrava descrente, ela se enfurecia e chorava por ele ter ousado pôr em dúvida as palavras de Lalla.

O pintor chegou a pensar, por algum tempo, que essa relação talvez ocultasse uma ligação lésbica. Sabia que sua mulher detestava a homossexualidade e que não suportava mulheres que se aproximassem demais para seduzi-la. Mas ela estava de tal maneira apaixonada por essa Lalla, que ele começava a ter dúvidas. Às vezes, passava o dia inteiro com ela. Devia ter sentimentos a seu respeito, pois concordava com tudo o que ela dizia, repetia palavra por palavra seu discurso, reproduzindo-o com ênfase e determinação, reiterava certas frases como se estivesse num tribunal. Ele tentava chamá-la à razão, mostrar-lhe que aquela mulher era uma mística entediada que precisava de uma corte para se sentir viva, mas de nada adiantava. A esposa a defendia, não tolerando a menor crítica a respeito da outra. Ele decidiu então recorrer ao ciúme. Era normal que um marido ficasse com ciúmes de uma pessoa que lhe açambarcava a mulher doze horas por dia. Achava que ela se mostraria sensível a esse argumento, tomando-o como uma prova de amor. Talvez não chegasse a romper com Lalla, mas pelo menos se conscientizaria um pouco da condição psíquica e mental da manipuladora.

Mas, em vez disso, ela respondia: "Finalmente alguém me abriu os olhos, Lalla é a mulher mais nobre, mais digna e mais sincera desta cidade. É uma artista de grande talento. Graças a ela, finalmente pude entender que minha vida estava sendo sacrificada; hoje, eu não me deixaria mais enganar, não toleraria mais as humilhações da sua família, as maquinações do seu irmão com a mulher, as tramoias das suas irmãs, que só nos procuram para mendigar dinheiro. Sou uma mulher liberada, faço o que quero, me realizo, vou viver livre do controle de um perverso, de um monstro egoísta, um covarde, um marido solteiro que continua a viver como se estivesse sozinho, um hipócrita incapaz até de assumir o fato de ter gerado filhos. Isso mesmo, graças a Lalla estou com os olhos bem abertos. Finalmente vou viver, viver minha vida; e você, quero que vá à merda, você e as vadias que giram ao seu redor e de seu dinheiro imundo... Mandei embora outro dia sua irmã menor, dizendo que você fora para a Ásia;

ela acreditou e deu meia-volta; ficou muito decepcionada. Deixei bem claro para ela que não valia mais a pena vir de Marrakech a Casablanca; disse-lhe que você estava arruinado, que não tínhamos mais dinheiro. Acho até que ela chorou."

A coisa estava clara e bem-entendida, restava apenas tirar as devidas conclusões. Certos amigos se ofereceram para falar com ela, tanto mais que conheciam a fama da feiticeira. Mas sua mulher tinha a capacidade de levar a crer que não só ouvia atentamente, como estava perfeitamente de acordo com o que lhe diziam. Os amigos voltavam satisfeitos com a intervenção e tranquilizados. Mas não a conheciam de verdade. Seu sistema de defesa era primário e arcaico, mas de incrível eficácia. Ela só fazia o que queria e alegremente esquecia o que uns e outros pensavam a seu respeito.

Um amigo sugeriu ao pintor que tentasse seduzir Lalla para afastá-la definitivamente de sua mulher. Mas ele não teve coragem, jamais seria capaz de representar semelhante papel. Não era ator nem jogador. Deixava isso para os inimigos e adversários.

Lalla continuava mantendo relações estreitas com sua mulher, para desespero dos filhos, que também acabaram descobrindo que essa amizade era suspeita. Queixaram-se ao pai, que tratou de desdramatizar o caso, para não preocupá-los. Certo dia, Lalla cometeu o erro de intervir quando eles negociavam com a mãe a programação de férias. Não gostando dessa interferência, pediram à mãe que deixasse de vê-la. Mas ela estava dominada, enfeitiçada, completamente vendida à visão debilitante da grande amiga.

Lalla escrevia textos sobre a "energia primal", mas não conseguia publicá-los. Tratava então de reuni-los, encaderná-los e oferecê-los àqueles que mereciam sua confiança. Afirmava que seu pensamento era tão pessoal que não desejava divulgá-lo para o grande público. Os textos eram acompanhados de desenhos primários, e o resultado era tão ridículo que não parecia corresponder a todo o barulho que ela fazia ao seu redor. Dessa maneira é que a pequena seita contribuía financeiramente para seu estilo de vida. E ninguém via nada de errado nisso.

Certo dia, o pintor teve a oportunidade de ver um filme contando a história de uma bela professora que chega a um colégio, casada, com dois filhos, um deles trissômico. Ela conhece então uma mulher de mais idade, professora no mesmo estabelecimento, vivendo sozinha com um gato. Tem início uma amizade entre as duas, e, aos poucos, os laços se fortalecem de tal maneira que elas se tornam inseparáveis: a mais velha protegendo a jovem e guiando seus passos no terreno pedagógico, mas também afetivo. Em uma noite, a jovem cede aos avanços de um dos alunos, um belo adolescente. A velha os pega em flagrante e chantageia sua protegida, embora esta não tenha as mesmas intenções nem os mesmos sentimentos que ela. A senhora acredita ter a outra sob controle, mas um incidente envolvendo seu gato e a criança trissômica põe fim à amizade ambígua entre as duas. Sentindo-se traída e abandonada, a velha espalha o boato de que a nova professora é pedófila e tem relações sexuais com um aluno. O escândalo explode. A jovem é condenada a uma pena de prisão, mas com o tempo esse acontecimento a liberta do domínio da velha perversa.

Ele não conseguia deixar de pensar em Lalla e na relação que sua mulher mantinha com ela. Comprou o DVD do filme e pediu à esposa que assistisse com atenção. Ela obedeceu, mas veio então dizer-lhe: "Não entendo por que queria que eu visse esse filme." Naturalmente, ela tinha entendido a semelhança entre as duas situações, mas não achava que lhe dissesse respeito. Ele se limitou a sorrir e desistiu completamente da ideia de livrá-la daquela mulher malévola. Alguém lhe disse: "Você vai ver, um dia ela vai se cansar, vai deixá-la de lado, é preciso ter um pouco de paciência."

Outros dramas surgiram, e a relação com a bruxa tornou-se secundária para ele. O pintor entendeu que o importante era salvar a própria pele, escapar dali e acabar com aquela vida de casal em que ele já não tinha mais lugar nem posição.

CAPÍTULO XI

Casablanca, abril de 2000

"Os sonhos e a vida são a mesma coisa. Ou então não vale a pena viver."

O boulevard do crime, Marcel Carné

Imane não era apenas enfermeira, era também cinesioterapeuta. Massageava-lhe a perna paralisada e os braços. E o fazia ao mesmo tempo com delicadeza e força. Ele gostava desses momentos e podia apreciar os progressos que fazia, por menores que fossem. E ela se mostrava um pouco petulante, jogando com o sorriso, os olhos e o charme. Ele se afeiçoara a ela e antegozava o dia em que haveria de ouvi-la contar sua história, como prometera.

Certa manhã, no horário da primeira visita de Imane, o pintor viu chegarem um homem e uma mulher de certa idade vestidos de branco, com os rostos marcados, duros, sem sorrisos. Ela lhe disse: "Sou a sua nova enfermeira, e o meu irmão, seu cinesioterapeuta. Foi a sua mulher que nos mandou." Ele protestou, batendo com a bengala no chão; as palavras não saíam de sua boca. Pela primeira vez, sua mulher, com quem não se comunicava desde o acidente, permitia-se interferir sem levar em conta seu estado. Ele os mandou embora, instruindo os Gêmeos a lhes pagar e dizer que nunca mais voltassem. Era preciso chamar Imane e lhe explicar o que acontecera. Mas ele ficara tão chocado com a repentina intrusão que não tinha coragem de fazê-lo, e esperava que a tempestade provocada nele por essa visita desagradável se acalmasse.

A volta de Imane, que conseguiu por intermédio de seus fiéis Gêmeos, o acalmou e ao mesmo tempo o perturbou. Era uma autêntica festa, uma alegria interna que ele não conseguia demonstrar, por causa do rosto deformado. Mas seus olhos o traíam. Imane contou que dois dias antes recebera a visita de sua esposa, que usara um tom ameaçador e peremptório. Imane não queria entrar em conflito com a mulher de seu paciente e preferira abrir mão dele. Pretendia também lhe escrever uma carta para manifestar sua grande simpatia e dizer quanto lamentava aquilo tudo. "A partir de agora", respondeu-lhe ele, "você vai se entender apenas comigo! Se por acaso minha mulher se dirigir a você, diga-lhe que fui eu que a contratei e que sou eu quem decide."

Encantada, Imane trabalhava cantarolando, murmurando palavras que o ajudavam a relaxar. E ele de fato precisava, pois ainda estava abalado pela mais recente contrariedade. Que diabos teria acontecido para que sua mulher fosse desenterrar o machado de guerra? Teria de se preparar para novos ataques? Ele não estava tranquilo. Imane decidiu ficar um pouco mais e ofereceu uma xícara de chá ao pintor. Os Gêmeos jogavam cartas e davam as costas ao doente para não incomodá-lo. Era um chá tailandês, conhecido como "o chá dos poetas", defumado e de sabor sutil. Ela levou a xícara até seus lábios e o fez beber gole após gole. Sentou-se diante dele e, vendo-o feliz, perguntou se continuava interessado em conhecer sua história. Ele respondeu com os olhos, mas logo tratou de conter o sorriso, lembrando-se da careta horrorosa que fazia. De vez em quando, Imane levantava-se e olhava pela janela, para ver se a mulher do pintor estava por perto. Ele entendeu seu temor e a liberou a contragosto, esperando voltar a vê-la no dia seguinte. Infelizmente, ela teria de cuidar da avó, que fazia absoluta questão de ir aos banhos turcos, apesar da idade e do cansaço. Ao se despedir, ela se inclinou em sua direção e tocou-lhe o rosto. Então, ela disse, rindo: "Pinica!" Os Gêmeos não lhe faziam a barba há dois dias.

CAPÍTULO XII

Casablanca, 1998

"Entre o homem de bem e um vagabundo,
você não deve hesitar, fique com o vagabundo",
disse a sra. Menu a Julie.

Liliom, Fritz Lang

O pintor e sua mulher viviam um verdadeiro inferno. A casa era seu campo de batalha, os amigos eram invocados como testemunhas, suas famílias serviam de árbitros nada imparciais. Mas ele não perdera completamente a esperança de descobrir uma maneira de pôr fim ao conflito. Passava muitas horas pensando no que estava acontecendo com os dois.

Assim foi que um belo dia julgou ter encontrado a chave do estranho desmoronamento de sua vida de casal: sua mulher tornara-se duas. Havia duas pessoas numa só, dois caracteres, dois temperamentos, dois rostos. Até sua voz mudava. Ele sabia que todo ser humano era mais ou menos duplo, mas tanto assim era algo perturbador. Às vezes ele não a reconhecia mais. Dizia-lhe: "Quem é você? Uma estranha? A mãe de meus filhos ou uma mulher habitada por outra mulher?" Ela não respondia.

Ele tinha conhecido pessoas consideradas lunáticas, mas nesse caso era outra coisa, um caso patológico: ela mudava de um estado para outro sem aviso prévio, sem se dar conta. Quando o chamava para dizer com a voz perfeitamente clara: "Tenho uma surpresa para você", ele sabia que teria momentos desagradáveis pela frente. Era seu jeito de avisar que exigiria explicações ou simplesmente que preparava um ataque.

Certa vez, voltando para casa, ele encontrou, na entrada, seus acessórios de toalete jogados no chão. Sua mulher o esperava sentada no alto da escada, fumando um cigarro. Era a época em que ele usava preservativos para fazer amor com ela. Ela disse calmamente: "Antes de você viajar para Copenhague, havia onze, e agora são apenas nove. Você deu suas voltinhas duas vezes, meu pilantra, e vai pagar por isso. Já telefonei para o hotel; ela se chama Barbara, é uma puta que trabalha na Galerie Klimt."

Convencida de que estava sendo perseguida, de que a família do marido tentava prejudicá-la, de que os amigos dele eram todos desonestos e aproveitadores, de que os vizinhos tinham inveja, de que os empregados da casa tentavam roubá-la, ela desconfiava de todo mundo. Também adquirira certezas inabaláveis. Não havia discussão possível. Ele tinha observado que, antes de atacar sua família, ela tentara afastá-lo de alguns amigos, os mais próximos. Pretextos não faltavam, as oportunidades de encontrá-los eram frequentes, de modo que era preciso encontrar a brecha para o ataque.

O amigo de infância do pintor foi, para ela, uma presa fácil: tinha um temperamento de cão, era complexado e inflexível como ela. Ela o provocou, ele devolveu de maneira cortante. Estava consumado o rompimento, e o pintor foi intimado a acabar com aquele "anão" que ousara criticá-la. O sujeito tinha humor, mas não deixava nada passar. O pintor aguentou até o dia em que o amigo escreveu-lhe uma carta de rompimento. Ela alcançara seu objetivo.

Investiu então contra outro amigo, homem sábio e filósofo, indispôs-se com sua mulher, mas não conseguiu separá-lo do marido.

Fez a mesma coisa com outros, especialmente uma amiga que tinha uma galeria onde ele havia feito uma de suas primeiras exposições. Ele a considerava uma irmã, uma pessoa da família que havia feito amizade com sua mãe, e os dois trocavam favores. A mulher do pintor logo tratou de acusá-la de ser ou ter sido amante de seu homem, e ela achou graça: só havia entre eles uma amizade sem qualquer ambiguidade.

O pintor nunca interferia na vida da mulher, uma regra absoluta que só foi obrigado a infringir duas vezes, pois ela realmente corria risco. A primeira vez foi quando a esposa lhe contou que tinha contato com um "estudante" sírio. Ele tentou fazê-la compreender que o rapaz não devia ser "apenas" estudante, e que muito provavelmente trabalhava para serviços de informação. Explicou à mulher que o regime sírio tinha um sistema policial terrível, e que ele tinha participado de um abaixo-assinado em favor da libertação de presos políticos em Damasco. Por isso, considerava muito arriscado para ela, e também para ele, que estivessem em contato. A mulher não lhe deu crédito, continuou "tomando cafés" com o rapaz. De outra feita, em Casablanca, ele foi alertado por amigos: "Sua mulher anda com companhias muito estranhas ultimamente. Sabia que ela anda por aí com uma tal de Loulou, conhecida por suas ligações com traficantes e tipos suspeitos que fornecem mocinhas a turistas sauditas? Naturalmente, sua mulher não tem nada a ver com isso, mas não se dá conta da situação e dos problemas que isso pode lhe causar. Ela precisa suspender qualquer contato com essa mulher."

Informado da fria em que a esposa entrara, o pintor lhe recomendou que seguisse ao pé da letra as recomendações. Ainda dava tempo de consertar as coisas. Ela reagiu muito mal, gritando que ele era como os outros marroquinos, machista e cheio de preconceitos, e que se deixava levar por boatos. Ela era incapaz de acreditar no marido, de confiar nele e de se questionar. Nunca tinha dúvidas. Jamais. Nunca reconhecia os próprios erros. Há muito ele sabia disso e agora os outros também começavam a perceber. Sua mulher continuou a se encontrar com Loulou, não obstante as reiteradas advertências do marido, até o dia em que ela recebeu uma proposta indecente que a deixou escandalizada. E finalmente elas romperam.

Durante muito tempo, ele não se questionara sobre a fidelidade da mulher. Não achava que ela tivesse amantes, embora tivesse todas as facilidades para enganá-lo, pois ele viajava com frequência, não se preocupava em mandar vigiá-la, não mexia em suas coisas, não lia suas cartas nem espionava sua agenda. Ela era livre e não tinha contas a prestar ao marido. Depois de uma viagem da mulher com uma amiga à Tunísia, ele ficou em dúvida. Ela voltara com uma ideia fixa: ler tudo, saber tudo, ver tudo sobre Stanley Kubrick. Ele se lembrava de que a esposa não tinha gostado de 2001, *Uma odisseia no espaço*. De onde viria essa súbita paixão? Na realidade, ela conhecera um tal de Hassan, que preparava uma tese sobre Kubrick e lhe mostrou alguns de seus filmes. Esse repentino interesse nada mais era que um gesto de gratidão de sua parte; Hassan lhe dera um livro grosso sobre seus filmes. Durante quinze dias, só se ouvia falar de *Barry Lyndon*, de *Glória feita de sangue*, de *O grande golpe*, de *Dr. Fantástico*.

Ela estava se traindo.

Quando tentou questioná-la sobre essa ligação, a mulher se esquivou, afirmando que sua educação não lhe permitiria ter amantes. Certo dia, ele encontrou no banheiro preservativos caídos de seu *nécessaire*.

— Que está fazendo com isso?

— Ah, são amostras que recebemos para uma campanha contra a Aids.

Ele não acreditou numa palavra, calou-se e pensou: "Se eu começar a mexer nisso, vou ter de dizer tudo, e será um inferno."

CAPÍTULO XIII

Casablanca, 15 de novembro de 1999

> "Quando estou com você, não tenho medo de nada, nem mesmo da guerra, talvez da polícia", disse Veronika a Boris antes de ele partir para a guerra.
>
> *Quando passam as cegonhas*, Mikhail Kalatozov

O pintor tinha um bom amigo grego, Yanis, que era seu confidente e com quem aprendia a língua grega, pois um dia pretendia viver na pequena ilha de Tinos. Yanis tinha muito humor, sobretudo humor negro, fazia filmes sobre artistas contemporâneos e de vez em quando escrevia romances para os jornais de seu país. Era também um conquistador, um galanteador, embora não tivesse o físico de um Apolo nem de um jogador de basquete americano. Mais se parecia com o professor Trifólio Girassol, de *As Aventuras de Tintim*, e tinha um jeito irônico de encarar o que lhe acontecia. Os dois sempre se encontravam no mesmo restaurante com um terceiro amigo, o Padre François, que não era padre, mas um poeta e um grande e discreto escritor. Yanis gostava de chamá-lo assim, sabendo do seu ateísmo radical e da sua irreverência.

François e Yanis tinham participado da delegação que fora ao subúrbio de Clermont-Ferrand pedir a mão da futura mulher de seu amigo pintor. Viagem memorável para seus amigos que, pela primeira vez, punham os pés nesses territórios exóticos e desolados. Eles entravam em contato com o problema desses subúrbios em que os imigrantes e seus filhos tinham sido abandonados e estigmatizados como geradores de problemas e de insegurança.

Há algum tempo, Yanis e François se preocupavam com o amigo. Viam-no assoberbado por disputas, acessos de raiva, cansaços e contrariedades cada vez mais frequentes. Ele se confidenciava com eles, e os dois, sempre voltados para a liberdade e a independência, o ajudavam a se liberar desse casamento em que nada mais funcionava. Temiam por ele, pois sabiam que sua pressão arterial não era normal.

Certo dia, Yanis acompanhou o pintor a uma grande loja, onde ele comprou um pequeno gravador. Imaginando que precisasse dele para o trabalho, Yanis não entendia como aquilo poderia ser útil, talvez para ditar sua correspondência, mas também sabia que o amigo nunca escrevia cartas.

— Minha mulher se desdiz o tempo todo, não admite ter falado isso ou aquilo; então eu decidi gravar, sem que ela saiba, para lhe mostrar o que disse.

— Mas para quê?

— Espero que um dia ela venha a reconhecer um de seus erros, e então terei o prazer de registrar e ficar escutando a gravação várias vezes para ouvi-la dizer "sinto muito, eu me enganei", ou então "eu estava errada", ou ainda "você tem razão", ou "desculpe, eu não deveria...", e eu diria "obrigado, querida", algo que ela nunca me disse...

— Eu não imaginava que as coisas iam tão mal assim entre vocês. Confesso que estou chocado. Sabe como é, por muito menos eu me divorciei... não tinha muitas queixas da minha mulher. Era basicamente eu que fazia merda...

O pintor não chegou a ter oportunidade de botar o gravador para funcionar. Na única vez em que ela reconheceu que correra um enorme risco — porque dirigiu em alta velocidade quando estava cansada e quase causou um acidente grave com toda a família no carro —, ele não tinha o aparelho ao seu alcance. Nesse dia, pouco lhe importava gravar o que ela confessava. Ele ainda estava sob o impacto da emoção sentida na véspera, quando vira um caminhão se aproximar em alta velocidade na direção de ambos, e ela quase não tivera o reflexo necessário, pois não estava em seu estado normal. O acidente fora evitado por pouco. As crianças gritaram, ele ficara congelado no assento, incapaz de dizer uma palavra. Um grande silêncio se seguira a esse instante terrível. Ao chegar em casa, eles não se falaram nem tampouco se olharam.

Desde esse dia, ele decidira não mais viajar com ela de carro. Aquela vida ele não queria mais. Mas essa constatação já tinha sido feita tantas vezes que de nada mais lhe servia. Ele precisava agir, reagir e, se possível, fugir. A única certeza era que teria uma montanha de dificuldades pela frente até se decidir. Foi nessa época que ele retomou suas sessões de psicoterapia, para reforçar suas defesas imunitárias, como se sofresse de uma doença que corroía seus músculos, sua mente, sua vida.

O psiquiatra lhe disse:

— A única coisa que se pode esperar é que sua mulher comece a fazer uma análise ou uma psicoterapia, mas, como sabe, só ela pode decidir; ninguém, nem os amigos, nem os conselheiros, nem muito menos você, está autorizado a lhe indicar o caminho a seguir.

Ele sorriu e explicou que a cultura de sua mulher não a predispunha a tal iniciativa. Na melhor das hipóteses, ela consultaria charlatães que lhe dariam coisas a fazer, do tipo queimar incenso em noite de lua cheia, dispor ervas nos cantos do quarto, dissolver textos em água colhida em Meca, pendurar talismãs no alto de uma árvore centenária ou enterrá-los sob ela, atirar outros no mar em dia de ressaca...

Essas práticas mágicas, frequentes entre pessoas analfabetas e apegadas a suas tradições ancestrais nas regiões montanhosas, reavivavam sua irracionalidade. Era um dos motivos pelos quais ela se voltara para a seita de sua amiga, a famosa Lalla, que continuava sub-repticiamente envenenando as relações com o marido e sobretudo com sua família, estimulando-a a procurar charlatães, fossem próximos ou distantes.

Certo dia, ela bebeu um chá de ervas que lhe haviam sido dadas por Lalla. O efeito foi imediato. Eles estavam à mesa, para o almoço com as crianças e, de repente, ela teve um momento de ausência, como se fosse desmaiar. Levantou-se, cambaleou e caiu na cama, mergulhando em sono profundo. Ante a aflição dos filhos, ele chamou um médico que, ao chegar, a examinou e concluiu que sua reação era de alguém que tivesse ingerido uma dose de soníferos. Pegou as ervas e se enfureceu.

— Não se sabe nada a respeito dessas ervas. Quem pode afirmar que não são venenosas? Vou despertá-la e fazer uma lavagem.

Ele sacudiu a mulher, que abriu os olhos com dificuldade e se levantou, dizendo que não era nada. Felizmente, vomitou; sentiu-se melhor, mas de modo algum reconheceu que tinha ingerido ervas perigosas.

Conversando mais tarde com um amigo, o pintor mostrou-se muito preocupado:

— Como deixar meus filhos com uma mulher tão irracional e irresponsável?

A pergunta tinha duplo sentido. Por um lado, ele tinha razão de se preocupar, mas, por outro, era provavelmente uma espécie de justificativa para não pôr fim àquele calvário.

Quando via sua esposa no convívio social — amável, bela, prestativa, atenciosa, muito querida, cumprimentada pelos homens por sua beleza e seu charme —, quando a ouvia falar com sua voz suave das coisas da vida, quando a ficava observando, ele se sentia dividido entre a admiração e a raiva. Admirava aquela mulher tão doce com os outros e sentia raiva pela terrível falta que aquela doçura e aquela atenção faziam em suas relações. Chegara a pensar a certa altura em dupla personalidade, mas estava enganado. Ela não era dupla, era a mesma pessoa, que reservava o que tinha de melhor para os outros e o que tinha de pior para o marido. Fazia com que ele pagasse por todos aqueles anos em que se sentira humilhada pelo olhar desdenhoso de sua família e de alguns de seus amigos. Certo dia, ela surpreendeu outra mulher comentando com o próprio marido, a propósito do pintor e de sua esposa:

— Ela é bela, jovem, mas nosso amigo merece mais, uma autêntica e bela mulher da sua posição, do seu nível.

Naturalmente, era duro de ouvir. O casal foi riscado do caderninho, sem maiores explicações.

Certo dia, vendo-a preocupada com o bem-estar do irmão menor, que viera visitá-la, muito atenciosa, oferecendo-lhe vitamina C num copo d'água porque ele tinha tossido, passando sua camisa, que ela mesma lavara na véspera, informando-se sobre seu trabalho, introduzindo uma cédula de valor alto em seu bolso, o marido lhe disse, depois que o irmão se foi:

— Por que não me trata como se eu fosse seu irmão menor ou mais velho? Faça um esforço, olhe para mim, eu não sou o monstro que você imagina; não, sou apenas diferente dos outros, sou um artista, e preciso de apoio, de compreensão. Não preciso que você me admire, seria pedir demais e, além do mais, esse tipo de coisa a gente não encomenda. Seja um pouco mais atenciosa com seu velho marido. Ele não é mau, é até bom. Por mais que eu tussa, com minha angina, você nunca me ofereceu um copo de vitamina. Não é nada demais, mas são pequenas atenções que me dariam prazer. Na verdade, é este o ponto fraco da nossa vida a dois: o prazer! Dar prazer ao outro, e vice-versa. Infelizmente, muitos limites já foram ultrapassados de ambos os lados. Não há mais respeito entre nós. Isso me deixa mortificado, e eu sou tão responsável quanto você. Não creio que jamais tenha faltado ao respeito com alguém. Já meti os pés pelas mãos; com certeza, fui leviano, desatento; mas nunca faltei deliberadamente ao respeito com você. Mas quantas vezes a raiva e a brutalidade das suas reações me levaram a dizer palavras que não pensava, que nunca fizeram parte do meu vocabulário... Você conseguiu extrair de mim o que há de pior, e eu também. Não estou acusando ninguém. Sempre tentei evitar conflitos, mas é nos conflitos que nós, como casal, fizemos a cama como se fosse um leito de amor e paixão. Um dia eu vou embora, e, nesse dia, não tente me deter, pois terei chegado à beira do abismo e, se você me empurrar, eu vou cair lá embaixo. Mas fique sabendo de uma coisa: nesse dia, você vai descobrir que viveu com um estranho, um desconhecido, alguém com quem nada compartilhou, à parte os filhos, nada de bom, nada de melhor. Nós nos enganamos. Não é culpa sua nem minha. Talvez eu tenha mais responsabilidade. Eu devia ter seguido mais minha intuição, mas o fato é que o amor cega! Ninguém contradiz o destino, a gente se deixa levar pelas ilusões. Mas vai dar certo, você vai ganhar segurança e maturidade. Nossas diferenças são grandes, sobretudo culturais. Viemos de dois planetas distantes. Eu sabia disso, mas tinha apostado na força de nosso amor para superar. No fundo, continuamos estranhos um ao outro. Eu vivenciava essa estranheza com pesar, enquanto você lutava contra moinhos de vento. Um dia você vai se dar conta, mas será tarde demais, já terá destruído tudo.

Esse dia chegou no meio do mês de novembro de 1999. Ele estava trabalhando quando ela entrou enfurecida, atirou-lhe seu computador portátil, que se partiu em dois, e em seguida atirou contra ele um peso de papel de bronze muito pesado, que atingiu seu ombro esquerdo, urrando insultos em três línguas — berbere, francês e árabe — e gritando entre os xingamentos: "Você vai me pagar, você vai me pagar, vou acabar com você, vou te deixar na merda, vou queimar todas as suas telas de merda, atirar tudo no lixo, você não passa de um monstro, de um perverso, um marido execrável, um pai de merda, um traidor, igualzinho ao seu pai, um pobre coitado, um hipócrita..."

Nesse momento, o choque físico e o choque psicológico se conjugaram, ele sentiu subir pelo corpo uma febre repentina, um sangue quente circulando em grande velocidade, seu rosto se movia como se a pele estivesse se esticando, o pincel caiu da sua mão, seu braço se enrijeceu. Ele passou a ver as coisas desfocadas e caiu no chão, a cabeça batendo no aquecedor, o sangue escorrendo, a pele esfolada. Mas era mais grave que isso, ele tinha os olhos revirados e não conseguia mover os braços nem as pernas.

Ela entrou em pânico, chamou uma ambulância. Ele foi levado para a clínica mais próxima. AVC. Foi este o diagnóstico. Acidente vascular cerebral: hemiplegia do lado esquerdo com dificuldades do lado direito. Seria necessário esperar para avaliar a gravidade do acidente.

O médico falava rapidamente, estava comovido. Conhecia o pintor de fama. Teve o cuidado de proibir que a secretária avisasse a imprensa.

Sua mulher pediu outra cama para dormir a seu lado. O médico respondeu: "Por precaução, é melhor que ele fique sozinho. Nós estamos aqui, não se preocupe, assim que ele despertar a senhora será avisada."

Por sorte, ele não se lembrava desse dia. Esquecera tudo, como se nunca tivesse acontecido.

Em compensação, vira a morte. Ela era azul, não tinha forma nem cheiro, apenas a impressão de estar envolta num vapor branco e depois azulado. Ele não pensava, assistindo ao desfile de imagens cada vez mais rápidas, caóticas. Não tinha controle de nada, seu corpo se transformara numa massa pesada que não obedecia mais aos seus comandos. Seu rosto não era mais seu rosto. Alguém maldesenhado havia se instalado ali. Ele se perguntava se esse locatário mal-educado ia ficar por muito tempo. Só a cabeça ainda estava em atividade. Ele ouvia palavras, ruídos que se tornavam incompreensíveis por causa do vapor cada vez mais pesado, evoluindo para um azul-escuro manchado de negro. Abria os olhos, via tudo desfocado e voltava a fechá-los. Devia pensar que, se fechasse muito os olhos, a morte recuaria, passaria longe e lhe daria algum tempo, uma trégua. Curiosamente, pensava em sua última tela e dizia a si mesmo, nesse pesadelo real: "Não vou fazer como Nicolas de Staël, preciso concluir essa tela, vou até o fim. Não vou me jogar pela janela. Não vou cair em pedaços na calçada." Ir até o fim de quê? Dessa loucura que o assediava e o ajudava a levar adiante o trabalho.

Ele estava nas mãos dos médicos que tentavam reanimá-lo.

CAPÍTULO XIV

Casablanca, 27 de agosto de 2000

> "Não tente me comover com seus problemas.
> Aqui embaixo, cada um tem de se virar. Não
> tenho pena nenhuma dos sofrimentos da alma",
> responde Isak Borg à nora.
>
> Morangos silvestres, Ingmar Bergman

Naquele dia, ele recebeu Imane em seu ateliê. Ainda não conseguia pintar, mas contemplava as muitas telas que não pudera concluir por causa da doença e que mandara dispor no chão. Certos visitantes se extasiavam diante dessas obras supostamente inacabadas, outros não prestavam atenção. Ele pensava com seus botões: "Se eu decidisse ir embora, trataria antes de arrumar meu ateliê, deixaria recomendações bem específicas aos meus filhos, e faria isso mesmo sem estar certo de que as cumpririam, mas nunca se sabe. Depois, procuraria um cartório para me certificar de que as moças tivessem parte igual à dos rapazes na herança, sou contra essa discriminação que lesa a mulher, conferindo-lhe apenas a metade enquanto o rapaz desfruta de uma parte inteira. É a lei muçulmana, mas lamento que os teólogos não tenham alterado essa prática que era válida na época do Profeta, quando as mulheres não trabalhavam. Pois é isso, antes de partir, eu deixaria as coisas acertadas." Ele pensava nisso com prazer, como se a ideia do suicídio não lhe fosse mais estranha. O fato de preparar sua herança, de imaginar as reações dos outros o divertia. Sentiu vontade de escrever, mas seus dedos tinham dificuldade para segurar uma caneta. Teve a ideia de fazer uma declaração diante de uma câmera; o que lhe lembrava um belo filme americano em que Andy Garcia interpretava o personagem de um antigo gângster que se retirava para uma cidadezinha do interior dos Estados Unidos e fundava uma empresa para filmar a última vontade dos moribundos. Alguns contavam suas vidas, davam conselhos, faziam filosofia simplista. Ele se lembrava em especial de uma moça linda que era cortejada por Garcia. Ele lhe perguntava: "Você está apaixonada?" A pergunta era inesperada. Uma aula de sedução, que ficara na memória do pintor.

Ele tinha vontade de falar com Imane, mas sua elocução ainda era difícil. Decidiu então ouvi-la enquanto o massageava. Ela usava uma blusa branca que por certas brechas deixava transparecer uma parte de seu corpo. Fazia calor e ela queria sentir-se à vontade. Seu paciente era um homem cortês e respeitoso. Ela não tinha nada a temer. Passando suavemente a mão sob seu braço direito, para restabelecer uma certa flexibilidade, ela esboçava carícias, o que lhe agradava e o fazia sorrir. Mas seu sorriso tinha sempre uma forma desagradável, o que o incomodava muito. Ele murmurou: "Obrigado, desculpe; conte-me sua história…" Mas demorou para se fazer entender. Ela recuou e disse-lhe: "Depois do trabalho, hoje eu tenho tempo. Primeiro, vou cuidar de seus braços e suas pernas. É importante, quero muito vê-lo restabelecido, robusto e em plena forma. Sabe como é, tenho muita amizade pelo senhor. Não entendo muito de pintura, mas suas cores e suas formas me dizem algo; não sei o que dizem, mas fico contente. O senhor reproduz as coisas melhor que qualquer fotógrafo, suas pinturas mostram que houve trabalho, dá para ver que levou muito tempo. Um fotógrafo precisa apenas apertar um botão... Bom, vamos para a perna direita, faça um esforço, o senhor consegue se mexer, ótimo, está cooperando!"

Quando ela se ajoelhava para massagear os pés, ele podia ver seus peitos. Não sabia se ela o percebia, mas gostava de observá-la sem que ela se desse conta. Sempre tivera um fraco pelos seios.

Ao acabar, ela se ofereceu para esquentar água para o chá, sentou-se diante dele e começou a contar uma história, como Sheherazade nas *Mil e uma noites*:

Era uma vez, numa época indefinida, uma jovem que sonhava o tempo todo. Só o que conhecia da vida era o que via nos sonhos. Na escola, via seus personagens inventados passeando entre as carteiras, podia visualizá-los perfeitamente, ao mesmo tempo em que estava presente na aula. Tinha uma estranha capacidade de viver em dois universos, um imaginário, outro real. E transitava entre eles com facilidade. Seus sonhos não eram parecidos com os das jovens de sua idade.

Ela sonhava que estava escalando as pirâmides, apoiando-se num rei do Egito do qual cuidaria com seus sorrisos e carícias.

Sonhava que regia uma orquestra sinfônica numa grande sala ocupada por sua família e seus amigos. Cada músico tinha uma estrela brilhando acima da cabeça, uma graça oferecida por anjos a todos os participantes.

Sonhava que atravessava o Atlântico sozinha, mas acabava desistindo por não saber nadar.

Imaginava-se como uma mulher imã conduzindo as orações numa grande mesquita e fazendo uma pregação que lembrava o amor do Profeta pelas mulheres.

Sonhava que era um pardal voando de galho em galho e respondendo às perguntas dos arbustos.

Sonhava que era a irmã de Sheherazade, assistindo à primeira noite de amor com o príncipe; ela se tornava menor que de hábito, mas nada perdia do espetáculo.

Sonhava estar dirigindo um hospital e dispor de uma varinha mágica.

Sonhava com tâmaras gordurosas da Arábia e com um pote de leite de cabra.

Sonhava não mais ter dor nas costas no fim de um longo dia de trabalho.

Sonhava com longos dias de verão debaixo de uma árvore, cercada de seus personagens, comendo passas e frutas originárias de países distantes.

Ela sonhava poder sonhar o tempo todo.

Para isso, teria de trabalhar mais.

Ela se interrompeu e notou que o pintor tinha recobrado no rosto uma expressão quase normal. Ele bebia suas palavras enquanto ouvia. Com os olhos, fez sinal de que prosseguisse. Ela o fez sorver alguns goles de chá, enxugou-lhe os lábios e voltou a seu lugar para dar prosseguimento ao relato.

Era uma vez um homem contrariado. Ele tinha uma bondade natural, da qual se aproveitavam as pessoas sem qualidade.

Ele a interrompeu, batendo com a mão na cadeira. Preparou mentalmente o que queria dizer-lhe: "Quero a sua história, não a minha..." Ela ficou espantada, e depois prometeu que ficaria para a próxima vez.

Mas, da vez seguinte, ela estava com pressa. Sua avó sofrera uma queda e tinha quebrado o colo do fêmur. Ele pensou no próprio pai, que morreu dez dias depois de cair da cadeira. Foi em setembro, o pintor estava trabalhando numa homenagem a Giacometti quando o telefone tocou. Seu amigo médico disse-lhe: "Nessa idade, é uma questão de dias." Ele sentiu uma dor enorme. Aquela morte súbita o deixou enfurecido, o que ele reprimiu liberando suas lágrimas. Sua mulher fora impecável. Toda a família, que a havia subestimado, ficou espantada de vê-la cumprir tão bem o dever do luto. Não tinham mais sentido as piadas e os subentendidos sobre suas origens. Ele ficou contente por vê-la sair-se bem nesse teste.

Imane mal teve tempo de lhe dar sua injeção e fazer algumas massagens, e disse que seu verdadeiro sonho era vê-lo restabelecido e que ele pintasse um retrato seu. "Vou lhe contar muitas coisas quando eu posar para você. O senhor vai ficar espantado." Ele assentiu com a cabeça.

Após a partida de Imane, os dois ajudantes vieram buscá-lo para a higiene. Ele pronunciou a palavra "vapor". Eles se entreolharam, surpresos, depois se perguntaram se o banho turco seria indicado, com sua doença. Um deles telefonou ao médico, que lhes disse que evitassem a sauna quente demais e as massagens brutais que eram praticadas nos banhos populares. Eles alugaram a sauna de calor médio e levaram o artista em sua cadeira de rodas. E ele ficou feliz de rememorar uma lembrança da infância.

Os Gêmeos eram eficientes e muito hábeis. Ele estava à vontade, disposto a se livrar das peles mortas. Aproximou-se um homem que o esfregou como se faria com um legume recémcolhido na terra. Um outro o massageava suavemente. Ele se sentiu bem, especialmente depois, quando saiu para repousar no salão. Adormeceu e roncou um pouco. À noite, decidiu não tomar o sonífero. Estava bem relaxado e podia dormir sem um empurrãozinho químico. Teve sonhos nos quais tudo se misturava, sua mulher, Imane, Ava, a professora de matemática aplicada, o diretor de sua galeria e muitos outros personagens que passaram a noite toda desfilando. Pela manhã, sentiu medo, como se seu sonho fosse premonitório, anunciando as visitas de despedida aos moribundos.

Como todos os homens que gostam das mulheres, ele pensou no cortejo das que o haviam amado e que ele amara. Chegava mesmo a pensar em reuni-las um dia numa grande casa para dizer-lhes o quanto lhe haviam dado prazer e felicidade. Poderia, então, agradecer-lhes, e haveria de beijá-las uma a uma pela última vez. De repente, perguntou-se: "Será que minha mulher estaria presente? Estaria entre as que me deram prazer e felicidade?" Ele não

FELICIDADE CONJUGAL

queria ser injusto. Prazer? Com certeza. Ele gostava de fazer amor com ela, mas os dois nunca falavam disso. Não era coisa que se fizesse. Ele não entendia que ela nunca lhe tivesse dito uma só palavra sobre suas relações sexuais, exceto uma vez, com raiva, quando lhe disse na cara: "Não estou satisfeita nem sexualmente nem financeiramente; você é um impotente!"

Era curioso e interessante unir sexo e dinheiro numa mesma frase. Ele tinha lido Freud e entendia muito do assunto. Mas o fato de ser chamado de impotente o fez rir baixinho. Não poderia responder que outras mulheres de modo algum se queixavam dele, muito pelo contrário. Mas essa frase ecoava de vez em quando em sua cabeça, como a campainha de um despertador desembestado. "Ok, muito bem, talvez seja verdade, ela não está satisfeita, mas eu sei que não é verdade, a não ser que ela finja, e nesse caso não posso fazer nada."

Depois desse incidente, ele voltara a se perguntar: "Por que será que nunca conseguimos nos entender, conversar sem brigar, dialogar sem querer quebrar tudo, em suma, negociar e viver juntos de maneira inteligente? Será que eu sou o monstro e o perverso de que ela fala? Seria um deficiente da sensibilidade, de tal maneira que venha me acusar de nunca me sentir envolvido com a família e com o que acontece na casa? Sei que nada disso é verdade, mas de tanto ouvir acusações, acabamos acreditando ou, pelo menos, ficando em dúvida. Talvez fosse esta a sua intenção, fazer com que eu duvidasse de mim mesmo, da minha capacidade, dos meus atos, colocar-me numa situação em que não pudesse mais escapar dela, ficando à sua mercê, transformado em seu objeto, sua vítima, podendo ela então agir ao seu bel-prazer, como se tivesse sido sequestrada em casa por um aiatolá!" Aiatolá, era como muitas vezes o chamava. Será que ao menos sabia o que significava? Para ela, era um insulto.

A derrota começa a partir do momento em que o adversário nos leva a duvidar de nós mesmos, até nos sentirmos culpados e nos dispormos a agir de acordo com sua vontade, a nos dobrar a suas exigências.

Um amigo lhe havia confessado que sua mulher o arranhava quando brigavam. "Entre nós é uma perpétua guerra", disse ele ao pintor. "Chegará o dia em que eu vou abaixar as armas. Veja, todos os nossos amigos de infância abdicaram diante da mulher, se submeteram e vivem tranquilos. Eu ainda não consegui chegar lá. Vou lutar até o momento em que ela me mandar para o cemitério!"

Mas havia um escritor amigo seu que aparentemente vivia em perfeita paz. Sua mulher não só não o contrariava, como também o ajudava, sempre atenta, mimando-o, tomando iniciativas para que não fosse incomodado por nada nem ninguém. O pintor perguntou qual era seu segredo. Depois de um profundo suspiro, o escritor lhe disse: "Não tenho nenhum segredo, simplesmente lhe entreguei tudo. Ela tem o controle de tudo. Não sei qual é o número da minha conta bancária, nunca viajo sem ela, não encontro mais ninguém, fora de um círculo restrito. Naturalmente, ela tem acesso a meus e-mails, ao meu celular, à minha correspondência... É ela que responde por mim. Os jornalistas têm medo dela, e eu me livrei de todos esses aborrecimentos. Não me lembro da última vez em que vi outra mulher nua. Então, de vez em quando, para preencher o vazio, vejo filmes pornôs quando ela está dormindo. Saio do quarto na ponta dos pés e como com os olhos, às vezes toco uma punheta. Eis o meu segredo. Se quiser a paz, você já sabe o preço."

FELICIDADE CONJUGAL

Abdicar? Melhor seria morrer! De que serve tornar-se tão pequeno que ninguém mais o veja? Será entãc que a relação a dois só seria possível tornando-se uma sombra? O pintor releu uma obra de seu amigo. Dedicada a sua mulher, contava a história de um funcionário do Ministério do Interior de uma ditadura, que passava o dia torturando militantes políticos, mas, ao voltar para casa de noite, era um pai e um marido perfeito. Pela manhã, deixava os filhos na escola, beijava-os e abotoava-lhes o colarinho da camisa, para que não pegassem resfriado. Quinze minutos depois, tirava o paletó, arregaçava as mangas e praticava a tortura no porão de seu ministério. Tinha a consciência tranquila.

A referência à situação pessoal do autor era transparente. Mas o pintor nada lhe disse. Para ele, contudo, viver assim era inadmissível.

CAPÍTULO XV

Casablanca, 28 de agosto de 2000

> "Se houvesse uma receita infalível de felici-
> dade conjugal, os seres humanos imediatamente
> parariam de se casar."
>
> *Donne-moi tes yeux*, Sacha Guitry

Numa tarde quente de verão, o pintor, cansado de remoer ideias sombrias, fechou os olhos e decidiu relembrar as mulheres de sua vida. Inicialmente, como num sonho, ele se confundiu com o horizonte e adquiriu as cores do poente.

De repente, elas chegaram todas juntas. Podia vê-las sem ser visto. Algumas vestidas de preto, outras de branco, todas de luto. Mas ele ainda não morrera. Quem sabe elas teriam considerado esse misterioso convite uma cerimônia de despedida...

Só Criss estava toda colorida. Uma mulher de olhos amendoados, rosto aberto, braços cobertos de presentes. Ela o buscava, mas não o encontrava. Ao se virar, via outras mulheres avançando em direção ao horizonte sem se falar. Ela achou que era um sonho, só que não era o seu sonho, mas o do homem o qual amara sem ter vivido com ele.

Era uma história inusitada. O amor surgira repentinamente para depois terminar com igual brutalidade. Ela realizara uma fantasia, um desejo, pois antes mesmo de conhecer o homem já amava o artista. O amor era forte, até que, certa manhã, ao se levantar, ela lhe disse: "Acabou!" Ele olhou para ela, fez um gesto indicando que não estava de acordo. Mas ela falava sério, seu rosto tinha mudado, assim como sua maneira de se mover. Estava irreconhecível, voltara a ser, da noite para o dia, a mulher que tinha tantas coisas a fazer. Confessou-lhe que tinha medo dos homens e que ele havia apenas corroborado esse temor, agradeceu-lhe como se fosse um bombeiro ou eletricista fazendo um conserto em sua casa.

Antes de fechar a porta, disse-lhe: "Sempre serei sua amiga, o sexo acabou, gosto da minha solidão e às vezes a engano com um homem, de preferência do seu tipo: belo, não muito alto, famoso. Depois, volto para minha vida solitária e o meu trabalho, pelo qual sou apaixonada e que me dá muita satisfação. Quando vem o desejo, eu me acaricio e, de vez em quando, tenho meu negocinho que vibra muito bem e me dá orgasmos. É isso, meu caro. Fique sabendo que foi muito bonito, muito intenso. Adeus!"

Ele ficou paralisado alguns instantes, muito impressionado por ver uma pessoa passar tão rapidamente de uma faceta a outra no espaço de uma estação. Criss não tinha senso de humor nem maturidade em suas relações com os homens. Será que preferiria as mulheres, sem coragem de confessá-lo? Mas o fato é que dizia ter adorado fazer amor com ele. Ele não insistiu, rasgou as fotos que tiraram juntos em algumas viagens e decidiu virar a página.

*   *   *

Depois, Zina, seu primeiro amor, também passou perto dele. Ao longo da vida, sua lembrança o havia acompanhado sem que jamais voltasse a vê-la. Sempre a buscava em outros rostos, uma morena de corpo esculpido pela sensualidade e o desejo. A paixão de ambos tinha terminado em drama e dera origem à mais grave frustração de sua vida sentimental. Com Zina, ele nunca fizera amor completamente; eles esperavam por um casamento que nunca houve, por motivos complexos; era a época em que a virgindade não era negociável, em que não se podia passar das carícias, em que os corpos se esfregavam até a ejaculação — que ele precisava limpar com lenços que, ao voltar para a casa dos pais, lavava na pia do banheiro. Eles flertavam pelos cantos escuros dos arredores da cidade, em cemitérios, até o dia em que foram expulsos por guardas a pedradas. Nesse episódio, ela ficou com uma das têmporas esfolada. Foi necessário ocultar o vestígio com um lenço até que desaparecesse. Eles se encontravam na casa de uma amiga cujos pais tinham ido a Meca. Adoravam esse período em que se sentiam seguros, mas a penetração lhe era recusada. Descobriam a sexualidade e o amor com a ingenuidade da adolescência. Ele ficou marcado por essa época e suas escapulidas na clandestinidade. Até que, certo dia, viu-a na rua de mãos dadas com um homem mais velho que ele. Tudo acabara, mais que uma decepção, foi um cataclismo. Lembrando-se do episódio, ele sorriu, pois o ciúme o tornara ridículo.

Trinta anos depois, Zina voltava a aparecer diante dele nesse espaço branco em que o artista fazia seu balanço. Trazia agora a cabeça coberta e desfiava um rosário. Tornara-se crente e diziam que frequentava os círculos sufis da mística muçulmana.

FELICIDADE CONJUGAL

* * *

De repente, ele viu Angelika se destacando do grupo de forma graciosa. Era uma acrobata grega, bela mas terrivelmente temperamental. Ela bancara a ingênua com ele, mas, na verdade, nunca perdia o norte. Angelika era simplesmente uma mulher interesseira. Não amava o pintor, mas se deixava amar. Convidou-o a conhecer com ela as regiões mais distantes de seu país em pleno inverno. Apaixonado, ele gastara o pouco dinheiro que tinha na época para ir ao seu encontro. Sua beleza era um enigma; seu corpo, gracioso; seu humor, oscilante; mas a voz era sempre cheia de sensualidade. Ele a deixou no dia em que outro homem bateu à sua porta em busca da noiva. O pintor se sentira traído, usado, enganado por uma atriz que brincava de fazer amor. Até hoje sentia certa amargura, embora tivesse conseguido apagar suas lembranças. Não a tinha convidado, mas ainda assim ela viera, como quem passasse por ali por acaso. Angelika sempre soubera onde pisava.

A única loura que amara na vida aproximou-se, tão bela quanto no dia em que se conheceram. Seus olhos azuis, seu humor, seu riso o haviam seduzido. O pintor a convidara a ir ao seu encontro no Marrocos numa época em que não era casado e buscava não a mulher ideal, mas pelo menos aquela com quem sentisse vontade de viver. Lembrou-se do momento em que ela chegou de barco e ele a viu, radiante, em meio à multidão de viajantes cansados. Ele gostava de encontros em ferrovias e portos. Era o seu lado romântico. Eles passaram alguns dias fazendo loucuras. Depois, foram para a Córsega, e a relação chegou ao fim abruptamente, sem explicação, sem comentários. Ela não compareceu ao encontro marcado. Ele esperou num restaurante marroquino de cuja decoração ainda se lembrava, assim como do rosto preocupado do garçom que costumava atendê-lo e que entendeu que o haviam deixado plantado. Para reconfortá-lo, disse-lhe: "Eu entendo o senhor, mas, se uma mulher fizesse isso comigo, eu lhe dava umas boas porradas." Ele levantou os olhos e disse: "Não, não faz meu gênero, não é meu estilo. As mulheres a gente conquista com doçura e não com porradas. Por isso é que, no Marrocos, estamos atrasados em relação a muitas sociedades."

Enquanto caminhava diante dele sem vê-lo, a bela loura pensava intensamente em seu amante de algumas semanas, aquele que costumava chamar de "meu amigo precioso" e que abandonara repentinamente, para guardar dele apenas boas lembranças.

De repente, a mão de alguém tirou o pintor do doce sonho em que mergulhara. Era uma enfermeira que vinha aplicar-lhe a injeção. Ainda meio atordoado por seus sonhos, ele achou que ela integrava o plantel de mulheres que amara. Mas era uma mulher vestida de homem, eficiente e sem humor, que executava seu trabalho em silêncio e mal se preocupou em perguntar onde ele preferia ser espetado.

Quando a enfermeira se foi, ele se sentiu tomado de angústia. Ao cair da noite, a luz ficara triste em seu ateliê. Surpreendentemente, a aparição daquelas criaturas amadas o deixava nostálgico, experimentando um sentimento que devia evitar a qualquer preço — como dizia ele: "As lembranças se entediam." Depois, voltou a ficar entorpecido pelo cansaço. Olhando ao redor, recusava-se a acreditar que sua vida chegara ao fim, que seu trabalho ficaria inacabado. Quis se mexer, mas só conseguiu isso com muita dificuldade. Ele se detestava, tinha vontade de gritar. Pensou que, se conseguisse destruir o que tinha ao redor, pelo menos seria uma maneira de atender ao chamado dessa morte que se instalara em sua casa sem o menor pudor. "A morte é a doença", repetia.

De repente, ouviu uma voz dizendo: "Não se deixe abater. Coragem, é um momento ruim que vai passar. Vamos, a vida o chama, ela é magnífica, acredite em mim..." Tentou descobrir de onde vinha, virou-se até onde pôde. Era seu sobrinho preferido, um arquiteto apaixonado por música e futebol, que vinha visitá-lo. Trazia-lhe um iPod cheio de canções da década de 1970. Não ficou por muito tempo, mas simplesmente, antes de partir, acomodou os fones em seus ouvidos, ligou o aparelho e o deixou na companhia de Bob Dylan.

O pintor fechou os olhos, ouviu a música e esperou que recomeçasse o desfile das mulheres de sua vida, como se estivesse no cinema e o filme interrompido milagrosamente viesse a ser retomado. De repente, a jornalista que achava graça dele porque zombava de suas nádegas e de seus seios, duros e firmes como os de um manequim de cera, apareceu a poucos metros. Mais uma original, que na época se dividia entre sua melhor amiga e seu noivo oficial. Logo de cara ela lhe tinha confessado que gostava de variar seus prazeres e que tinha muita ambição. E, por sinal, viria a fazer uma belíssima carreira. O pintor lembrou-se de uma noite em que a vira sentada de tailleur num salão do Palácio do Eliseu. Acompanhada de outra jornalista, ela entrevistava o presidente da República. Divertiu-se a imaginá-la completamente nua nas posições escabrosas e complexas de que tanto gostava. E assim o que o presidente dizia tornou-se extremamente engraçado.

Ela caminhava à sua frente com elegância, mas não o via. Ele se perguntava por que teria atendido ao seu convite. Talvez carregasse uma câmera oculta para conseguir um derradeiro furo de reportagem sobre o enterro de um artista cujas telas eram cada vez mais cotadas.

Chegou a vez da que lhe lembrava Faye Dunaway em *Movidos pelo ódio*, de Elia Kazan. Tratava-se de uma amiga com quem o amor era fácil, e a vida, sem contrariedades. Eles se encontraram porque ela estava preparando uma tese sobre a pintura contemporânea do Magreb e suas influências. Era séria, alta, tinha senso de humor e uma leveza que agradava muito ao pintor. Filha de um casamento misto — pai tunisino e mãe francesa —, ela herdara a cultura dos dois e gostava de falar árabe com sotaque. Eles riam muito e muitas vezes faziam amor nos lugares mais inesperados. Ela o levava a lugares que o pintor não conhecia e se entregava a ele apaixonadamente. Quando chegava à sua casa de saia, ele sabia que estava sem calcinha. Passava a mão entre suas pernas e dava um grito de alegria. Adorava todas as suas saias, até as de inverno. Quando ela chegava de calça, ele sabia que estava com as regras ou então sem vontade.

A relação entre os dois chegou ao fim no dia em que a moça voltou ao seu país para se casar. Ela também estava entre as mulheres que tivera antes do casamento. Às vezes, ele lamentava não lhe ter proposto mais que encontros sexuais. Elas tinha bom caráter, uma gentileza verdadeira e muito charme.

FELICIDADE CONJUGAL

Na mesma época, ele se encontrava com uma estudante marroquina de pele excepcional. Ela fora estudar no Canadá e morreu repentinamente aos vinte e quatro anos. Sua lembrança o perseguia e sua morte doera nele, embora não a tivesse conhecido bem. Ela se entregava a ele com ardor e esperava mais do que aqueles encontros entre uma e outra aula. Em vão, ele buscava sua sombra.

Esse ano fora também o do encontro com outra marroquina que carregava a própria beleza como um fardo, um drama iminente. Ela tinha olhos cinzentos e grandes, mas alguma coisa em seu íntimo não ia bem. Ela não conseguia ser feliz, chorava com frequência e seu corpo se contraía quando ele a acariciava. Pela primeira vez, deparava com uma mulher frígida. Ela chorava, abraçava-o com força, pedia-lhe carícias, longas e suaves, o que a acalmava e a ajudava a adormecer no seu ombro. O pintor entendeu que ela fora traumatizada, mas não lhe cabia bancar o analista. O pai provavelmente abusara dela, que carregava aquela ferida como um assassinato. Foi o que lhe deu a entender com meias palavras, escondendo o rosto no travesseiro, para em seguida soluçar por muito tempo. Essa marroquina se casou, e seus pais deram uma grande festa. O marido, um homem gentil e sem carisma, não soube cuidar dela. Voltava tarde para casa e a negligenciava. A mulher pediu ajuda a um amigo que, nessa noite, estava com angina e não podia se deslocar. Conversou com ela e prometeu que iria vê-la quando se sentisse melhor. Não queria contaminá-la com seus micróbios, disse. Tentou fazê-la rir, mas do outro lado do telefone havia a voz distante de alguém à deriva. Disse-lhe então: "Espere, estou chegando." Quando chegou, não havia ninguém. Ela fora de carro para um chalé à beira-mar, tinha ingerido uma grande quantidade de comprimidos e adormecera. Seu suicídio deixara todo mundo abalado, pois todos os rapazes de sua geração eram loucos por sua beleza, e todas as moças tinham inveja de sua graça e elegância.

Vieram então aquelas que ele chamava de "as estudantes", que o procuravam porque estavam preparando alguma dissertação ou um trabalho sobre a pintura no Marrocos. Todas se mostravam sensíveis à sua disponibilidade e facilmente cediam a seus discretos avanços. Algumas voltavam durante alguns meses, outras desapareciam. Ele achava isso lamentável, mas rapidamente as esquecia. Elas estavam quase todas ali, caminhando nesse sonho, felizes por revisitar um passado comum. Ele não se lembrava mais dos nomes, mas ainda se recordava dos perfumes, dos gestos íntimos. Entre elas havia uma linda asiática que, tendo devorado não poucos homens, entrou para o convento e nunca mais apareceu de novo. Ele se lembrou de seu jeito inflamado de fazer amor. Ao ficar sabendo que ela se tornara religiosa, não se espantou.

Havia a que escrevia poemas em árabe e sonhava fazer um livro com as suas telas. Ela tomou a iniciativa de maneira inteligente, profissional: mandou-lhe uma coletânea com a cópia de um retrato seu feito pelo grego Fassianos. Uma bela mulher numa bela pintura. No exato momento em que ela entrou no seu ateliê, ele soube que haveria algo entre eles. Questão de intuição e de olhar. Ela não era alta, mas tinha uma esplêndida cabeleira negra e olhos cinza-esverdeados. Eles falaram de política, ela vinha

FELICIDADE CONJUGAL

de uma região castigada por vários anos de guerra. Nem uma só palavra sobre seu projeto. Ao se despedir, ela pediu um favor: que aceitasse um convite para jantar. "Eu é que vou convidá-la na próxima semana" disse ele, e ela respondeu: "Nem pensar, eu insisto. Além do mais, na próxima semana estarei na Grécia." No dia seguinte, eles jantaram num restaurante discreto. Foi ela quem perguntou: "Está livre esta noite?" Ele respondeu de forma evasiva: "À noite eu durmo, ou pelo menos tento dormir." Ela pegou seu braço e murmurou ao pé do ouvido: "Esta noite não estou com vontade de fazer amor com meu companheiro, mas com você. Não vou dormir ao seu lado, volto para casa depois do amor."

Essa relação episódica tinha durado dois anos. Raramente se encontravam em Paris, mas era comum em viagens. Certo dia, o companheiro deu um ultimato: "Ou ele ou eu." Ela escolheu a segurança e, meses depois, eles se casaram.

Curiosamente, ele a via nesse desfile acompanhada do seu marido, mais velho que ela, meio pesado; devia ter qualidades ocultas.

Havia a que ele chamava de "o anjo de Brasília", uma jovem estudante de história da arte que um belo dia apareceu no seu ateliê enviada pelo professor, que era casado com uma marroquina, uma prima. Sua beleza evocava para ele certas atrizes egípcias de formas volumosas. Ao apertar a mão do pintor, ela desmaiou. Pela primeira vez ele via um desmaio. Tratou de reanimá-la como podia, e, depois de voltar a si, ela pediu que a desculpasse e confessou: "Quando um homem que admiro me toca, eu desmaio." Ele sorriu, prometendo que não a tocaria mais.

E ela retrucou, rindo: "Mas isso é uma punição!" Tornou-se sua amante enquanto esteve em Paris, e depois eles se reencontraram em Buenos Aires. Cada vez que se viam era uma festa, ela se entusiasmava e falava com ele em árabe, palavras decoradas. O amor transformou-se em amizade, uma ternura que ambos guardavam zelosamente no coração. Ela dizia que ele era o homem que mais tinha amado; ele ficava calado; gostava dela, mas não podia fingir estar apaixonado.

Ele abriu os olhos, observou ao seu redor, chamou os Gêmeos apertando o botão da campainha, deixou claro que tinha vontade de sair para dar uma volta. Pensou que aquele desfile de suas mulheres parecia um catálogo industrial. Recriminava-se, recusava-se a se contentar com essas imagens que tomavam conta da sua mente quando fechava os olhos.

À noite, tomou café, na esperança de pôr fim ao desfile. Mas sua imaginação o levou a uma varanda de onde admirava aquelas damas que passavam com graça.

Havia Caroline, a mulher de pernas perfeitas que conheceu quando ela estava lutando contra um câncer de mama. Era uma criatura de excepcional sensibilidade, ternura e inteligência. Ele ficava feliz ao vê-la, ouvi-la, tê-la nos braços, confidenciar-se com ela. Essa amizade acabaria levando a um amor discreto. Ela ficava constrangida de ficar nua em sua presença, por causa da ablação de um dos seios. Fazer amor com um corpo cuja beleza estava comprometida! Era duro, grave. Como dizer-lhe, como preveni-lo? Ela ficava ruborizada, mas acabou dizendo simplesmente: "Tiraram-me o seio da desgraça, mas estou esperando que seja substituído antes do verão, pois irei com meus filhos à praia." Pediu-lhe que fechasse os olhos quando ela se despisse, apagando a luz. Ela trazia uma bandagem no peito. Ele a tocava com delicadeza, acariciando-a com cuidado. Lambeu as lágrimas que lhe corriam pelo rosto e a abraçou sem machucá-la. Eles levaram algum tempo para se acostumar e, para isso, não havia nada melhor que o humor. E então riam, brincavam, falavam da implantação de um novo seio e prometiam ir exibi-lo numa bela praia. Durante muito tempo, ele foi assombrado pelo seio ausente. Pensava nela e ficava indignado com essa injustiça que se abatera sobre uma alma tão bela, uma mulher tão graciosa, tão boa, tão terna.

Ela não iria à praia. Essa mulher tinha sofrido muito. Tinha coragem e esperança. Como não se viam, eles se correspondiam. Sua última carta:

> Estou escrevendo de uma sala de espera, horrível como todas as salas de espera de hospitais. Estou de pijama, um lenço na cabeça já sem cabelos, sinto-me feia, abandonada pela vida, mas tenho confiança. O médico é um amigo, um homem idoso e que continua a exercer a medicina apesar da estupidez das leis francesas, e ele me deixa otimista, sabe como falar comigo e o que me dizer. Estou aqui e penso em você, estou aqui e vejo passando à minha frente velhos descarnados abandonados pela morte num corredor, penso em você e peço que lute para que ninguém comprometa sua integridade de artista, de homem; ninguém tem o direito de pisar em você, de roubar seu bem mais precioso, seu trabalho, sua arte, sua graça. E digo isso porque sei que sua sensibilidade muitas vezes

foi maltratada pelo egoísmo das pessoas. Seja forte, fique bem, continue a nos espantar, a nos dar o melhor de si.

Estou aqui e espero e sei que quero viver, tenho vontade de gritar para que Deus, se existir, me ouça e me dê um pouco de tempo, só para amar mais, fazer amor, comer um prato de lentilhas, beber um bom vinho e fumar um charuto com você. Eu espero por esse tempo, vou buscá-lo onde ele estiver escondido, não permitirei que ninguém o roube de mim.

Há uma mulher ao meu lado, ela me observa enquanto escrevo. Inclina-se na minha direção e me diz: "Que sorte a sua, está escrevendo a alguém, uma pessoa que ama, não é mesmo? Eu não tenho ninguém a quem escrever. Meus filhos me abandonaram, meu marido morreu e minhas amigas estão todas no hospício, sem memória. Diga algo gentil a esse senhor. Diga-lhe que Gisèle manda um beijo. Ele vai saber que existe no mundo uma mulher de oitenta e três anos que ele não conhece e que lhe manda um beijo. Obrigada."

Muito bem, aí está, meu amor, minha árvore, minha música, minha mais bela loucura. É a minha vez, vou entrar no consultório do médico. Não esqueça, não permita que ninguém, não deixe ninguém comprometer a sua integridade.

Por muito tempo, ele sentiu o luto indizível dessa mulher, não podendo compartilhá-lo com ninguém. Poderia ter vivido com ela, pois ela lhe proporcionava uma serenidade essencial; ela o pacificava e o amava. Tivera com ela apenas momentos de graça. Tinham se conhecido numa retrospectiva dos filmes de Billy Wilder. Adoravam o cinema dessa época e também os filmes de Lubitsch e Capra. Conversavam noites inteiras sobre este ou aquele plano de Orson Welles em *A marca da maldade*. Se a doença não a tivesse levado tão jovem, tão bela, tão viva, ele teria terminado seus dias com ela. Era o que dizia a si mesmo para manter vivas as lembranças. Ao ser informado de que suas cinzas tinham sido dispersadas na África, onde passara sua infância, ele teve um momento de perturbação e pânico. Como é que aquele corpo que tantas vezes tinha enlaçado se dissolvera em cinzas misturadas à areia de uma terra distante? Essa ideia o atormentava. Ele a rejeitou e continuou a pensar nela, em seus momentos de vida mais brilhantes. Ainda podia ouvir sua voz doce, suas risadas. Certo dia, sua filha telefonou-lhe e disse: "Falei com mamãe, ela está feliz, disse-me que lhe telefonasse para dizer que se cuide bem e que ela o ama." Ele ficou perplexo, pôs o pincel de lado e releu sua carta, que escondia numa gaveta fechada à chave.

Reservara-lhe um lugar privilegiado nesse sonho, mas ela não apareceu. Ele sofreu com isso e perdeu a lembrança de seus traços, como costumava acontecer depois de uma emoção forte.

No seu lugar, foi a imagem de Ava que acabou surgindo. Primeiro, seus olhos claros, verdes, cinzentos, sua cabeleira de leoa, sua estatura alta, sua voz naturalmente sensual, e depois aquele corpo esbelto que o mergulhava num delírio que a levava a gargalhadas incontroláveis. Ava entrou na vida do pintor meses depois desse luto clandestino. Como um furacão, uma espécie de bela chuva que o maravilhou e o deixou de joelhos diante dela. Um encontro saído das páginas de Nabokov ou Puchkin, extraído de um plano de *E o vento levou* ou de *Pandora*, no qual Ava seria interpretada por Ava Gardner, com a ressalva de que Ava não causava desgraça e destruição. Ela era amor, doce loucura, viagem. Tinha mistério, gravidade no olhar, mas também alegria de viver. Quando a conheceu, ele imediatamente soube que tinham sido feitos para viver um amor intenso. Ele não era mais o mesmo desde que ela lhe entregara um bilhete onde tinha reproduzido um desenho de Matisse, o jeito que havia encontrado para se apresentar a ele. No verso havia um número de telefone e uma assinatura em forma de estrela cadente. Quando ele lhe telefonou, ela caiu na gargalhada, como se já fossem íntimos e tivessem um passado comum. Disse-lhe: "Sua pintura me faz mal, tenho cicatrizes demais na vida, e você não tem o direito de acrescentar outras!" E acrescentou: "Taratatá, taratatá..."

Ava entendeu que chegava em sua vida no momento em que nada mais dava certo com sua mulher. Ele estava atormentado, triste, cansado de enfrentar ventos contrários, a fim de acabar com tudo para recobrar a liberdade. Era o que dizia à mulher, e ela respondia: "Não é problema meu, você gerou filhos e tem de assumir!" Por mais que ele explicasse que era possível separar-se sem causar sofrimento aos filhos, que não se podia forçar o destino e que todas as tentativas de conciliação tinham fracassado, ela não lhe dava ouvidos, obstinava-se com uma persistência que o deixava consternado. Ele lutava sozinho. As palavras se perdiam, volatilizadas, poeira no ar. Ela não as ouvia, rechaçava-as antes mesmo que a alcançassem. Só os atos eram capazes de dobrá-la um pouco, pois enxergava neles a mão de algum feiticeiro ou de uma mulher calculista decidida a arruinar seu lar. Ficava doente, fechava-se no quarto, deixava a casa abandonada, dizia aos filhos que estava mal porque seu pai era um monstro,

FELICIDADE CONJUGAL

chorava, emagrecia, tornando o clima irrespirável. O médico chamou o pintor a um canto para dizer: "Ela está fazendo chantagem com a depressão, cuidado, corre o risco de realmente cair nela, se já não caiu." Ela tomava remédios, mas se recusava a procurar um psiquiatra.

Era a época em que seu trabalho tivera grande sucesso na Bienal de Veneza; várias galerias da Europa e da América o solicitavam. Ele precisava pintar, mas sua mente era monopolizada pela degradação de sua relação conjugal. Sua mulher tinha descoberto a existência de Ava, mas não conseguira saber mais. Nem seu nome nem o lugar onde trabalhava. Implorava-lhe que lhe dissesse quem era. Ele ficou firme, recusando-se a falar a respeito, minimizou a questão, não teve coragem de confessar tudo, para não correr o risco de provocar uma desgraça ainda maior. E ela seria capaz, pois sua irracionalidade era devastadora. A esposa o odiava e atirava nele tudo que encontrasse ao seu alcance, xingando-o para que se sentisse culpado. Os filhos assistiam a essas cenas melodramáticas e se perguntavam de que o pai teria culpa. Ele não queria envolvê-los nessa crise, mas era exatamente o que ela fazia, deixando-os perturbados. Sentindo-se traída, tentava se vingar de qualquer maneira, retribuindo quintuplicado o mal que o marido fazia a ela. Ele ficava calado, fugia e a deixava entregue ao próprio desespero. Não falava sobre isso com Ava; eles tinham pouco tempo e queriam vivê-lo plenamente. O desejo de deixar a mulher era forte, mas sua fraqueza, o que ela chamava de covardia, o impedia de tomar a decisão.

Ao mistério da noite somava-se o segredo da insônia, um sofrimento cruel que impregnava seu corpo e sua mente. Ele sofria de hipertensão arterial, tratava-se, mas não conseguia estabilizá-la completamente. Tinha picos que alcançavam níveis preocupantes; e depois as coisas se normalizavam. Tinha medo da noite, do risco de apneia. Temia o fim do dia e o momento de ir para a cama. Dormia no ateliê, mas seus membros eram agitados por tremores nervosos fatigantes. Ele se levantava, dava alguns passos nesse espaço perfeitamente organizado onde guardava suas telas, seu material, sua coleção de livros de arte e seus documentos. Bebia água, tomava um segundo calmante, voltava a se deitar e esperava. Mas de nada adiantava. Podia seguir as nuvens que atravessavam o céu de Paris por uma claraboia. Perto do alvorecer, era tomado pelo cansaço e dormia uma hora ou duas.

Acostumara-se a ligar para Ava todas as manhãs na mesma hora, pouco antes que ela saísse para o trabalho. Desejava-lhe um esplêndido dia e passava o resto do tempo a esperá-la.

A clandestinidade banhava os reencontros numa alegria especial. Eles diziam: "Somos ladrões; nossa felicidade é nosso segredo; nosso amor é nossa sobrevivência; recusamo-nos a ser náufragos; vivemos esse amor e sabemos que um dia seremos criaturas inconsoláveis."

Veio então o rompimento. Brutal, definitivo, cruel. Ava o deixou porque sabia que ele nunca abandonaria a família para viver com ela. Sua intuição estava certa. Ele temia as represálias da esposa. Um medo insuperável. Estava paralisado, incapaz de avançar, incapaz de dar as costas a uma vida miserável para partir com a mulher que amava. Foi então que aceitou a proposta de um amigo muito versado em histórias de feitiçaria. Ele lhe disse: "Deixe comigo, diga-me o que está acontecendo, eu lhe peço, quero sua autorização para consultar em seu nome um homem muito velho, recluso em uma montanha, longe da cidade, e que tem poderes extraordinários. Ele sabe o que acontece entre as pessoas, tem esse dom, é um homem que trabalha exclusivamente com o Corão; nada de amuletos, nada de magia negra, só a leitura do Corão e os números."

Ele autorizou. O que teria a perder?

O que o velho constatou era impressionante: "Esse homem é influenciado há muito tempo pela mulher, que tenta paralisá-lo para dominá-lo e fazer com que se transforme num objeto submisso. Está cercado de talismãs de todos os tipos; é um artista, um homem de sucesso. Ela tem inveja e é aconselhada por várias pessoas da sua aldeia. Ele tem de ir embora. Nós nunca somos favoráveis à separação; mas, nesse caso, ele está correndo um risco. Não sei qual, mas ela nunca vai deixá-lo em paz. Tome, entregue esse talismã a ele, que deve usá-lo no corpo e ler uma página do Corão todas as noites antes de dormir. Vai acalmar seu sono, que é muito agitado. Se quiser ficar com a mulher e os filhos, ele terá de se submeter; caso contrário, será um inferno, pois ela trabalha com homens que farão o que for necessário para bloquear tudo o que o marido faz. Sempre que ele conhecer uma mulher, tudo será feito para que sua história fracasse. Ele sempre terá dificuldade de conciliar o sono. Existe uma maldição em torno desse homem. Que Deus encha nossos corações com sua bondade! Ela nunca vai deixá-lo em paz."

Ele ficou boquiaberto e começou a procurar os amuletos que ela teria posto em seu ateliê. Encontrou alguns debaixo do sofá, onde às vezes dormia, no banheiro, na cozinha e até na sua bolsa. Estava cercado. Não acreditava nessas coisas, mas mudou de opinião e ficou desconfiado. Entendeu que as maldições lançadas contra

Ava tinham funcionado. Pensou: "Agora que eu sei, vou fazer de tudo para reatar com a mulher que amo." Fez várias tentativas, mas em vão. Ava tinha se mudado, seu telefone era outro, era impossível encontrar qualquer pista dela. Assim foi que ele ficou sem notícias dela durante dois anos, sofrendo em silêncio, ao mesmo tempo que continuava vivendo com a mulher, na esperança de organizar sua partida definitiva. Mas não teve tempo de partir. O ataque cerebral ocorreu depois daquela terrível briga entre eles.

CAPÍTULO XVI

Casablanca, 12 de setembro de 2000

> "Você é terrivelmente egoísta. Para você, ninguém tem importância. Acredita apenas em si mesmo, não ouve conselhos. Naturalmente, não o sabe, faz pose de idoso digno; estão enganados aqueles que o apresentam como amigo da humanidade sofredora", disse a nora ao sogro.
>
> Morangos silvestres, Ingmar Bergman

Às vezes, em pleno dia, pequenas lembranças da infância, aparentemente insignificantes, voltavam à sua memória. Dançavam diante de seus olhos como fantoches numa quermesse. E a cada vez ele se surpreendia. Assim foi que voltou a ver nitidamente o balde de madeira que o pai levava para o banho turco, um velho balde completamente banal, de um marrom já escurecido. Antes de sair, seu pai sempre colocava nele sabonete, uma toalha de banho e uma pedra-pomes para renovar a pele. Mas por que esse balde lhe voltava à mente meio século depois? De outra feita, ele voltou a ver de repente, com a mesma nitidez, a velha esteira de palha trançada sobre a qual os pais faziam suas orações. Ela nada tinha de singular. E, no entanto, lá estava de volta, ao lado do balde. Uma mendiga a quem ele tinha dado um pedaço de pão e que em troca lhe oferecera um torrão de açúcar ressurgiu da mesma maneira, com seu rosto cheio de rugas, seu sorriso desdentado e esse torrão de açúcar em forma de estrela na palma da mão.

Dias depois, ele voltou a ver o aleijado que cantava desafinado em frente a sua escola, e depois o cão doente que vagabundeava pelas ruelas de Fez e era afugentado pelas crianças a pedradas. O pobre animal tinha grande dificuldade de se locomover, e o pintor se perguntava: Por que esse cão de repente?

A mesma pergunta a respeito da calça de golfe que ele tinha rasgado na altura do joelho ao cair de um balanço. Era uma lembrança dos seus seis anos, sua primeira experiência num balanço. Seu irmão mais velho o estava empurrando e, em pleno voo, ele tinha largado as cordas e caíra no chão, com o rosto ensanguentado. Curiosamente, o tecido da calça o havia marcado mais que o rosto machucado.

Uma velha pasta de cartolina na qual o pai guardava números da revista Life sobre a guerra apareceu-lhe certa manhã sem aviso prévio. Muitas vezes, na infância, ele havia apanhado um dos exemplares para folheá-lo. Por que ainda se lembrava do rosto daquele soldado americano muito jovem chorando diante do corpo do amigo morto? Ele se chamava Salomon. Era curioso ver Salomon de joelhos, com as mãos no rosto cheio de lágrimas. Onde andaria hoje esse jovem? Podia imaginá-lo de volta a sua casa, casado com uma ruiva e vendendo automóveis.

De outra feita, um cachecol roído pelas traças é que veio rondar. Era vermelho e de nada mais servia, como as lâmpadas queimadas que seu pai guardava numa gaveta, na esperança

FELICIDADE CONJUGAL

de que se consertassem sozinhas. Ele também viu pregos de todos os tamanhos num saco de papel encostado num canto da cozinha, e ainda a gravata suja e cheia de manchas de gordura usada por seu professor de árabe. Sua professora, uma jovem casada, que afastava ligeiramente as pernas ao se sentar na cadeira, também veio visitá-lo. E, inexplicavelmente, ele viu até o número da placa do Chevrolet de seu tio, na época o único homem da família que tinha carro: 236 MA 2.

Certo dia, voltou-lhe a lembrança de sua primeira ejaculação, que teve ao brincar com sua prima. Era como uma eletricidade agradável percorrendo o seu pênis. Ele se levantara, escondendo com a mão a mancha na calça. Sentia vergonha, ainda mais porque a prima, que devia ter um ano a mais que ele, o chamava para o quarto de seus pais, que estavam viajando. O cheiro forte e desconhecido que subia do seu baixo-ventre e o desejo ardente de ir ao encontro da prima, à sua espera na cama, voltaram, intactos. Ele a via de novo, oferecendo-lhe as nádegas rosadas e dizendo: "Vamos, mete o seu negócio no meu rabo!"

O pintor pensava que provavelmente era o caso de atribuir essa invasão de lembranças à paralisia de sua perna e de seu braço esquerdos. Certo dia, em meio a uma dessas reminiscências, o telefone tocou de forma estridente. Um dos ajudantes, que não estava longe, entregou-lhe o aparelho. Era seu agente, querendo saber notícias suas. Devia estar preocupado sobretudo com sua percentagem! O pintor o tranquilizou: estava melhorando. Era preciso ter paciência, muita paciência.

CAPÍTULO XVII

Casablanca, 5 de outubro de 2000

> "As pessoas de baixa extração do povo são menos sensíveis. Basta ver um touro ferido: impassível", disse uma burguesa a outra burguesa pouco antes do drama.
>
> *O anjo exterminador*, Luis Buñuel

Depois dessa invasão de pequenas lembranças insignificantes, ele passou por momentos de longos devaneios, seguidos de pesadelos terríveis. O médico o tinha prevenido, mas o pintor não esperava tanta atividade cerebral. No primeiro sonho, ele pôde rever sua mulher como se estivesse a seu lado, na época em que era apaixonado por ela, em que só pensava nela. Ele era muito atencioso, e ela, extremamente doce e cuidadosa. Nunca o contrariava nem externava uma opinião divergente, de tal maneira que ele temia que lhe faltasse confiança ou que fosse por demais submissa. Diariamente agradecia ao céu por ter conhecido aquela moça tão diferente das que até então encontrara. Depois de permanecer solteiro por muito tempo, sem se fixar nunca às mulheres que conhecia, os olhos daquela moça o tinham comovido

FELICIDADE CONJUGAL

profundamente. Ela lhe dava vontade de ser sério. Fora de questão brincar com sua inocência e sua juventude. Eles tinham quase quinze anos de diferença, mas ele não considerava que isso representasse problema. Depois, o sonho o conduziu pelos dois anos de felicidade que se tinham seguido ao casamento. Não havia brigas, desentendimentos nem tempo ruim. Eles eram felizes, viajavam, se divertiam, riam e faziam planos para o futuro. Era maravilhoso. Belo demais para durar. Com sua magnífica cabeleira castanha e estatura alta, ela era irresistível.

Mas ele também tinha terríveis pesadelos. Especialmente aquele em que aparecia um sujeitinho atarracado que lhe tinha preparado uma armadilha, subtraindo-lhe uma quantia considerável e mais algumas telas. Apresentava-se como *marchand*, mas era basicamente um pintor fracassado que agora fazia negócios, ou, mais exatamente, trapaças, em combinação com um irmão que se prostituía nos hotéis de luxo da Côte d'Azur. Antes do acidente, o pintor tinha conseguido esquecê-lo, jogando-o no fosso do desprezo. Preferira ignorá-lo, para não passar anos nos corredores dos tribunais, tanto mais que tinha em seu poder apenas recibos falsos com um endereço imaginário e uma assinatura num carimbo fajuto. Mas eis que o sujeitinho reaparecia para provocá-lo, justamente agora que sua força física estava diminuída. Ele circulava ao redor das telas, com uma tocha embebida em álcool pronta para se incendiar. O pintor fechava os olhos, mas o diabo em pessoa ressurgia, dando gargalhadas histéricas. Começou a tentar imaginar como gostaria de acabar com ele. Via-o esmagado por uma betoneira, com as entranhas espalhadas pelo chão coberto de lama; imaginava-o numa cama de hospital, sozinho, amarelo e faminto, sufocando diante da morte que estava para levá-lo depois de longas horas de sofrimento.

Até que descartou essas imagens de vingança e pediu a Deus que lhe fizesse justiça um dia. Com isso, o escroque atarracado desapareceu definitivamente.

Chegada a noite, os ajudantes o colocaram no carro para voltar ao ateliê. Entretanto, como sua mulher estava viajando, ele pediu aos Gêmeos que o levassem para casa e telefonassem a Imane, para que viesse assim que possível para a sessão de fisioterapia. Acomodou-se, então, no quarto que há tanto tempo havia abandonado. Havia o perfume de sua mulher, os traços de seu cotidiano, suas roupas espalhadas, o banheiro com uma quantidade incalculável de produtos de beleza. Pediu à empregada que mudasse os lençóis e fizesse uma arrumação.

Com o passar dos anos, a inveja que tantas pessoas sentiam em relação a ele já o deixava indiferente. Ele construíra uma lógica, uma filosofia da indiferença. Os mais invejosos eram as mulheres que amara e os artistas de seu país que não entendiam nem aceitavam seu sucesso. Ele havia trabalhado muito, chegando à conclusão de que, de qualquer maneira, mais valia ser invejado que ignorado e sem talento. Mas o ciúme da mulher o atingia; ele não conseguia encará-la com indiferença. Ela precisava ser mais forte que ele, mais decidida que os outros, e não estava nem aí para os estragos que causava com suas constantes crises de desconfiança à beira da loucura. Existem vários graus de loucura; o de sua mulher não era muito alto, apenas o suficiente para tornar sua vida infernal. Nesse caso, não há o que fazer;

suportar ou fugir; tratar de se esquivar ou redobrar a violência e a ferocidade. De sua parte, ele suportava protestando.

Certo dia, dissera-lhe: "O ciúme é uma doença que traduz fraqueza de caráter e descontrole." Tentou chamá-la à razão, mostrar que entre um homem e uma mulher existem espaços e segredos que devem ser respeitados, caso contrário tudo explode. Ela não o ouvia, seguindo ao pé da letra as orientações de seu charlatão.

Segredo. Um conceito que ela não admitia. Para ela, os cônjuges não deviam ter segredos entre eles. O casal era uma fusão na qual um mais um é igual a um. O que lhe lembrou um programa da televisão marroquina em que uma jornalista reuniu quatro mulheres de idades e condições diferentes, todas solteiras. Elas deviam explicar essa "anomalia". Uma dizia que não tivera sorte, tendo encontrado um noivo alcoólatra; a outra, que preferira dedicar-se à carreira em vez de buscar um marido que a exploraria ou a impediria de trabalhar; a terceira, que depois do divórcio dos pais decidira nunca se casar; e a última, que procurava um homem com o qual compartilhasse tudo, até que os dois desaparecessem, passando a formar uma única e mesma pessoa. Nenhuma delas falou de jardim secreto, de diálogo, de construção cotidiana do casal no respeito das diferenças, sem por isso excluir as divergências.

Ele caiu no sono vendo um filme. Seus pensamentos eram vagos e lentos. Ele via de longe a sombra de um homem, talvez seu pai, aproximando-se dele em sua *djellaba* branca, a barba aparada, o rosto iluminado, jovem e sorridente. Seu pai era mais jovem que ele. Observou-o atentamente, reconheceu-o, mas, como num filme mudo, o som era inaudível. Seu pai se aproximou, inclinou-se, tomou-lhe a mão direita e a beijou. Durante essa visão, ele pensava que o mundo estava de cabeça para baixo. Normalmente era ele que beijava a mão do pai e da mãe. O beijo no rosto chegara simultaneamente com a independência do país.

Depois dessa mão beijada, ele despertou de bom humor, interrompeu o filme e pediu chá. Disseram-lhe então: "Imane está preparando." Ele balbuciou suavemente: "Tomara que não seja mais uma visão."

CAPÍTULO XVIII

Casablanca, 4 de novembro de 2000

> "O acaso tem algo de extraordinário: o fato de ser natural."
>
> *Madame de...*, Max Ophuls

Nessa noite, ele teve um sonho que se transformou em pesadelo e acordou com forte enxaqueca. Ele ia visitar um chefe de Estado. Era verão, e ele tinha de usar uma camisa branca e uma calça de linho branco. Estava escrito no convite. A caminho do palácio, um pássaro soltou excrementos amarelo-mostarda que sujaram sua bela camisa. Ele precisava se trocar, mas não dava tempo. Pediu então uma camisa emprestada a um amigo, que só tinha camisas coloridas. Ele não ficou nada satisfeito. O tempo passava e a hora da recepção se aproximava. Vestiu uma camisa cinza e, ao deixar a casa do amigo, foi detido por policiais à paisana: "Terá de nos acompanhar, foi condenado e será levado diretamente à prisão." Por mais que perguntasse de que era acusado, respondiam-lhe apenas: "Não piore a sua situação, sabe muito bem o que fez." Seu telefone celular foi tomado e disseram: "Nada de pintura na prisão, nem caderno nem lápis. São as ordens." Ele gritava, mas não saía som algum da garganta. Sua mulher estava na entrada, assim como seu melhor amigo. Mas nada faziam para ajudá-lo. Ele quis chamar seu advogado, mas foi deixado na mão pela memória, não conseguindo mais se lembrar de seu número de telefone nem de seu nome. Estava com dor de cabeça. Foi nesse momento que despertou. Queria levantar e abrir a janela. Eram três horas da manhã. Todo mundo estava dormindo. Ele conseguiu se sentar na cama e manteve os olhos abertos para que o pesadelo não voltasse.

Pela manhã, adormecera de cansaço. Quando os ajudantes chegaram com o café da manhã, ele não despertou. Eles deixaram a bandeja na mesinha ao lado da cama e se foram.

Seu sono seria interrompido por uma outra dor. Uma cãibra na perna esquerda. Ele gritou e fechou os olhos, esperando que o torno afrouxasse. Pensou: "O dia já começa mal." Era melhor não trabalhar no ateliê. Ele estava precisando, mesmo, era de massagens e conforto.

Quando Imane chegou, ele estava com os ajudantes no banheiro fazendo a higiene. Eram, para ele, momentos penosos e particularmente humilhantes. Ele, então, sentia violentamente o peso da sua deficiência. Ter a bunda limpa por um homem, ser lavado por outro, mal conseguir manter-se de pé enquanto eles passam a luva nas partes íntimas, tudo isso o deixava com uma raiva que só podia calar. Pensou: "Em princípio, isso devia caber a minha mulher, mas por nada neste mundo eu desejaria que ela o fizesse, quero apenas que me deixe em paz e que eu possa recuperar minha capacidade de me movimentar."

Uma vez banhado, barbeado e de roupas mudadas, no entanto, ele se sentia um pouco melhor, o que o ajudava a esquecer aqueles momentos insuportáveis. Vendo Imane e, sobretudo, sentindo seu perfume Ambre Précieux, ele deu um sorriso. "Hoje vamos passar o dia juntos", disse-lhe ela, "é o meu dia de folga. Vou massageá-lo e aplicar sua injeção. O senhor vai comer umas coisinhas que eu cozinhei, e depois vou lhe contar a continuação da minha história, a menos que prefira outra coisa ou que eu volte para casa..."

Ele não podia estar mais feliz. Imane era tão delicada e tão sensível que lhe infundia esperança novamente e contribuía para melhorar seu estado. Disse, então, lentamente: "Como lhe agradecer?"

Passado um tempo, enquanto massageava sua perna e sem olhá-lo nos olhos, ela começou a conversar com ele:

— Sabe, o senhor poderia ser meu pai, mas eu não o vejo como um pai; temos quase trinta anos de diferença, mas eu sinto, na sua arte, no seu temperamento, uma humanidade que falta cruelmente aos jovens de hoje, especialmente no Marrocos, onde todo mundo quer ter sucesso rápido e ganhar muito dinheiro, onde a aparência é mais importante que o fundo das coisas. Gosto da sua companhia, gosto de aliviar seu mal-estar, minhas mãos, ao massageá-lo, tentam pegar sua dor e jogá-la longe, é por isso que, depois das sessões, sempre me vê sacudindo os dedos para retirar a dor que está no senhor. É como se as minhas mãos estivessem embebidas numa água negra e se sacudissem para livrar-se dela. Foi um mestre indiano que nos ensinou isso durante um estágio em Rabat.

*   *   *

Depois dessa sessão, Imane o convidou a se apoiar nela para dar alguns passos. Ele disse então: "Mas são meus ajudantes que cuidam disso, sou muito pesado para seus ombros delicados." Ela o ajudou a sair da cama, deu-lhe uma bengala e eles começaram a caminhar lentamente pelo quarto. Ele se deteve e pediu aos Gêmeos que viessem vesti-lo como se fosse sair. Queria estar elegante na companhia daquela bela jovem. Ao retornar, Imane ficou surpresa com a mudança. O artista era um belo homem. A moça o tomou pelo braço. Ele sentiu o corpo dela contra o seu e se envergonhou de ter uma ereção. O médico o havia tranquilizado: "A ereção é medular, vem da medula." Ele tinha o braço esquerdo ao redor da sua cintura e os dois avançavam, ficando cada vez mais próximos. Ele teve vontade de apertá-la nos braços, de beijá-la, de mergulhar o rosto em sua cabeleira, mas se conteve, e, de qualquer maneira, no estado em que se encontrava, não conseguia ficar de pé sozinho diante dela. Ficou tentando imaginar se Imane teria sentido alguma coisa. Ela falava com ele, que não prestava atenção nas suas palavras, estava perturbado e pediu que o acomodasse na poltrona para esticar as pernas. Ela se sentou no chão e repousou a cabeça em sua perna esquerda. Ficaram assim um bom tempo. O pintor estava tranquilo e fez um esforço para acariciar seus cabelos com a mão direita, menos afetada que a esquerda. De repente, Imane se levantou, esboçou alguns passos de dança e lhe disse: "Está na hora do almoço, deixe que eu cuido, sei que a sua cozinheira é o máximo, mas também tenho receitas maravilhosas da minha avó." Ele não estava com apetite, fez esforço para comer o que os dedos dela punham na sua boca. Em outras circunstâncias, esses gestos lhe teriam parecido cheios de erotismo, mas no caso eram apenas utilitários.

FELICIDADE CONJUGAL   159

Ela lhe dava de comer como se fazia com um bebê, ou então com um velho já mentalmente ausente. Quando ela levou um canudo à sopa, ele empurrou levemente o prato e disse: "Não, obrigado, sem fome." O fato é que gostava daquela sopa, mas bebê-la de canudo diante de uma bela mulher o humilhava ainda mais.

Os Gêmeos o levaram de volta ao ateliê. Imane os acompanhou. Ele foi acomodado na cadeira de rodas.

— Imane, não quer continuar a cuidar de mim?

— Claro, Comandante.

Pela primeira vez ela o chamava assim, provavelmente vira o boné de marinheiro pendurado num canto do ateliê. Pertencera a um amigo do pintor, com o qual ele nunca mais tivera contato.

— Gosto que me chame de Comandante. Antes, era a minha filha mais velha que me chamava assim. Ela achava divertido. Pegue ali o volume de Baudelaire na coleção La Pléiade, abra na página onde há uma folha amarelada, onde ele fala de Eugène Delacroix, e leia. Eu adoro esse texto.

Ela bebeu um copo d'água para limpar a voz e começou a ler. O Comandante fechou os olhos para melhor saborear aquelas frases. A voz de Imane era grave. Se fosse trabalhada, poderia tornar-se muito bela.

Quando ela se interrompeu, concluída a leitura, o pintor disse-lhe:

— Está vendo, esse artista, tendo passado apenas alguns meses no Marrocos, em 1832, capturou algo da alma desse país. Fez muitos desenhos e esboços, mas não pintou nada aqui. Viria a pintar o Marrocos de memória, e o resultado é maravilhoso. Lamento que ele nada tenha deixado aqui no país, deveria ter oferecido algumas telas em sinal de reconhecimento e gratidão.

Não teve essa lembrança. Na Argélia, pintou as mulheres de Argel em seus apartamentos, e o resultado é absolutamente magnífico. Muito bem, querida Imane. Vou emprestar-lhe um livro sobre esse pintor. Poderá ver, então, como o Marrocos é reinterpretado por um visitante genial. E, se um dia vier a ler o seu Diário, ficará surpresa com o que ele diz de nossos antepassados. Nada muito agradável! Mas essas ideias eram correntes na época.

CAPÍTULO XIX

Casablanca, 6 de novembro de 2000

"Tenho horror às dívidas de cortesia."
Un revenant, Christian-Jaque

Chegou o momento em que tudo na vida do pintor parecia decair e mudar de rumo. À sua volta, as paredes se aproximavam, o teto ameaçava cair, sua própria voz sumia, depois se afastava, seu corpo se enrijecia e a cabeça girava. Às vezes todo o seu corpo tremia, apesar de não estar com frio. Sentia-se terrivelmente só, embora os ajudantes estivessem sempre por perto. Ele tinha a sensação de viver num cilindro escuro e de precisar correr para salvar a pele. Era perseguido por uma sombra, ou então por um ruído, ou por uma onda de calor emanando de uma bola de fogo. Vivia numa espécie de filme no qual ainda tinha o corpo anterior ao acidente, mas já com os pensamentos de um doente grave. Dois estados de consciência se superpunham, um com um corpo deficiente, blo-queado, sendo consertado, o outro com um corpo jovem e vivo. A desgraça o perseguia. Sua mulher certamente teria dito que era mau-olhado ou alguma maldição lançada pela vizinha. Mas, no cilindro escuro, ele não parava de correr, caía, se levantava, caía de novo, sugado por um enorme buraco negro. Todo o seu corpo era sacudido na queda, mas sua cabeça ficava firme.

Costuma-se dizer que a depressão é a quintessência da solidão no que se pode ter de mais cruel. Em seus piores pesadelos, o pintor se via num porão em que os ratos do bairro se reuniam. Sempre tivera horror a esses animais, um medo tão irracional que não suportava vê-los sequer num livro de imagens. Isso provavelmente tivera origem na infância, quando ele ia ao sanitário turco e um dia fora mordido no tornozelo por uma toupeira. Fora salvo por um jovem médico que imediatamente lhe aplicara uma injeção. Em seu pesadelo, ele era condenado a viver com os ratos e tinha de engolir o horror que lhe causavam. No meio deles, seu corpo não lhe obedecia. Mas quem poderia tê-lo deixado nesse lugar macabro, sem luz, onde só ouvia o ruído desses animais capazes de exterminar uma cidade, trazendo-lhe a peste? Entre os ratos, seu corpo jovem e esbelto tinha desaparecido, restava apenas o corpo pesado e doente. Ratos subiam por suas pernas, circulavam tranquilamente sobre ele, brigavam perto de sua cabeça, mordiam-no aqui e ali, puxavam-no de todos os lados. Até que, de repente, uma enorme toupeira se aproximou dele, toda negra, e se atirou em suas partes genitais, arrancando-as com força. Ele urrou de dor, mas, embora gritasse por socorro, sua voz era abafada pelo pesadelo e ninguém o ouvia. Ele já se conformava em morrer aos poucos quando foi surpreendido por uma outra mordida ainda mais feroz e acabou despertando. Suava, e lágrimas lhe desciam pelo rosto, inesgotáveis. Ele estava farto, cansado daquela situação, daquela casa, daquelas pessoas ao seu redor, não aguentava mais, sofria em silêncio.

FELICIDADE CONJUGAL

* * *

O que o pintor mais temia eram esses momentos em que um mal desconhecido vinha corroê-lo, mas ele não tinha como lutar. Na medida do possível, tentava resistir ao entorpecimento, fazia o possível para se manter vigilante, mas infelizmente os medicamentos e o tédio o abatiam, não obstante seus esforços. Sem se resignar, ele a todo momento tocava a campainha para exigir que lhe servissem café. "Sim, café! O médico pode ter proibido, mas eu quero ficar bem acordado!"

O pintor gostava de café, do bom, o *espresso* italiano. Sempre bebia um café forte e depois outro mais fraco. Com isso, sentia-se melhor. Podia, então, olhar para trás, na direção onde momentos antes lhe pareciam estar o cilindro e o alçapão que o perseguiam. Ele sabia que o fantasma da depressão o rondava e que, a qualquer momento, poderia acontecer-lhe o mesmo que ao seu amigo Antonio Tabucchi, que mergulhara durante três anos numa longa depressão. Certo dia, lendo, como de hábito, o seu jornal antes de começar a trabalhar no cômodo ao lado, Antonio não conseguira se levantar. À noite, sua mulher foi encontrá-lo na mesma poltrona onde o vira pela manhã. E, no entanto, nada o predispunha à depressão. Ele e a mulher formavam um casal feliz, cúmplice, solidário. O médico dissera-lhe: "A depressão é uma doença, não é apenas uma tristeza, uma nuvenzinha passageira, é uma coisa grave, é preciso estar atento. A insônia é um sério sinal."

* * *

Seus pesadelos recorrentes passaram a preocupá-lo de tal maneira que ele decidiu dedicar-se ainda mais seriamente à recuperação. Toda manhã, saía. Os Gêmeos o levavam à beira-mar, ele caminhava apoiando-se neles, respirava o ar marinho e insistia para ir até o fim de seus exercícios. No início, não queria ser visto, por causa da curiosidade dos outros ou do risco de encontrar certas pessoas que sentiriam piedade de sua condição. Um dia, deu de cara com Larbi, o profissional que fazia suas molduras, sujeito talentoso, formado na Espanha, e pelo qual tinha muita afeição. Sempre gostara de conversar com ele, pois esse indivíduo, vinte anos mais velho que o pintor, continuava a trabalhar, numa idade em que todos os outros se deixavam seduzir pela aposentadoria. Era espirituoso e gostava de contar histórias divertidas. O pintor o convidou a visitá-lo em seu ateliê, para conversarem, como costumavam fazer.

No dia seguinte, ele chegou com maconha e dois cachimbos. Eles fumaram bebendo chá. Larbi segurava o cachimbo para ele e depois lhe dava de beber. Era divertida a maneira como as coisas aconteciam entre os dois. Velhos amigos que deviam ter se divertido muito na época da despreocupação. Larbi perguntou se "o Mestre" estava "em atividade". Ele fez que sim com a cabeça, ao mesmo tempo em que elevava os olhos ao teto, querendo dizer que todas as suas mulheres se tinham afastado.

— Temos de fazer alguma coisa, se "o Mestre" ficar sem atividade, corre o risco de não acordar mais!

— Eu sei.

Foi nesse momento que Imane apareceu de *djellaba*, com um lenço na cabeça. Pela primeira vez o pintor a via coberta.

FELICIDADE CONJUGAL

Ela explicou que dessa maneira era menos incomodada pelos rapazes na rua. Tirou a *djellaba* e o lenço, estando vestida com jeans justos e uma linda blusa, soltou seus longos cabelos e lançou mão dos óleos para começar a massagem. Larbi, admirado com aquela beldade, desculpou-se e foi embora, alertando Imane de que era necessário cuidar do "Mestre".

— Comandante, agora temos de chamá-lo de "Mestre"?

Ele sorriu.

— Comandante está bom.

Lembrou-se da época em que todo ano tinha sua angina — apesar da vacina, passava duas ou três semanas derrubado por uma forte gripe que se transformava em angina —, sua mulher saía à noite e ele ficava como um tolo esperando que voltasse. Irritava-se, pois só conseguia dormir se ela tivesse voltado, telefonava e dava com a secretária eletrônica. Olhava o relógio, duas e dez, três horas, quatro e cinco, e então finalmente ouvia o barulho do portão se abrindo para o carro passar. Fechava os olhos, sem a menor vontade de falar nem de saber onde ela estava, e de qualquer forma ela diria: "Estava com as meninas, conversamos muito, sem parar, eu não vi a hora passar..." Ela cheirava a álcool. Ele detestava esse hálito; encolhia-se na cama e buscava o sono, enquanto ela adormecia no momento em que repousava a cabeça no travesseiro. Agora que essa jovem cuidava dele, ele podia avaliar o abismo que o separava de sua mulher. Claro que Imane era uma empregada, recebia um salário, mas havia algo mais, uma gentileza, uma graça que não faziam parte do trabalho.

Ele tinha sentimentos — perfeitamente controlados — por ela. Quando a moça não vinha, ele sentia falta. Quando estava presente, ele se sentia reviver. Não queria dar nome ao que sentia, mas descobria uma forma discreta de felicidade.

Certo dia, uma revista pediu-lhe sua definição de felicidade. Sem precisar pensar, ele respondera: "Um almoço entre amigos debaixo de uma árvore no verão da Toscana." Ele gostava da amizade, apesar de certas traições, gostava da Itália e se sentia bem à sombra de uma árvore imensa, como se ela o protegesse, como se fosse uma bênção, a bênção dos pais e de seu apego à espiritualidade.

CAPÍTULO XX

Casablanca, 2 de novembro de 2002

> "Para Katarina, eu não passo de um monte de geleia flácida", disse Peter aos amigos Johan e Marianne durante o jantar.
>
> *Cenas de um casamento*, Ingmar Bergman

Já se iam quase três anos desde que ele sofrera o acidente vascular cerebral. Graças aos médicos e ao talento de Imane, o pintor havia recuperado o uso da mão. Agora já conseguia segurar um pincel e pintar em pequenos formatos sem tremer. A perna ainda o fazia sofrer, mas ele podia se deslocar na cadeira de rodas. Tinha retomado o uso da palavra, sua elocução era praticamente normal e ele era capaz de sustentar uma conversa. Estava programada uma exposição de suas novas obras. Ele a preparava com todo o cuidado, pois teria especial importância, significando sua vitória sobre a doença. E, por sinal, seu estilo mais uma vez mudara. Suas telas eram mais despojadas, transmitindo profunda serenidade, o que tinha chamado a atenção dos especialistas em sua obra.

Sua esposa se reaproximara. Embora não se vissem há mais de dois anos, ela vinha visitá-lo no ateliê, primeiro de tempos em tempos, depois com regularidade cada vez maior, quando voltaram a se entender. Ela foi a primeira a aplaudir e a estimulá-lo quando ele voltou a trabalhar e concluiu uma nova tela. Chegou até mesmo a organizar uma festinha para comemorar. Uma aparência de vida comum foi retomada entre a casa e o ateliê. Em sua cadeira de rodas, o pintor ia ao encontro da mulher no fim da tarde, uma vez terminadas suas atividades de pintura. Passava as noites com ela e os filhos, e com eles compartilhava as refeições. Mas, se seu corpo melhorava, a sua vida de casado, como ele logo se deu conta, jamais poderia ser curada. As brigas começavam de novo a se insinuar no cotidiano, de tal maneira que ele já sentia falta dos meses em que vivera paralisado, entre a cadeira de rodas e a cama, mas separado dela.

— Quanto mais velho, mais parecido você fica com seu pai!

Na boca de sua mulher, aquilo não era propriamente um elogio.

— Que quer dizer com isso?

— Que você está cada vez mais amargo, cruel, de má-fé e hipócrita.

Sua mulher entrara no ateliê sem avisar quando ele estava em plena preparação de uma mistura complexa para sua tela. Ele fez que não a ouvira. Ela voltou a falar.

— Está vendo? Você nem reage...

Ele continuou seu trabalho, ela se foi e voltou com uma revista árabe na qual ele aparecia ao lado de uma jovem atriz libanesa. Ela atirou a revista na direção de sua paleta, que, escapando-lhe das mãos, foi bater contra a tela. O pintor virou-se e disse calmamente:

FELICIDADE CONJUGAL 169

— Deixe-me em paz, por favor, estou pintando e não posso discutir com você. Preciso pensar na tela, exclusivamente na tela. Deixe-me.

— Você não passa de um covarde.

Ela se foi. Ele trancou a porta e voltou ao trabalho, mas, passado um momento, deu-se conta de que não tinha mais ânimo para pintar, jogou-se na poltrona e teve vontade de chorar. Pensou no pai, com quem acabava de ser comparado pela mulher. Que erro de avaliação! Eram tão diferentes! O pai era um homem de temperamento difícil, mas que jamais poderia ser considerado mau. Não se mostrava muito atencioso com sua mãe, mas isso era habitual na época, e seu modo de vida nada tinha a ver com o do pintor, sempre viajando, sempre solicitado. No fim das contas, havia amor entre seus pais; não era algo expansivo nem evidente, mas algo os ligava, talvez o hábito, a tradição ou simplesmente o afeto, o pudor, uma forma de respeito mútuo. Suas brigas nunca atingiam o grau de violência existente entre o pintor e sua mulher.

Para recobrar a serenidade, ele telefonou a seu confidente e amigo Adil, um velho sábio que, durante muito tempo, praticara ioga e tai-chi, e a quem ele contou a enésima cena que sua mulher acabava de fazer. Adil disse-lhe: "Sua saúde física e mental vem em primeiro lugar. Não fique de antolhos, não fique contemplando o naufrágio, você tem de tomar uma decisão. Fique sereno, esforce-se por manter a calma. Sei que a separação é uma forma de dilaceramento. Você mesmo deve se convencer de que é a melhor decisão. Seus filhos haverão de lhe agradecer mais tarde. A morte também cria uma laceração, mas nos leva a relativizar as coisas. A vida é um piscar de olhos, uma fagulha que se acende e depois se apaga. O tempo é ilusão. Nós vivemos e nos acomodamos com essa ilusão. Quando nos vamos, todos esses errinhos não são nada. Coragem."

Na manhã seguinte, Imane chegou atrasada. Estava de mau humor, desculpava-se enquanto fazia seu trabalho. O Comandante já não passava de um marinheiro. Ele ficou espantado com essa brusca mudança, mas a deixou em paz. Enquanto ela o massageava, ele pensava no que pintaria depois da sessão. As mãos de Imane se detiveram na altura da panturrilha esquerda, ela ergueu a cabeça na sua direção; tinha os olhos cheios de lágrimas.

— Se eu falar, elas vão rolar, não é mesmo?

— Sim, estou muito triste.

— Gostaria de me contar o que a deixou assim?

— Não, Comandante.

Assim que concluiu o que tinha de fazer, ela pegou sua bolsa.

— Não voltarei mais; o senhor terá de encontrar outra pessoa; posso ajudá-lo, passar alguns contatos...

Estava chorando de novo.

— Não, não se vá; vamos fazer um chá e conversar com calma.

Ele sentiu que sua mulher devia estar por trás daquilo.

— Ela foi procurá-la...

— Sim, ofereceu dinheiro para que eu parasse de trabalhar com o senhor. Ela foi gentil, não ameaçou nem foi violenta; mas estava decidida. Disse-me: "Ele é meu marido e eu quero recuperá-lo, mantê-lo comigo, e ninguém vai me impedir." Não aceitei seu dinheiro, mas lhe prometi que não viria mais.

— Vou falar com ela. Sou eu que estou doente, não ela, então peço que você faça seu trabalho e ignore esse tipo de interferência.

— Sim, mas eu dei minha palavra.

— Sua palavra me é muito cara, preciso dela, não vai me deixar na mão, eu quero os seus cuidados e a sua presença.

Depois de um momento de silêncio, ela disse:

— Ok, mas preciso falar com o senhor. Prefiro me afastar porque não sei se estou certa de continuar a vir cuidar do senhor e também passar momentos agradáveis na sua companhia.

— Eu sei, eu sei, existe alguma coisa além do tratamento... Mas o que fazer? Nós somos humanos. Seja como for, fique sabendo que graças a você eu fiz progressos que deixam o médico espantado; estou pintando, caminho, recuperei a fala, tudo isso graças a você, muito embora na sua ausência, claro, eu também tenha me esforçado, me exercitado. Impossível, portanto, dispensá-la. Na questão dos sentimentos, entendo perfeitamente que seu futuro não esteja comigo, você tem direito de viver uma história magnífica com uma pessoa de bem, da sua idade, que possa escolher; já eu sou um caco velho, apenas isso. Mas precisava lhe dizer o quanto devo a você, e agora faça como quiser.

Imane baixou a cabeça, tomou a mão do Comandante e a beijou, como em agradecimento. Sem olhar nos seus olhos, declarou, então:

— Penso no senhor o tempo todo, não sei o que fazer. Meu noivo chegou há quinze dias de Bruxelas para prepararmos os papéis do casamento, mas, quanto mais se aproxima o dia, menos vontade eu tenho de me comprometer com esse homem, um imigrante que trabalha lá dirigindo ônibus. Ele é alto, jovem, forte e até gentil. Mas eu não tenho a menor vontade de ser a mulher de um motorista de ônibus, sonho com outras coisas. Não tenho de que me queixar, mas também não tenho nada a lhe dizer. Preciso ler, ir ao museu, conviver com artistas... Um motorista de ônibus não pode me oferecer essas coisas supérfluas. Além do mais, ele já me avisou que terei de morar com sua mãe, o que me dá náuseas desde já. Já imaginou? Ser vigiada, espionada, julgada, ah, isso não! Tenho uma amiga que foi obrigada pelo marido a morar com a mãe dele, e a coisa toda acabou muito mal, brigas, polícia, divórcio... Tenho certeza de que é um bom partido, um homem musculoso, nós flertamos duas ou três vezes, não tínhamos aonde ir, e então fomos ao cinema. Nos beijamos, ele é fogoso, mas enfim, nada disso tem importância; é o senhor que eu quero.

Ele a olhou com ternura:

— Mas minha pobre Imane, eu não sou jovem nem musculoso, sempre tive horror a esportes e musculação; que vai fazer com um homem da minha idade? Não posso lhe oferecer nada; além do mais, fiquei com aversão a tudo que se pareça com casamento; você sabe o que Tchekhov dizia do casamento? "Se tiver medo da solidão, não se case." Para você, eu seria antes um peso que um companheiro. Logo vai se cansar de mim e das minhas manias, pois confesso que sou um sujeito maníaco, um chato, gosto das coisas nos seus devidos lugares, não suporto bagunça, impontualidade, detesto mau-caratismo, pretensão, enganação, ainda por cima, gosto da minha solidão, pode parecer inacreditável, mas é verdade, gosto de ficar sozinho e de não ser incomodado. Durmo sozinho por respeito à minha esposa, minha insônia não pode atrapalhar aquela com quem divido a cama. Minha mulher sempre achou que eu a evitava, quando, na verdade, estava preocupado com sua tranquilidade e seu sono. Nossa vida inteira foi uma sucessão de mal-entendidos. Emendando uns nos outros, temos vários vagões de contrariedades. Mas estou me perdendo, proponho que adiemos essa conversa para a sua próxima visita. Mas eu faço questão, não quero mudar de enfermeira e de fisioterapeuta. Que fique bem claro. Não fique aborrecida. Vou saber o que dizer a minha mulher.

Imane estava sorridente, mais bela que ao chegar. Ficou calada, mas acabou dizendo: "Até amanhã."

CAPÍTULO XXI

Casablanca, 20 de novembro de 2002

> "Nós somos a polícia de Deus; se a morte resolvesse tudo, seria cômodo demais ser um homem", dizem a Liliom os dois anjos negros que vieram levá-lo para o céu.
>
> Liliom, Fritz Lang

Naquela manhã, os Gêmeos o acomodaram na banheira cheia de água quente e o deixaram meditando. Ele lhes disse em árabe: "Deixem-me aqui uma horinha, vou aproveitar o silêncio e o calor para escutar meus ossos." Quando ele voltava da escola e encontrava a mãe deitada na sala, ela dizia: "Aproveitei que você não estava aqui para descansar e escutar meus ossos." Ele achava graça da expressão. Como era possível? Onde colocar a orelha para escutá-los? Que diziam eles? Será que os ossos começavam a se mexer, a brincar de esconde-esconde, a fazer reverências? Simplesmente voltavam ao lugar. A água quente os ajudava a relaxar, embora fossem os músculos os que mais aproveitavam.

Ele adorava esses momentos de paz em que nada o incomodava. Nesse dia, lembrou-se de Ava, a bela Ava, que para sempre havia marcado seus quarenta anos. Eles tinham fugido por alguns dias, refugiando-se num esplêndido hotel em Ravello. Nadaram, conversaram sobre literatura e cinema durante horas, comeram coisas simples, beberam bom vinho, fizeram amor várias vezes por dia e clamaram sua felicidade como crianças livres de qualquer obrigação. À noite, tomavam juntos um banho quente, ela o massageava com um óleo de propriedades especiais, acendia velas e dizia-lhe: "Eu te amo, nunca amei tanto assim um homem..." Ele respondia que não encontrava palavras para expressar o que sentia. Em compensação, falava de cores, de estrelas que conhecia pelo nome e pela história, contava-lhe sobre filmes que ela não vira, óperas que não chegara a conhecer. Acontecia de chorarem de felicidade, pois sabiam que aquilo não podia durar, que a realidade acabaria voltando, sobretudo para ele, que traía sua mulher e não se sentia culpado. Quando tinha relações apenas agradáveis, sem maiores consequências, ele não achava que estivesse enganando a mulher. Pela primeira vez, vivia uma grande paixão e pertencia apenas àquela que amava; sentia-se inteiramente entregue a Ava e ficava feliz com isso.

Esse amor tinha transformado completamente sua pintura. Ele estava afogado em ideias e queria botá-las para fora o mais rápido possível. Fazia esboços, marcava com lápis o nome das cores, mas, sobretudo, sentia que a felicidade, esse estado que há tanto tempo buscava, esse amor, essa paixão haveriam de nutrir sua arte e nela transparecer.

Ao voltar a Paris, fechou-se durante semanas no ateliê, trabalhando com efervescência. Ava ia vê-lo, o observava, ela o admirava, o beijava e lhe levava frutas e vinho. Os dois se escondiam, sempre com medo de serem descobertos e, sobretudo, de que seu amor fosse destruído. Ela queria um filho, ele rejeitava essa eventualidade sem dizer não. Ava tinha trinta anos e desejava ser mãe, com ou sem ele. Foi a primeira divergência. Ela entendeu que o pintor seria incapaz de deixar a mulher, que tinha medo das represálias com que a esposa o ameaçava, gostaria de poder conciliar os contrários. Ava tinha mais clareza e era mais corajosa que ele. Sua mulher também. Ele queria manter-se a igual distância das duas histórias. Era seu traço de caráter mais detestável. Agradar a todo mundo, atender uns e outros, ter apenas amigos, ser um mensageiro da paz, recalcar os conflitos, violentar-se para não ter de escolher, não decidir. Ele preferia provavelmente as dores difusas e prolongadas a uma forte dor viva e breve, mas decisiva. Não gostava de lutar. Não entendia nada do poder nem dos que lutam até a morte para conquistá-lo. Não o interessava. Nunca tinha deixado uma mulher, eram sempre as mulheres que se aborreciam ou se cansavam e iam embora. O pintor fazia questão de manter boas relações com elas; e o pior era que conseguia. Voltava a vê-las com prazer e às vezes restabelecia relações com algumas. Ficava feliz com essa partilha e essa flexibilidade, mas, no fundo, sabia que não conseguiria manter-se a vida inteira nesse equilíbrio artificial e doentio.

O pintor mantinha as cartas de amor de Ava escondidas num cofre cujo segredo só ele conhecia. De tempos em tempos, como um adolescente, pegava-as para ler, o que, pensava, lhe dava forças para pintar.

> Existem promessas e espelhos no caminho do arrependimento. Um amor engolfado no abraço da noite, um amor molhado

por chuvas presas nas nuvens, um amor que se faz dor exaltada é uma estrela indecisa que cava a própria tumba ao lado dos amantes arruinados pela espera.

Fui esta manhã ao museu Pompidou e fiquei contemplando demoradamente a sua única tela exposta entre os contemporâneos. Sentia orgulho. É o quadro que você estava pintando quando nos conhecemos. Você me disse: "É uma obra estranha, que anuncia felicidade, mas as cores não são alegres!" Essa imagem emite uma força que beira a angústia. Você deve se lembrar de que me falou da angústia permanentemente grudada no seu pensamento, no seu corpo. Eu respondi com esta frase de Kongoli: "Ela era como eu, incapaz de se suicidar, e saboreava sua morte enquanto viva."

Talvez lhe soe estranho, mas essa frase parece comigo, ou pareceu muito comigo antes de conhecê-lo. Hoje, eu caminho e saboreio minha vida. Você está na minha vida, na minha vida de amor. O amor e suas flores: desejo, riso, doçura, prazer, entrega, partilha; há também o pensamento, o botão-de-ouro.

Você é meu amor, meu tudo, minha alegria.

Ele guardara tudo, até mesmo a última carta, escrita depois da separação:

Fico feliz de saber que está pintando. Tenho fé na sua exigência, que deve mesmo achar imperiosa, soberana. Sinto sua falta. Entendo o quanto me amou, nunca duvidei disso, como não posso esquecer que não foi capaz de nos escolher. Sou toda você, ternura e lembrança, doçura e sorriso. Dou prosseguimento à partilha da grande emoção que nos une além do tempo.

Às vezes me sinto esmagada pelo vazio das minhas noites. Vou crescendo e me esforçando para não envelhecer demais. Aconchego-me nas palavras. Espero que a flor desabroche, aprendo meu tormento. A tristeza repousa profundamente como sedimento dentro de mim; retirei-me, não tenho mais coragem de avançar na luz por medo da sombra que virá recobri-la. Lembro-me de suas pálpebras abaixadas. Acaricio seu rosto lentamente, demoradamente.

Ele também escrevera a Ava, cartas, poemas, mandava-lhe desenhos alegres, caricaturas, ou às vezes o desenho meticuloso e preciso de uma flor. Ela guardava tudo zelosamente. Quando ele demorava a escrever, ela reclamava. "Então, estamos preguiçosos esta manhã?"

Ela era romântica, e sua vida nem sempre fora fácil e calma. Era uma jovem cheia de feridas, que esperneava nas águas profundas quando chegava ao fundo. Voltava à superfície e lutava com essa necessidade de amor, essa sede de vida e de felicidade.

O pintor se proibira de ter arrependimentos, pois de nada serviam. Dizia: "Os arrependimentos e a nostalgia são enfeites ilusórios da nossa fraqueza, da nossa impotência. São mentiras que tratamos de vestir com palavras que nos tranquilizam e facilitam o nosso sono, o que torna menos cruel nossa derrota."

Ele não soubera ou não fora capaz de escolher. Tinha suas razões, mas de que adiantaria voltar a essa fase feliz de sua vida? Acontecia-lhe, às vezes, de imaginar como seria viver com Ava depois de se separar da mulher. Imaginava lances dignos de um filme de horror. Via Ava como mulher devoradora, infiel, má...

Não, suspendia o filme. Impossível, Ava não podia ter uma face tão ruim.

Ele sabia que tinha passado ao largo de sua verdadeira vida, perdera sua mais bela história. Durante muito tempo, Ava, ou a sombra de Ava, governou seus dias e suas noites, guiando-o, aconselhando-o. Precisava da sua perspicácia, de sua inteligência, de seu romantismo, ainda que por vezes achasse graça. Ava era a mulher de sua vida, mas tinha apenas passado por ela, e ele ficara na plataforma, cheio de culpa, acorrentado ao vínculo conjugal, imobilizado pelo medo. Restava-lhe sua arte, para não ter o sentimento de ter fracassado completamente. Quando disse a seu psiquiatra que, se sua vida conjugal era um desastre, sua vida profissional era um sucesso, ele retrucou: "Não estamos num sistema de vasos comunicantes, cada fase de sua vida tem seus motores, seus fracassos e seus sucessos. Um não compensa o outro, caso contrário seria fácil demais."

CAPÍTULO XXII

Casablanca, 1º de dezembro de 2002

"Você me dá nojo fisicamente. Eu pagaria a qualquer um para lavar meu sexo de você", disse Katarina a seu marido Peter.

Cenas de um casamento, Ingmar Bergman

Ele, que sempre fora obcecado por labirintos, que girara em torno desse tema depois de ler as ficções de Borges, via-se agora no centro de um deles, cujas paredes, em vez de se abrirem para deixá-lo passar, o enfeixavam cada vez mais até sufocá-lo. A doença o incomodava, mas, ultimamente, não mais o preocupava como antes. Sua lucidez era total, tinha até mesmo conquistado maior clareza. Hoje, via a situação de forma clara, sem qualquer enfeite. Uma coisa era certa, ele tinha de se livrar do controle de sua mulher e de seu plano de destruição. Para isso, teria de se blindar. Lembrava-se da frase do filósofo: "O coração deve partir ou curtir." Mas como fazer com que um coração ficasse curtido? Como substituí-lo por uma pedra? Há pessoas que nascem com um pedaço de metal no lugar do coração, outros são normais. Estes são mais numerosos e muitas vezes são vítimas.

Sua mulher tinha coração, ia em socorro dos que sofriam, sobretudo se fossem da sua tribo. Era generosa, recebia os amigos com alegria, nunca ia a um jantar de mãos vazias, telefonava no dia seguinte para agradecer. Tinha coração, mas, quando ferida, todo o seu ser se mobilizava para se vingar. Surgia a outra mulher que havia nela. Voltava a ser primitiva, totalmente irracional, disposta a tudo para executar sua vingança. Não representava nenhuma comédia, dizia em voz alta o que faria, e o fazia. Ele se lembrou de uma pobre costureira que não tinha feito bem o seu caftã e não queria devolver o dinheiro nem reconhecer o erro; sua mulher arruinou a reputação da moça em apenas uma semana. Levou-a à bancarrota.

Ele agora se dava conta de que já não conseguiria mais escapar dela. A esposa já perdoara demais suas vagabundagens, suas ausências. Doente ou não, teria de engolir até o fim.

Por que pagar tão caro por um desamor? Uma deputada espanhola pretendia apresentar um projeto de lei para punir o desamor. Quando uma mulher ou um homem não amasse mais o cônjuge, ele ou ela estaria sujeito a multa e, por que não, a alguns anos de prisão. Quantos anos de prisão? Qual seria o valor da multa? Era o que gostaria de saber sua mulher, que, sentindo-se traída, humilhada, desejaria que um juiz baixasse sentença exemplar contra esse homem que tivera a audácia de não mais amar sua esposa e de dilapidar o dinheiro dos filhos com outras mulheres. Quando ela descobriu as provas de sua infidelidade, ele não se desculpara. Quase chegara a dar um jeito de conduzi-la aonde queria. Por que se desculpar se aquilo podia contribuir para livrá-lo de uma situação que não suportava mais, uma situação de mentiras, hipocrisia, crises de nervos, gritos, acessos de raiva descontrolados?

Ele ouviu a voz de Caroline repetindo: "Não se deve suportar. Que lei é essa que diz que temos de suportar o outro? Não esqueça que você é o seu próprio patrimônio. Não existe nenhum outro." Era mais ou menos o que lhe recomendava seu psiquiatra. Nada justifica que alguém pise em nós. Sua mãe, por sua vez, lhe dizia: "Ninguém tem o direito de lavar os pés em cima de você."

Já o seu amigo suíço niilista discorria: "Afinal de contas, você é um artista, merece respeito mesmo quando faz besteiras, quem não faz? Afaste-se, saiba que vivemos sozinhos e morremos sozinhos. De vez em quando, enganamos essa solidão com momentos de prazer, mas não devemos nos iludir. Há que ser leve, leve, meu amigo! Faça como eu, frequente hotéis de luxo, gaste seu dinheiro, nade nas melhores piscinas do mundo, seus filhos vão cuidar da própria vida, vão trabalhar, e não fique achando que estarão à sua cabeceira quando for parar num hospício como o pobre Francis, a grande eminência da cultura francesa, que ficou irreconhecível com a doença, sentado numa cadeira, babando e sem saber quem é nem quem o visita. Devemos visitar os amigos desfigurados pela doença. É uma excelente pedagogia. Depois, somos praticamente obrigados a apostar na leveza."

Diariamente ele percebia seu progresso e se sentia em melhor forma. A perspectiva de ver Imane o alegrava. Ela chegou com um buquê de rosas.

FELICIDADE CONJUGAL

— Hoje vamos caminhar por uma hora, o dia está lindo. Sua perna esquerda está recuperando os reflexos, seu braço também. O senhor pode ficar de pé com a ajuda de uma bengala.

O passeio fez-lhe muito bem. Imane encontrou a mãe na Corniche e a apresentou a ele. Uma mulher ainda jovem. Ela agradeceu por todo o bem que ele fazia a Imane.

Depois que ela se despediu, ele se deteve, olhou para Imane:

— Que bem? É você que me faz bem, tem paciência, mãos que curam...

— Minha mãe estava pensando em algo de que ainda não lhe falei. Eu menti para ela, dizendo que o senhor estava de acordo. Não quer saber do que se trata? Pois bem, trata-se do meu irmão, que sonha em ir embora, emigrar para a Europa em busca de trabalho. Minha mãe achava que com suas relações e sua fama o senhor poderia ajudá-lo. Não tive coragem de lhe falar sobre isso, sabe como são as famílias marroquinas.

— Oh, sei perfeitamente. Não há mal em nos ajudarmos mutuamente. Falaremos sobre isso outro dia.

Depois de um silêncio:

— Essa ideia de ir embora, de deixar o Marrocos a qualquer preço, é nova. O país perdeu todas as oportunidades. E a sua juventude está querendo ir embora! Vou tentar encontrar trabalho para seu irmão, mas aqui, perto de vocês, será mais fácil para mim, além do mais, a Europa não é o paraíso que se imagina.

Enquanto caminhavam, ele pensava numa maneira de manter Imane junto a si.

Perguntava-se se ela seria uma boa secretária, e, ao mesmo tempo, temia a confusão entre sentimentos e trabalho.

TAHAR BEN JELLOUN

* * *

Ao voltar, ela massageou suas pernas e se acomodou a seus pés, como muitas vezes gostava de fazer. E começou a contar:

Era uma vez uma menininha que queria crescer mais depressa que o tempo e que se comparava a um vento sul, forte e violento. Ela chegava como uma ventania, levando tudo pelo caminho. Ficou conhecida como "Fitna", que em árabe significa "desordem interna" e, por extensão, "pânico".

Mas, ao crescer, a menina se acalmou e se transformou em "brisa da noite". Passou então a ser chamada de "murmúrio da lua". Pelos caminhos, nas noites de verão, à beira dos rios, recolhia os relatos passados de geração em geração e os derramava em taças de vinho nas quais bebiam os poetas, especialmente os mais rebeldes.

Uma vez adulta, a moça partiu para as montanhas e não mais foi vista. Surgiu, entre as pedras e as plantas silvestres, uma lenda. A jovem se transformara em deusa da solidão. Reinando sobre as rochas mais duras, ela impedia, com seus poderes, a passagem de epidemias provenientes de países infestados e malquistos.

Conta-se também que essa mulher teve três filhos de cópulas com Satã. Chegando à idade adulta, eles causaram muito mal, roubaram, mataram, torturaram, sem jamais serem pegos pela justiça. Muito pelo contrário, seus negócios prosperavam, e eles passavam por notáveis da cidade. Certa noite, sua mãe desceu da montanha e os comeu. De madrugada, foi encontrado, no portão da cidade, o corpo inchado de uma égua, e, ao ser aberto, surgiram os três homens, verdes e sem olhos...

FELICIDADE CONJUGAL

Imane deteve-se e, vendo o ar estupefato do Comandante, disse-lhe:

— Não leve a mal, estou inventando. E, sobretudo, não fique assustado!

— Tem certeza de que não tem uma história um pouco mais amena para me contar antes de me abandonar?

— Sim, eu amo você.

— Considera isso uma história amena?!

CAPÍTULO XXIII

Casablanca, 19 de dezembro de 2002

> "Por que estão vivendo esse inferno? Eles não falam a mesma língua. Precisam de uma língua intermediária. São dois gravadores programados num silêncio interplanetário."
>
> *Cenas de um casamento*, Ingmar Bergman

A pedido do seu psiquiatra, o pintor registrou num gravador uma lista de razões que provocaram seu desamor. Ditou-as em várias etapas. Queria ser preciso, dizer toda a verdade, tal como a via. Podia enganar-se, e, de toda forma, a lista era um desabafo e não uma acusação contra sua mulher.

Pressionou a tecla "gravar" e começou por uma breve introdução:

> Eis as razões pelas quais não pude deixar de chegar à conclusão de que não nos amávamos mais há muito tempo. Posso estar errado, são naturalmente razões subjetivas e, sobretudo, não exaustivas. Muito bem, vamos lá:
>
> Minha mulher só faz o que lhe dá na telha.
>
> Minha mulher é crua e violenta, uma torrente de palavras, uma tempestade em propagação

FELICIDADE CONJUGAL

Minha mulher é um diamante que não foi lapidado.

Minha mulher acredita no que não vê: acredita em fantasmas, em casas mal-assombradas, em mau-olhado, em energias negativas, em ondas destruidoras.

Minha mulher é apaixonada pelo amor e pelo príncipe encantado.

Minha mulher gosta de carros grandes e bonitos. Não suporta ser passageira. Dirige à esquerda (sempre) e acha que tem razão contra todos os outros motoristas.

Minha mulher não faz concessão, não sabe o que é compromisso.

Minha mulher não tem noção de tempo. Em compensação, tem um profundo senso de orientação. O tempo, os números...

Minha mulher se julga sincera. Fala a verdade até quando mente.

Minha mulher é uma selvagenzinha que ainda cheira a terra bruta e falta de pão.

Minha mulher é uma fúria quando machucada, um animal cuja ferida se transforma em arma de prova.

Minha mulher tem uma lógica que nenhum matemático foi capaz de prever. É sua única depositária e usuária.

Minha mulher é capaz de se destruir para demonstrar que o outro é culpado.

Minha mulher está convencida de que é subjugada, de que é vítima de ataques sorrateiros da minha família.

Minha mulher fica alegre e delirante ao beber vinho. Declara que nunca abusou de álcool nem ficou bêbada.

Minha mulher acredita que o matrimônio exclui os segredos entre os cônjuges. Pensa que se trata de uma harmonia lenta e suave, uma fusão total e sem limites, uma cumplicidade cega.

Minha mulher tem uma memória muito seletiva, charme, uma forma original de inteligência, uma determinação temível e uma loucura calculada não suficientemente delirante para trair essa loucura.

Minha mulher não gosta de análise, de questionamento, de dúvida, da eventualidade de um erro.

Minha mulher não é uma feiticeira, mas confia em todas as feiticeiras do mundo; acredita mais facilmente num charlatão que num cientista.

Minha mulher é como uma casa sem alicerce.

Minha mulher é adorável com o mundo inteiro, menos com seu esposo.

Minha mulher é o pai de seu pai e a mãe de sua mãe.

Minha mulher chama um drama de tragédia.

Minha mulher sonha em me ver diminuído para que eu fique à sua mercê.

Minha mulher não tem senso de justiça, mas se imagina justiceira.

Minha mulher é de um ciúme feroz.

Minha mulher nunca me disse "obrigada".

Minha mulher nunca me disse "te amo".

Minha mulher só demonstra ternura pelos filhos, os irmãos e irmãs, e os pais.

Minha mulher acha que os outros casais não têm problemas.

Minha mulher me contraria pelo menos uma vez por dia.

Minha mulher usa de má-fé com convicção e triunfalismo.

FELICIDADE CONJUGAL

Minha mulher confunde "verdadeiro" com "bom" e "falso" com "ruim".

Minha mulher nunca me consultou antes de tomar uma decisão.

Minha mulher alega que nunca teve um amante. Duvido. Diante dela, finjo acreditar: não devemos irritar as mulheres infiéis.

Minha mulher pensou que me amava — eu também.

Não a amo mais e ela devolve à altura...

Dias depois de concluir a lista, pouco antes de sua sessão com o psiquiatra, ele ouviu a gravação. O pintor teve a sensação de que esquecera o principal. Voltou então a ligar o aparelho e disse: "Sou o único responsável por essa derrota. Nossa diferença não era uma simples diferença de idade ou de classe social. Nossa diferença era mais profunda e mais grave: ao longo da vida em comum, não vivemos a mesma história e nunca soubemos reconhecer isso."

CAPÍTULO XXIV

Casablanca, 4 de janeiro de 2003

> "Morrer é fácil, não conseguimos dar conta de viver", disse a sra. Menu a Julie.
>
> Liliom, Fritz Lang

Ele nunca tomara a iniciativa de deixar uma mulher. Sua esposa seria a primeira. Tomara a firme decisão. Levara tempo para chegar lá, mas o ataque cerebral finalmente o tinha ajudado mais que qualquer um de seus amigos ou seu psiquiatra. Ele tinha esperado passar o Natal, preparou seu discurso, concluiu o trabalho que estava em andamento, repousou e, então, num dia em que ela parecia mais calma, chamou-a no fim da tarde ao seu ateliê.

Quando lhe anunciou sua decisão de se separar dela, falando do desamor entre os dois, ela fingiu que não o ouvia e perguntou onde ele queria jantar. O pintor não respondeu. Instalou-se o silêncio por um longo momento. De repente, ela passou ao ataque: "Mas que seria de você sem mim? Você me deve tudo, sua carreira, seus sucessos, sua fortuna. Sem mim, não sobra nada, apenas um farrapo afundado numa poltrona. Minha presença, a energia da minha juventude, minha inteligência é que o tornaram conhecido e festejado, que fazem com que suas telas valham centenas de milhares de dólares. Sem mim, vai afundar tudo; sem dizer que vou fazê-lo pagar muito caro! Você não faz ideia do que sou capaz. Quis ter filhos comigo, construir uma família, pois terá de assumir. Não vou mover um dedinho para ajudá-lo. Uma bela manhã, você vai deparar com a crueldade em forma de mulher. Fui eu que fiz você ser quem é, vou saber como desfazê-lo!" Dito isso, ela deixou o ateliê batendo a porta. O pintor não ficou abalado. Saberia aguentar.

Quando ela se deu conta, dias depois, de que ele não estava brincando, de que não eram declarações vazias e de que realmente queria deixá-la, resolveu passar à iniciativa e entregou-lhe, certa noite, uma carta de um advogado intimando o pintor a designar um defensor. A proposta era de um divórcio amigável. Conhecendo sua mulher e tendo ouvido suas ameaças, o pintor ficou surpreso. Leu e releu a carta, e concluiu: "No fim das contas, é melhor assim, vai facilitar as coisas e apressá-las."

Mas perdeu as ilusões nas semanas seguintes. Sua esposa não tinha a menor intenção de aceitar o acordo. Não tinha a menor piedade. Doente ou não, deficiente ou não, ela decidira: esse homem tinha de pagar pela audácia de pretender deixá-la. O pintor não conseguia mais dormir. Entre os dois, fora declarada guerra e nada seria capaz de detê-la. "Divórcio amigável!" O imbecil que escrevera tais palavras — uma dessas fórmulas prontas, como tantas outras — não podia imaginar que a palavra "amigável" não significava nada para aquela mulher.

Alguns amigos se propuseram a conversar com ela, chamá-la à razão, pois estava destruindo o próprio marido. Queriam ajudá-los a encontrar uma solução boa para ambos sem arruinar tudo, sem envolver os filhos. Pobres amigos! Passavam horas conversando com ela para nada. Ela os ouvia, sorria, agradecia pelo gesto de amizade. Mas tinha um dispositivo, talvez de nascença, uma espécie de moedor entre as duas orelhas que triturava as palavras, reduzindo-as a pó. Às vezes prometia telefonar a seu advogado, retirar a ação de divórcio, mas, ao voltar para casa, mobilizava os filhos: "Seu pai quer se divorciar, quer nos abandonar, encontrou uma garota que tomou conta dele, que está roubando nosso dinheiro. Contratou um advogado e não quer dar um centavo para as compras. Vou ter de pedir dinheiro emprestado às garotas."

E, quando um dos filhos a lembrava de que era o motorista quem fazia as compras e que o pai lhe dava dinheiro para isso, ela desconversava: "Eu sei, mas agora não quer mais... De qualquer maneira, no estado em que se encontra, que mulher ainda vai querê-lo? É o que me pergunto. Um trapo, um vegetal, não serve para nada, não pinta mais. Além disso, seu agente me disse que estava muito preocupado, sua cotação vem baixando ultimamente!"

Valia tudo para alcançar seus objetivos.

Certa manhã, depois de uma longa noite de insônia, o pintor finalmente conseguiu se reconciliar com o sono e teve um belo sonho erótico, o que não lhe ocorria há muito tempo. Estava numa festa onde conhecia uma jovem, graciosa, de olhos sorridentes e corpo esbelto, bem-proporcionada, casada, dois filhos. Não estava acompanhada pelo marido, um jovem executivo no Ministério dos Esportes, que estava em viagem profissional ao exterior. No momento em que se retirava, ela vinha ao seu encontro dizendo: "Você está de carro, não de táxi ou a pé? Pois eu estou de carro, posso levá-lo..." Em sinal de agradecimento, ele botava o chapéu em sua cabeça. E lhe caiu muito bem. "Fique com ele." No elevador, ela abria a blusa e se agarrava a ele. Lá embaixo, arrastava-o para um canto escuro perto do porão e tirava a saia. Não estava de calcinha. A excitação estava no auge, eles faziam amor de pé, o chapéu caía, rolava pelo chão, um rato passava por cima dele. Ao ver o bicho, ele gritou e acordou sobressaltado. "Maldito rato!", exclamou.

Quem seria essa jovem, onde a teria visto? De onde vêm os rostos que habitam nossos sonhos? Ela parecia uma atriz francesa cujo nome esquecera. Talvez a tivesse visto num filme na televisão, talvez em outro lugar. Ele sorriu, mas, quando viu a carta amarrotada com o pedido de divórcio amigável sobre a mesa de cabeceira, em meio a um monte de caixas de remédios, fez uma careta. Imediatamente ligou para o seu advogado a fim de tratar da questão e pedir que acelerasse o processo.

Uma vez pronto, tendo se banhado e se vestido, o pintor chamou os Gêmeos para dar início à sessão de fisioterapia. Ela consistia, agora, numa alternância de séries de exercícios e caminhada. Os ajudantes o conduziram a uma sala de ginástica, acompanhando-o em cada exercício. Com vontade de conversar, ele perguntou a um deles:

— Você é casado?

— Sim, senhor.

— E é feliz?

— Digamos que estou levando.

Dirigiu-se, então, ao outro:

— E você, é casado?

— Não, senhor.

— Por quê?

— O senhor já reparou como é que andam as marroquinas? Liberação, igualdade, são elas que mandam; é o que eu vejo com meus irmãos, pobres coitados, estão sofrendo...

— Mas nem todas são liberadas; além do mais, uma mulher liberada é bom, pois ela trabalha, colabora com o orçamento da família...

— Um dia, minha mãe, sofrendo porque meu pai não falava mais com ela, pediu que ele conversasse; estava entediada. E meu pai, sem tirar os olhos da televisão, respondeu: "Amanhã, amanhã eu falo com você." No dia seguinte, minha mãe, muito satisfeita, ficou esperando. E meu pai se mantinha calado. Ela, então, perguntou: "Em que você está pensando?" Depois de um silêncio, ele respondeu: "Estou pensando no seguinte: se tivesse tido coragem de me livrar de você há dezoito anos, só me faltaria cumprir dois anos de cadeia!"

— Mas é uma história horrível!

O pintor sempre ficava horrorizado com crimes passionais. Não conseguia entender como é que a morte do outro podia resolver as coisas. Nunca tinha pensado nisso. Ficava temeroso pela mulher quando ela demorava e estava dirigindo, não suportava vê-la doente, cuidava dela, dava-lhe conselhos. Se a esposa estivesse sempre doente, talvez a vida de casal fosse feliz. Na verdade, embora não a amasse mais, ele tinha por ela uma ternura, um afeto que não conseguia entender. Certo dia, ela havia quebrado o braço ao escorregar na neve: eles estavam na Suíça. O pintor

FELICIDADE CONJUGAL

correra como um louco em busca de socorro, naturalmente, ele a acompanhara até o hospital e dormia no mesmo quarto, numa cama de campanha ao seu lado. Apesar disso, na manhã seguinte, tiveram uma briga em que ela quase lhe jogou café fervente no rosto. Não, ele nunca quisera lhe fazer mal, prejudicá-la, impedi-la de se expandir e de realizar coisas. Tinha até mesmo ajudado a esposa a montar um espetáculo de música da sua aldeia, logo ele, que detestava esse folclore. Conseguira um produtor e uma sala. Durante um ano, ela havia representado várias companhias berberes, encarregando-se da promoção na França, na Bélgica e na Suíça. Ele pusera à sua disposição seus contatos, mobilizara amigos para ajudá-la e assegurar o sucesso da iniciativa. Quando trabalhava, ela o deixava em paz. Ele, então, pensara: "É preciso que ela se ocupe o tempo todo." Depois da música, propôs-lhe que organizasse uma exposição de artesanato em sua região. Mas já não funcionou tão bem. Mais uma vez, ela o cobriu de recriminações. O pintor decidiu, então, promover uma venda beneficente, pedindo a alguns amigos que oferecessem uma tela cada um. Foi difícil porque seria necessário fundar uma associação. Alguém resolveu tomar a iniciativa em nome de sua própria fundação. Ela recolheu recursos suficientes para embelezar sua aldeia, construir uma escola e, sobretudo, melhorar as condições de vida dos habitantes.

Sua qualidade principal era ser decidida e sincera; seu defeito, não conseguir chegar ao fim do que empreendia. Ele se cansou e desistiu de ocupá-la. Terá sido talvez um erro. Certo dia, disse-lhe: "Está vendo, querida, se tivesse casado com um cara da sua aldeia, um sujeito de bem, que falasse a sua língua e entendesse os seus silêncios, certamente teria sido mais feliz."

Era o que realmente pensava, bem lá no fundo. Com base em sua experiência, ele parou de fazer propaganda da mestiçagem, não acreditava mais no enriquecimento pelo contato das diferenças e achava que, sem necessariamente cair numa endogamia estúpida, sair da própria tribo não é uma garantia de sucesso.

Ele costumava dizer que não existe choque de civilizações, apenas choque de ignorâncias. É verdade que ele próprio nada sabia dessa cultura berbere da qual sua mulher provinha. Nunca havia se interessado. Ela, por sua vez, só conhecia do Marrocos sua região natal. O choque não podia deixar de ser violento, provocando estragos no casal e nas respectivas famílias. Ele não tinha pensado a respeito, ou então minimizara as consequências de seu ato. Mas estava apaixonado. E o amor, cego ou lúcido, não tem culpa do que as pessoas fazem.

O pintor pensava em Imane e buscava meios de mantê-la junto a si definitivamente, apesar da atração que ela dizia sentir por ele. Sua presença o aliviava da névoa que às vezes envolvia sua mente. Ele a via como um quadro ou, mais precisamente, como um modelo que não queria mais deixar o ateliê. O que, por sinal, lhe ocorrera certa vez, na época em que fazia pintura figurativa, com uma jovem estudante que posava para financiar os estudos. Ela era graciosa, profissional, sabia manter-se imóvel e não falava. Certa noite, depois de posar para ele, pediu-lhe uma taça de vinho. O pintor pediu que escolhesse um branco ou tinto. Bebida a taça, ela se aproximou e o beijou no pescoço. Ele a afastou suavemente. Tinha por princípio nunca tocar nos

FELICIDADE CONJUGAL

modelos Mas a jovem se oferecia a ele. Ele a afastou uma segunda vez, explicando que a tela não estava pronta e que tudo iria por água abaixo se a tocasse, isso era, para ele, uma questão de princípio. Ela se foi, batendo a porta. Nunca mais voltou. Um ano depois, ele a encontrou no mercado Daguerre acompanhada de um homem mais velho, o qual lhe foi apresentado como seu marido. O pintor disse a ela:

— Venha ao ateliê, como sabe, nunca recebeu seu cheque, e eu aproveitarei para concluir a tela.

— Com prazer, mas antes telefonarei.

No dia seguinte, ela apareceu.

— Não sou mais seu modelo.

— Sim, ainda é, pois deixei de lado a tela, temos de terminá-la e, se conseguirmos, poderemos comemorar.

Ele concluiu o quadro e ela se tornou sua amante. Durou uma estação. A jovem falava pouco, e ele não fazia perguntas. De maneira quase natural, instaurou-se entre eles um ritual. Ela vinha uma tarde por semana, beijava-o e se despia. Às vezes, ele estava em pleno trabalho, ela o esperava na cama e, se ele demorasse, dizia: "Vou começar sozinha." Terminado o trabalho, ele ia ao seu encontro e era uma boa hora de prazer, sem sentimentalismo, sem comentários, apenas o prazer, pela necessidade e a alegria. Ela nunca tomava banho no ateliê, vestia-se depressa, dava-lhe um beijo atrás da orelha e partia. E ele ficava ali, cansado, mas satisfeito. O sol já se pusera. Tomava uma ducha e voltava para casa. Ninguém podia desconfiar. Enquanto fizesse amor com sua mulher, ela não suspeitava de nada ou, pelo menos, não deixava transparecer.

Certo dia, ele foi procurado por aquele que a moça lhe havia apresentado como seu marido. Era um homem cansado, precocemente envelhecido. Desculpou-se por aparecer sem avisar, baixou os olhos tristes e disse:

— Ela nos deixou. Eu sabia que ela o procurava, ela me contava sobre as suas tardes. Eu sentia ciúmes, mas me esforçava para não demonstrar. Trinta anos de diferença. Era muita coisa. Na minha idade, eu não podia impor condições. Ela nos deixou por uma atriz italiana, muito feia, magra como um prego, sem charme, sem humor. Aí está, queria dizer-lhe, na esperança de compartilhar um pouco a minha dor.

O pintor o convidou a beber algo e tentou fazê-lo ver que não devia sofrer:

— É uma jovem livre, só faz o que quer; desejemos que seja feliz com essa mulher!

CAPÍTULO XXV

Casablanca, 25 de janeiro de 2003

"No casamento, se um dos dois for inteligente,
os dois serão felizes."

Reflexão de Paquita, criada de Celia,
em O segredo da porta cerrada, de Fritz Lang

Ele sempre temera o que chamava de "inferno". Ouvia as pessoas comentarem que sua vida conjugal era um inferno, que o divórcio era uma catástrofe, que o desamor era uma grande violência contra o outro...

Num jantar, ficou sabendo por acaso que um amigo músico, que vivia no sul da França e com quem pouco se encontrava, pois não gostava de sair da fazenda onde morava, tinha se divorciado. Telefonou, então, para saber detalhes.

— Sim, me divorciei. Perdi tudo, entreguei tudo, estou sem um tostão, mas ganhei algo que não tem preço: liberdade. Estou falido, mas respiro. Por sinal, peço ajuda aos amigos para encontrar um conjugado em Paris. O dinheiro voltará. Tenho concertos no ano que vem, mas não tenho mais casa, nem barco, nem carro. Ela pediu uma espécie de indenização, eu nem sabia que isso existia. Além da pensão, você paga um valor altíssimo para indenizar porque ela perdeu notoriedade ao se separar, perdeu status. E eu, quem está preocupado com o meu status?

"Enfim, acabou, vejo meu filho a cada dois fins de semana, e estou vivendo de novo. Posso lhe falar durante horas do que foi esse inferno. Mais vale perder tudo e sair de lá que tentar agarrar-se e continuar a levar na cabeça. Hoje sou um homem derrotado, mas ninguém me leva a sério. Sofri golpes físicos e psicológicos e não tenho direito de me queixar. Aí está, meu amigo, você que é pintor, pinte um afresco sobre os homens derrotados, seria original! E já que estamos falando nisso, o fato é que nunca se viu um filme sobre os homens derrotados; não seria nada mau mostrar essa realidade da qual ninguém fala. E você, como vai com sua bela rebelde?"

O pintor disse que decidira deixá-la definitivamente. Também estavam para se divorciar, mas os advogados ainda não tinham entrado em acordo. Ao dizer isso, ele foi tomado de uma súbita onda de angústia, sentia uma espécie de nó na altura do tórax. Depois de desligar, tomou um quarto de Bromazepam e discou o número de seu advogado, que se mostrou tranquilizador, pedindo-lhe um pouco de paciência. Considerava que a situação estava sob controle.

Dias depois, contudo, sem aviso prévio, oficiais de justiça invadiram o ateliê do pintor.

— Viemos avaliar seu patrimônio artístico. Temos de contar e relacionar todas as telas que tiver aqui e em outros lugares. Fomos convocados por sua esposa. Mas queremos deixar claro que temos muita admiração pelo senhor, que é um orgulho para nós! Desculpe-nos, estamos apenas fazendo nosso trabalho.

Ele deixou que seguissem em frente. Em sua maioria, as telas estavam inacabadas ou o haviam deixado insatisfeito. O pintor acompanhou-os até o porão, onde havia pinturas presenteadas por amigos. Eles anotaram tudo e prometeram retornar caso...

À noite, ele tentou falar com a mulher sobre a visita. Como estava preparando com urgência uma exposição para sua galeria em Mônaco, limitou-se a bancar o ofendido, pedindo à esposa que se acalmasse. Não suportava mais brigar com ela.

— Não confio em você, preciso tomar providências. Amanhã, se você for embora com alguém, não terei mais nada, ficarei na rua. O que está fora de questão. Outro dia vi perfeitamente como você babava diante da falsa loura com quem um de seus queridos amigos se casou, apesar do meio século de diferença de idade! Tudo é possível. Vou, então, passar à iniciativa...

— Não se preocupe. Deixe-me pintar, preciso apenas de paz para concluir um trabalho importante. Estou trabalhando muito no momento.

— Paz! É o que você nunca terá!

O pintor e sua mulher viviam como inimigos se observando. Quando ele se ausentava, ela mexia em suas coisas e tirava cópias de todos os documentos que encontrava. Em seguida, entregava-os ao advogado. Durante semanas, a obra do pintor tomou novo rumo, mais cruel, mais profundo. Mais pareciam os últimos dias de um condenado. Sua arte crescia na adversidade. Ele sabia disso e achava que depois desse período teria de tirar férias, iria com Imane para algum lugar, talvez uma ilha. Não tinha a fantasia da ilha deserta, mas achava que, estando distante, poderia respirar um pouco e refletir sobre sua obra. Mas será que para isso era necessário ir até o fim do mundo?

CAPÍTULO XXVI

Casablanca, 3 de fevereiro de 2003

"Certas coisas devem ser deixadas de lado...
Nós sofremos inutilmente com essas verdades."

Cenas de um casamento, Ingmar Bergman

Imane chegou à tarde envolta numa *djellaba* azul. Ela vinha do banho turco. Acomodou suas coisas, aplicou a injeção no pintor e massageou-o demoradamente. Ela cheirava muito bem, não era um perfume, mas o odor natural de seu corpo, que acabava de passar algumas horas nesse banho em que as línguas se soltam.

— Vou lhe contar uma história de amor — disse ela, arrumando seu material. — Esta eu não inventei, acabo de ouvi-la, hoje, no banho turco do meu bairro. Embora muitas vezes as mulheres contem os maiores absurdos nesses lugares onde o calor, o vapor e a nudez liberam a imaginação e a mente, creio que o que vou lhe contar tem alguma coisa de verdade. Preste atenção e julgue por si mesmo.

Eis a história de Habiba, a mulher que engoliu o marido.

No dia seguinte ao casamento, querendo manter o marido eternamente consigo, Habiba decidiu comê-lo. Começa, então, por farejá-lo, como faz um gato com a presa, depois o mordisca um pouco, até que começa a comê-lo, tomando o cuidado de não despertar a desconfiança de ninguém.

No primeiro dia, identifica as partes fáceis de engolir. No segundo, trata de adormecê-lo, acariciando demoradamente o seu corpo, lambendo as axilas e as partes genitais. Apesar dos soníferos que lhe administrou num suco de leite de amêndoas, seu homem reage de vez em quando. Mas se deixa levar e, de olhos semicerrados, sorri, seu pênis não amolece mais. Habiba está tão excitada que canta sozinha de prazer. Goza por ser capaz de fazer o que quer com seu homem, mal consegue acreditar em sua proeza.

As amigas lhe tinham contado horrores sobre suas noites de núpcias, e ela temia a violência do ato sexual, aterrorizada com seu desenrolar e sobretudo com a história do sangue nos lençóis. Principalmente porque se acariciava desde a infância e constatara, numa consulta médica, que seu hímen fora rompido. Ela não permitira que ele fosse reconstituído, pois nunca dormira com um homem.

Na noite do casamento, ofereceu-se a seu marido como uma mulher tradicional, submissa, feliz por ser assim, tímida, de olhos baixos, deixando-o dominar a situação. Na verdade, tinha um plano: haveria de deixá-lo em total confiança para preparar o dia seguinte. O marido rasgou o seu sarGoual de cetim, afastou-lhe as pernas e a penetrou sem contemplação. Ela sentiu dores, o atraiu e o manteve em si por um bom momento, impedindo-o de se mexer. Ele ejaculou rapidamente e se retirou, orgulhoso. Não disseram uma só palavra. Não é coisa que se faça, em tais circunstâncias. Quando ela se levantou para ir ao banheiro, ele a viu em todo o seu esplendor, voltou a ter uma ereção, atirou-se sobre ela, agarrou-a pelo braço e a jogou na cama. Novamente, sem acariciá-la, sem abraçá-la, entrou nela e gozou, dando um gemido no qual a mulher julgou ouvir um agradecimento a Deus e a sua mãe por lhe terem dado aquela esposa. Foi então que ela pôs o pó branco no grande copo de leite de amêndoas que ele bebeu de um só trago. Quando retornou, ele dormia profundamente.

Nesse segundo dia, então, Habiba observa demoradamente o marido adormecido. Excita-se com a ideia de engoli-lo aos poucos. Seu desejo por ele aumenta. Ela começa a suar, fica trêmula. Aproxima-se de seu homem, acaricia seus braços e, então, começa pelas mãos. Chupa seus dedos um a um e os morde, jubilando de prazer. No terceiro dia, ataca os braços. No quarto, come seus pés e uma parte das pernas. No quinto dia, solta a cabeça e a coloca num vaso de cristal, presente de seu tio que enriqueceu nos países do Golfo. No sexto dia, ela come o resto, tomando o cuidado de não comprometer as partes genitais, guardando-as numa caixa mágica. No sétimo dia, nada mais resta do homem que desposou. Ou, antes, restou ele inteirinho, só para ela. Habiba nem sequer engordou. Está satisfeita e orgulhosa.

Finalmente um casamento bem-sucedido. Os dois são apenas um agora. Ninguém se deu conta de nada. A festa rolava solta enquanto ela o comia, apropriando-se dele com método e rigor, seguindo rigorosamente os conselhos que certo dia sua mãe lhe dera, há muito tempo: "Um homem, minha filha, é coisa para se guardar, não se compartilha com nenhuma outra. E, para tê-lo só para si, nada melhor que comê-lo! De nada adianta falar com

206 TAHAR BEN JELLOUN

ele, preveni-lo ou ameaçá-lo: se me enganar, vou arrancar seus colhões. Ou: se o vir com outra, enforco os dois... É preciso agir antes de mais nada, pois depois será tarde demais, os homens se acostumam a nos ter debaixo da bota."

Habiba sempre pensara: meu homem será meu, e eu serei dele. Entre mim e ele não haverá diferença. Entre mim e ele não poderá passar sequer um fio de seda. Nós seremos um só por toda a eternidade. Uma união total, perfeita, irretocável. Ninguém será capaz de desfazê-la nem de atingi-la. Isso é o amor louco. É o que as mães ensinam às filhas. Os homens são escassos. É preciso, então, fazer tudo para que fiquem junto da esposa e não sejam tentados por outras mulheres.

Não é porque Habiba engoliu o marido que ele desapareceu da superfície da Terra. Ela volta a cuspi-lo diariamente para que ele vá cuidar de suas ocupações, trabalhe, ganhe a vida e depois volte para casa sem olhar para a direita nem para a esquerda. Ele é teleguiado e obedece à vontade de sua mulher, que lhe restitui sua aparência humana quando assim o decide. Quando retorna, beija a mão dela, oferece-lhe um buquê de flores e, de vez em quando, uma joia ou um belo tecido. Nunca volta para casa de mãos vazias. Quando fala, baixa ligeiramente os olhos e nunca levanta a voz. Não reclama o jantar. Faz suas orações e espera um sinal da esposa, tão feliz de revê-lo. Os dois comem sem se falar, ele escolhe os melhores pedaços e oferece a ela com graça e delicadeza. Habiba aprecia esses gestos e esses silêncios. Por volta do fim da refeição, ela sente vir o desejo; basta um olhar para que o homem se levante e se adiante a ela no quarto. Lá está ele, disponível para sua bela, sem fazer perguntas, esperando e igualmente sentindo vir um forte desejo. A mulher não se entrega imediatamente; gosta

FELICIDADE CONJUGAL

de fazê-lo esperar, andando ao seu redor, tocando-lhe o pênis com os dedos, avaliando a qualidade de sua ereção e se divertindo com seu brinquedo. O homem lhe obedece e beija-lhe a mão, a boca, o sexo. Está ali para ela, somente para ela. Toda a sua energia sexual está reservada para sua mulher legítima.

Certa noite, contudo, ele se mostra um pouco distraído, ejaculando antes de levá-la ao gozo. Habiba dá-lhe uma bofetada magistral. Desde então, ele faz amor com Habiba com atenção redobrada, dedicando-se inteiramente a ela. Sua mente, participando do ato sexual, o estimula e prepara para o amor. Ele a faz sentir seu perfume, o perfume de sua carne, de sua intimidade, o cheiro natural das axilas, de sua pele e das dobras do corpo. Certa vez, o marido imagina que vai encontrar a esposa coberta por um véu, sob uma tenda, à noite, no deserto. Ela rasteja pelo tapete, deixando cair o véu, e vem com a língua buscar seus testículos, chupando-os e, às vezes, querendo engoli-los, chegando quase a sufocar. De outra feita, ele a encontra agachada, fazendo sua toalete íntima. Pega-a por trás e trepa nela, que se entrega, gemendo como uma mulher carente. Acontece de os dois se misturarem brincando com seus sexos até chegarem a uma perfeita concordância. Durante o amor, falam pouco; agem, se amam e adormecem nos braços um do outro. São uma única e mesma pessoa. Em momento algum ele tenta dominá-la. Sabe que ela não toleraria. Toda vez que a mulher volta a cuspi-lo, trata de informá-lo de seus desejos e fantasias. Quando Habiba sente vontade do marido, ele acorda e obedece a suas vontades. Às vezes, Habiba pede ao marido, depois do amor, que vá dormir em outro quarto. Ele não protesta, sabendo que sua bela tem seus motivos. Seu homem pertence a ela, e isso ninguém poderia tirar-lhe.

O casal formado por Habiba e seu marido é exemplar. As amigas a invejam tanto que, um belo dia, lhe perguntam o segredo desse perfeito entendimento. Habiba responde: "Ele me ama, é este o segredo. Nós nos amamos, e pronto." Por mais que concordem, todavia, as amigas brigam o tempo todo com seus maridos. Têm certeza de que são enganadas, de que eles jogam com o dinheiro da família nos cassinos ou vão desperdiçá-lo nos bares ou com prostitutas. Elas reveem Habiba e lhe pedem que conte um pouco mais. Ela responde então: "Para segurar o marido, não devemos esperar que ele escape, é preciso cuidar dele desde a primeira noite. Um homem na rua é um homem perdido para a mulher. Não devemos nunca largá-lo, para que, mesmo ao sair, ele continue sendo nosso e somente nosso."

Lamia, uma das amigas de Habiba, desconfia que ela procurou um feiticeiro. "Em absoluto", protesta Habiba. "Os feiticeiros são charlatães. Não, não é necessário fazer coisas absurdas e ridículas. Minha receita é infalível. Já mostrou que funciona. Foi minha mãe que me ensinou. Meu pai foi o homem mais amoroso e submisso. Ele amava minha mãe e não tinha opiniões. Eu fiz exatamente o que ela me aconselhou. Nada de escrúpulos nem de hesitação, é ele ou eu, então mais vale que seja eu, não é mesmo, minhas queridas? Orgulho-me muito do meu feito.

"A primeira noite é decisiva, estou dizendo. Não devemos esperar o dia seguinte. Assim que ele entrou no quarto nupcial, apesar do grande tamanho e da corpulência, eu vi o carneirinho que teria nas mãos. Aquele homem seria meu. Mas ele era do tipo que resistia. Olhei-o fixamente e consegui fazê-lo baixar os olhos. O resto foi fácil. Um homem que baixa os olhos é um homem que só falta colher. É nosso, para sempre. Sem necessidade de poções,

incenso nem escrita. Apenas uma questão de vontade. Foi o que minha mãe me ensinou tão bem. Apenas um suco de leite de amêndoas com um pouco de pó branco para ajudar..."

— Mas que receita é essa? — pergunta Fátima. — Você precisa ser solidária com a nossa desgraça. Não pode ser a única a se sair bem, enquanto nós somos como um pano de chão, esperando que ele volte, na expectativa de que não esteja cheirando a álcool ou de que uma outra já não lhe tenha esvaziado os colhões e os bolsos.

— Eu já disse e repeti, não posso fazer nada por vocês, já é tarde demais para fazer algo. Era preciso ter cortado a cabeça da víbora no primeiro dia.

— Mas que víbora? Nós nos casamos com homens, não com serpentes!

— Vocês estão perdidas, nada posso fazer...

Mas as amigas insistem, cercando Habiba. "Você não sairá daqui sem nos dizer seu segredo."

— Muito bem, já que insistem, vou dizer o que deveriam ter feito. Vocês deviam ter comido o seu homem, sim, engoli-lo, introduzi-lo no seu corpo e mantê-lo ali para sempre. Foi o que eu fiz, e deu certo. Mas, no caso de vocês, já disse, é tarde demais. Seus maridos já adquiriram uma couraça, não podem ser comidos, são duros de cozinhar. Não é possível voltar atrás.

— Você o comeu, realmente comeu?

— Eu o engoli. Sim, o engoli todo. Ele está aqui, dentro de mim, só sai quando eu deixo. Eu não tinha escolha. Era isso ou aceitar me tornar sua cadela, sempre às ordens, sempre disponível para ser arada ao seu bel-prazer. Além do mais, com eles, nunca se tem orgasmo.

— E você pretende ter filhos com ele?

— Não agora. Por enquanto, trato de explorá-lo ao máximo, depois veremos. Se vierem a nascer filhos, ele pode me escapar. Terei então de encontrar um outro estratagema para mantê-lo nesse estado de submissão total. Perguntarei a minha mãe, que perguntará à mãe dela, preciso cuidar logo disso, ela está para morrer.

Dias depois, Habiba vai ao encontro da avó. Ela já está com mais de noventa anos, é pequena, magra, seca, o olhar ainda vivo, e não mede palavras. "Os homens são todos uns safados e covardes", diz ela. "Se não o trouxermos pelo pescoço, eles fazem as piores coisas. O casamento nada mais é que uma declaração de guerra celebrada com música, boa comida, perfumes, incenso, belas roupas, promessas, cantos etc. Para segurar o homem, só existe um jeito: engoli-lo." Ela acompanha o que diz com o gesto dos dedos juntos voltados para a boca aberta. "Às vezes, é impossível. Nesse caso, não se deve nunca desistir, existem outros métodos. O seu avô, por exemplo, não podia ser comido. Era duro demais, impossível engolir parte alguma de seu corpo. Fingi então ser sua escrava durante longos meses. Fazia tudo de que ele gostava, ficava de quatro diante dele, não recusava nada do que ele pedia ou do que supunha lhe agradar. Depois de alguns anos aos meus cuidados, ele só tinha prazer comigo. É isso que chamo de controlar um homem. Ele nunca me traiu; eu sei porque tinha meus espiões, muito bem-remunerados. Da loja para casa. Da casa para a loja. Nenhuma visita sequer a uma dessas mulheres infiéis que enganam o marido. Não, ele estava imunizado. Quando estava morrendo, ele chorou a noite inteira, dizendo que sem mim seria muito infeliz no paraíso. Não sei se Deus o mandou para o paraíso, mas sei que está me esperando onde quer que esteja agora. Não tenho pressa de ir ao seu encontro, ainda tenho alguns anos para viver e algumas viagens para fazer. Deus certamente haverá de lhe ensinar a ser paciente.

"Fique sabendo, minha filha, que é assim que conseguimos manter um bom casamento, de nenhuma outra forma. E não esqueça: se a sua vigilância baixar, seu marido vai aproveitar. É uma guerrinha que vencemos em silêncio, pois a partir do momento em que começamos a gritar é porque não temos mais argumentos, e é o início do fracasso. Ao meu redor só vejo fracassos. As mulheres choram, os homens triunfam. Não é justo. Se todo mundo seguisse o meu exemplo, tudo isso estaria acabado para sempre."

Habiba ouviu muito bem sua avó e guardou a lição. Ao fim de um ano, contudo, sente uma espécie de cansaço, de tédio. O marido obediente perdeu seu atrativo. Basta que Habiba faça um sinal para que ele se apronte para satisfazê-la. Ela começa até a sentir uma certa náusea disso. Mas não está grávida, é puro cansaço. Um homem sempre disposto, um homem à sua mercê, um homem exclusivamente para ela é como um prato sem tempero, sem surpresa.

Habiba resolve reagir, mudar algo no mundo maravilhoso da mulher que engoliu o marido. Sua mãe sugere que vomite um pouco. Mas ela acha que precisa passar a uma nova etapa: dar-lhe um pouco de liberdade, permitir que se afaste, talvez até organizar suas escapulidas e botar entre suas pernas uma garota que lhe restitua um pouco de energia e imaginação.

Habiba ouve os conselhos da mãe e vomita o dia inteiro. À noite, sente-se mais leve. Passadas algumas horas, seu homem está diante dela, inteiramente livre, mas ela não o olha, o marido não desperta mais seu interesse. Ela se sente melhor, livre dele. Diz-lhe que pode partir, que não vai mais segurá-lo.

Habiba decide engolir outro homem. Sua escolha recai no marido de sua prima doente, garantindo, assim, a interinidade de um matrimônio comprometido. Antes de morrer, a prima diz a Habiba: "Estou avisando, ele é duro de roer. É brutal. Não tente engoli-lo na primeira noite, pois poderá ter uma indigestão grave. Foi aí que começou a doença que acabou comigo. Eu o entrego a você, mas se cuide!"

Mas a beleza lendária de Habiba levou a melhor sobre as resistências e proezas do jovem. Ela o engoliu e o transformou em coisa sua enquanto o quis. Outras mulheres seguiram seu exemplo, e foi assim que se formou a tribo das mulheres devoradoras de homens. E até hoje a paz continua reinando nessa terra onde os homens engolidos não têm mais opinião.

Depois de um momento de silêncio, Imane caiu na gargalhada. O Comandante também.

— Você realmente ouviu essa história no banho turco? — perguntou ele. — Desconfio de que a inventou. Deveria escrevê-la, desenvolvê-la e transformá-la num romance. Tenho certeza de que faria sucesso.

Desde a infância, Imane sonhava escrever histórias. Não tinha coragem de falar a respeito, mas, sempre que podia, contava um conto. À noite, quando não conseguia dormir, dava livre curso à imaginação. Olhava o céu pela janela, contava as estrelas, dava nomes às nuvens e nelas distinguia personagens, atribuindo papéis a eles.

Ao partir, ela se inclinou sobre o Comandante e disse-lhe:

— O senhor está certo, eu não ouvi essa história no banho turco, mas não inventei tudo. Não é assim que fazem os artistas, os escritores? Até amanhã, Comandante.

FELICIDADE CONJUGAL

Ela deixou para trás seu perfume, e ele, sonhador, ficou melancólico.

Os sentimentos que nutria por aquela jovem nada tinham a ver com o que até então experimentara. Ele desejava as outras mulheres, fazia de tudo para viver uma história com elas, apaixonava-se durante alguns dias, às vezes semanas, mas com Imane não havia nada disso. Ele precisava dela, e não apenas no plano médico. Precisava vê-la, ouvi-la contar histórias, confidenciar-se com ele. Queria apenas isso.

CAPÍTULO XXVII

Casablanca, 12 de fevereiro de 2003

"Nós poderíamos consertar o nosso casamento,
encontrar um outro modo de vida em comum.
Me dá uma chance. Não podemos compartilhar
essa catástrofe?"

Cenas de um casamento, Ingmar Bergman

Quando o pintor finalmente recebeu a visita de seu advogado para se informar sobre o andamento do divórcio, estava em pleno trabalho. Pintava uma toalha de linho branco amarrotada sobre uma mesa, que reproduzia com precisão e minúcia excepcionais. Era impressionante.

— Você não precisava reproduzir as dobras com tanta exatidão, ninguém se daria conta, pois foi você mesmo que amarrotou o modelo — disse-lhe o advogado.

— Realmente, mas eu me daria conta, e é o tipo da coisa que não acontece comigo, seria trapacear, e eu nem sequer precisaria de um modelo. Poderia desenhar qualquer toalha, mas acontece que estou pintando esta toalha, não outra, e ela não se assemelha a nenhuma outra toalha no mundo. E, uma vez pintada, o que se poderá ver na tela não será uma toalha, será algo mais que isso.

— Entendo. Você poderia dar o título: Isto não é uma toalha!

— Não seria original.

— Desculpe minha impertinência.

— Não, é normal, você não é o primeiro a fazer essa observação. Na verdade, é como se você usasse num processo uma argumentação que lhe rendeu uma absolvição em outro caso semelhante; mas não funcionaria, não é mesmo?

— Não, realmente.

— Quais são as notícias? Estou pronto para ouvir todas elas, as boas e as ruins.

— Muito bem, creio que na realidade sua mulher não quer se divorciar.

— Só faltava essa!

— Considerando o que o advogado de sua esposa está exigindo, ela deve achar que vai lhe causar um tal choque que você desistirá do divórcio. A dar crédito às cartas mais recentes que recebi, suas pretensões são exorbitantes. Ela exige tudo em nome dos filhos, tudo o que você possui, além de uma indenização de vários milhões. Se você aceitar, só lhe restará procurar uma tendinha e um lugar ao abrigo do vento para passar o resto dos seus dias.

— E você acha que eu terei dinheiro para comprar essa tendinha e alguns cacarecos para não morrer de frio no inverno?

— Vou cuidar disso, se quiser! Mas chega de brincadeira, temos de reagir. Vejo apenas uma solução. Se confiar em mim, entraremos com um pedido de divórcio aqui no Marrocos, onde você terá vantagem. Temos de agir depressa, pois aquele que entra primeiro com o pedido determina que será aplicada a lei do país onde ele foi apresentado. Tem prioridade. Desde a nova *Moudawana*, a jurisdição marroquina é reconhecida internacionalmente, você não corre nenhum risco no plano jurídico. Não se preocupe demais. Como o conheço, sei que você vai oferecer a sua mulher, à mãe dos seus filhos, uma pensão muito confortável, além de uma casa e até uma indenização considerável. O tribunal verá que suas propostas são mais que aceitáveis.

— Dê-me algum tempo antes de responder. Preciso concluir essa tela. Se tiver forças para trabalhar nela o dia inteiro amanhã, creio que estará concluída, e caberá então a Imane, minha enfermeira e fisioterapeuta, decidir se ficou boa ou não. Na verdade, minha decisão dependerá dessa tela, que terá um título, pela primeira vez: *Ruptura*.

O advogado não entendia muito bem por que o grande pintor se pautava pela opinião de uma simples enfermeira, mas nada deixou transparecer. Abaixou a voz e murmurou:

— Diga-me uma coisa, espero que não haja nada entre você e essa moça...

— Nada. Ela trabalha bem e eu confio no seu gosto, pois não é historiadora nem crítica de arte. Uma moça do povo, encantadora e eficiente. Desde que começou a cuidar da minha reabilitação, estou vivendo de novo.

— Sua mulher sabe disso?

— Naturalmente, já tentou duas vezes mandá-la embora.

Ao voltar a trabalhar em sua tela, ele se sentia mais combativo que nunca, especialmente depois de lhe ter dado um título que lhe ocorrera de repente, sem pensar. E lhe agradava. Cada dobra era uma contrariedade que experimentara. Cada sombra era um

FELICIDADE CONJUGAL

momento de tristeza e melancolia. Ele projetava na tela coisas que era o único a saber.

Como sempre, fez uma pequena sesta à tarde. Gostava de adormecer depois de ler um livro ou uma revista. De repente, ouviu nitidamente alguém murmurando no seu ouvido: "Seu casamento foi um fracasso... Pelo menos consiga um bom divórcio!" Ele imediatamente despertou, olhou ao redor, não havia ninguém. Chamou os ajudantes. Sentia dor na perna esquerda. Pediu aos Gêmeos que o acomodassem na cadeira diante do grande cavalete para voltar a trabalhar a tela.

Quando finalmente terminou de pintar a toalha amarrotada, no fim da tarde seguinte, chamou Imane para que desse sua opinião. Seus belos olhos estavam tão radiantes ao ver a tela que ele imediatamente soube que havia criado uma obra-prima. Lembrou-se de que tinha de dar uma resposta ao advogado. Telefonou-lhe, então, por volta das dezenove horas:

— Vá em frente, pode dar a partida. De qualquer maneira, não importa o que eu venha a decidir, serei sempre o culpado e nada vai me livrar dessa história.

Depois do telefonema ao advogado, e tendo já Imane voltado para casa, veio-lhe de repente a vontade de escrever uma carta à mulher, uma carta que não enviaria. Ele não sabia como começá-la. Devia escrever "Cara..." ou apenas seu prenome, ou um simples "Bom-dia"...? Ele resolveu entrar diretamente no assunto:

Quero que saiba o quanto estou triste pelo que nos acontece. Quero me desculpar por estar deixando-a hoje e dizer que não é culpa minha nem sua. É assim, nós forçamos a mão do destino. Eu acreditei no amor, acreditei tanto nele que esperava que resolvesse problemas insolúveis. Mas por tanto tempo me faltou coragem, determinação, e agora estamos nos dilacerando diante do olhar perplexo dos nossos filhos. Gostaria tanto que tivéssemos chegado a um acordo sem todos esses estragos, sem lavar nossa roupa suja praticamente em público, e depois por meio de advogados.

Espero que pelo menos consigamos manter relações cordiais, civilizadas, pois precisaremos voltar a nos ver pelas crianças, e, como sabe, elas são a coisa mais importante da minha vida, e estou certo de que da sua também.

Seja razoável, eu lhe peço, aceite a realidade, reconheça que não nos amamos mais. O amor não é uma decisão nem uma vontade. Pode aparecer e desaparecer. Nada podemos fazer...

CAPÍTULO XXVIII

Casablanca, 18 de fevereiro de 2003

> "— Faça amor comigo em nome de nossa amizade.
> — Não posso, é melhor fazer a mala."
>
> *Cenas de um casamento*, Ingmar Bergman

Naquela manhã, o pintor levantou-se cedo. Imane costumava chegar por volta das oito horas, mas nesse dia estava atrasada. Ele tentou aplacar a impaciência convencendo-se de que ela devia ter tido um contratempo. Quando finalmente chegou, duas horas depois, ele logo percebeu que ela havia chorado. Imane começou a trabalhar, sem dizer uma palavra. Passado um momento, o pintor perguntou suavemente se não queria dizer nada:

— Nós somos amigos, podemos conversar, dizer o que trazemos no coração. Que está acontecendo, Imane?

— Terei de sair do Marrocos para acompanhar meu noivo.

— Achei que essa história estava resolvida.

— Sim, mas ele voltou à carga, e se propôs até a cuidar dos documentos do meu irmãozinho a fim de conseguir trabalho para ele na Bélgica. É importante para minha família. Apesar de ter estudado, meu irmão não consegue trabalho, e é verdade que não procura realmente, desesperado com a maneira como as pessoas se comportam aqui, corrupção por toda parte, e sem corrupção nada é possível.

— Você ama esse homem?

— Não sei, eu mal o conheço. Ele chegou num carro novo, um Mercedes, e o senhor sabe como é, aqui os Mercedes são uma espécie de sésamo, um símbolo de riqueza. Não quero magoar meus pais e, sobretudo, não quero magoar meu irmão, que tanto quer sair desse impasse.

— Mas você está se sacrificando!

Ela baixou os olhos para não chorar de novo.

O pintor sabia que aquela separação haveria de afetá-lo. Tinha se apegado àquela jovem de imaginação transbordante, de encantos tão suaves e de mãos dotadas para o bem. Sabia que seria infeliz na Bélgica. Aquele noivo que chegara num carro chamativo certamente escondia algo inconfessável. Vira muitas vezes mocinhas indo atrás de um marido para depois descobrir que ele já tinha outra família. Elas, então, voltavam em prantos para a casa dos pais e ficavam esperando que algum homem as quisesse. Algumas tinham até deparado com traficantes de haxixe que usavam suas mulheres para passar a mercadoria.

O pintor pediu a Imane que prometesse não esquecê-lo, vir visitá-lo e sobretudo mantê-lo informado. Emocionada, ela se deixou abraçar, recostou a cabeça em seu ombro e o apertou forte. Ele não queria soltar daquele abraço, mas preferia que mantivessem certa distância, pois não estava em condições de lhe propor nada. Mas o que se passava em sua mente entrou em contradição com uma ereção súbita e firme. Ele ficou ao mesmo tempo encantado e decepcionado. Não ia fazer amor, de jeito algum com Imane, não, ia se segurar, tentar afastá-la suavemente, mas ela o abraçava cada vez mais forte, ele sentia seu corpo quente, seus pequenos seios contra o seu peito e o perfume de sua cabeleira. Ia conversar com ela, mas desistiu. Imane já estava sobre ele, disposta a montar nele. Levantaram-se, ela o ajudou a se acomodar na cama, trancou bem a porta do ateliê, fechou as cortinas, apagou as luzes e deslizou para perto do pintor, livrando-se do vestido. Estava nua, quente, fremente de desejo. E ele se deixava ir. Ela massageou sua barriga, depois o baixo-ventre, pegou seu pênis e o beijou longamente, posicionou-se sobre ele e lentamente se deixou penetrar, repetiu, com ternura, os mesmos gestos, debruçou-se sobre o pintor e cobriu seu rosto com sua longa cabeleira. A ereção se manteve. Quando Imane percebia que ele podia amolecer, seus lábios lhe devolviam força e firmeza. Quando ele ejaculou, ela gritou de prazer, pois esperava esse momento há muito tempo, e gozou com ele.

Os dois ficaram um bom tempo abraçados; ela, acariciando-lhe o rosto, ele, pensando na felicidade que acabava de redescobrir. Mas ele sabia que esse ato não poderia se repetir, que era um presente de despedida. Sem dizer uma palavra, Imane se vestiu, pegou suas coisas, inclinou-se sobre o pintor, beijou-o demoradamente. Ele sentiu suas lágrimas escorrendo e se misturando às dela, que tentava dissimular.

— Amanhã, outra mulher virá cuidar do senhor. É uma senhora muito boa, competente, amável e extremamente profissional. Fui eu que a escolhi. Adeus. Vou lhe escrever, ou, se preferir, telefonarei de vez em quando.

E ela se foi sem se virar. Ele tomou um sonífero e se deitou sem jantar. Guardava em si todos os perfumes daquele paraíso onde veio a fazer uma parada, no longo caminho da convalescença.

CAPÍTULO XXIX

Tânger, 23 de setembro de 2003

> M. a sua mulher:
> "— Eu lhe dei um belo teto...
> — Mas está com cheiro de pintura! Seus quadros tomam conta da entrada; trate de se livrar deles, ou os jogarei no lixo; sou perfeitamente capaz disso. Você e seus quadros! Deixe esse jornal de lado e vá lavar a louça."
>
> *Almas perversas,* Fritz Lang

A conselho dos médicos e acompanhado dos Gêmeos, ele foi repousar alguns dias na casa de seu amigo Abdelslam, nas imediações de Tânger. Era o fim do mês de setembro, já fazia mais de dez meses que ele dissera à mulher que a deixaria.

Quando chove em Tânger, o vento leste sempre interfere. Sopra e faz tremerem as colinas da Velha Montanha. Mesmo quando para de chover, o vento continua, abalando as árvores mais altas, mais resistentes. Dizem que as sacode para afastar as doenças e eliminar os mosquitos. Outros afirmam que é enlouquecedor e que os loucos precisam do vento para se animar, cantar, dançar e rir.

A casa do seu amigo mantinha-se firme, embora as portas e janelas rangessem, deixando passar o sopro frio do visitante intempestivo. Tudo era maltratado, e tudo despertava do torpor a que se entregavam os moradores da cidade. Os apreciadores de bebidas quentes se agasalhavam em grossas *djellabas* e tomavam chá de menta; os pescadores não saíam, o mercado de peixe fechava; os bares se enchiam dos que ficavam esperando pelo cansaço do vento. Quando ele parava, tudo ficava imóvel e se ouvia o silêncio, era possível apreciá-lo. Tudo repousava e adormecia depois da tempestade. O pintor gostava dessa calma que se restabelecia, a que dava o nome de silêncio Mozart.

O pintor comparava sua mulher a esses elementos da natureza. Ela era violenta, brutal, ameaçadora e, depois, como por milagre, fazia-se de repente doce, calma, gentil. O definitivo afastamento de Imane, no mês de fevereiro, havia feito o artista mergulhar aos poucos numa estranha melancolia. "É ela a minha última mulher", pensava ele, convencido de que, com as limitações que agora enfrentava, não teria novos encontros. Desde então, nunca mais voltara a se sentir bem. Fisicamente, tinha a impressão de estar de novo pesado, como nos primeiros tempos da convalescença. Seu ritmo cardíaco se reduzira. Ele definhava.

Diante do mar, perguntava-se pela enésima vez como escapar ao controle da mulher, que não queria se divorciar e conseguira desarmar todas as estratégias de seu advogado. Por mais que ele arquitetasse planos para que a mulher aceitasse a separação, logo via que ela não haveria de desistir jamais. Sua esposa era incansável. Ele teria de mudar radicalmente de tática, mas não tinha mais nenhuma ideia a não ser mergulhar no silêncio.

FELICIDADE CONJUGAL

Em Casablanca, quando os amigos o visitavam, ele exigia ficar sozinho com eles. Ao passo que, diante dela, não dizia uma palavra na presença dos amigos, podia, então, recuperar a palavra e explicar-lhes que se sentia sequestrado. Ninguém o levava a sério. Os amigos tentavam tranquilizá-lo. "Mas o que é que você está pensando? Tem muita sorte de tê-la ao seu lado, ela lhe é inteiramente dedicada. Veja só, ela emagreceu, está cansada. Se estivesse sozinho, como seria? Você nem se dá conta da sua situação." Sim, ele se dava conta, e só pensava justamente em viver sozinho, cercado das pessoas cuja companhia apreciava e que realmente o ajudavam. Mas não tinha forças nem vontade de contar aos amigos seus conflitos com a mulher e, então, acabava assentindo com a cabeça e sorria de leve, com se estivesse de acordo com eles.

Sua mulher escutava por trás da porta. Quando lhe dava na telha, aparecia com bebidas refrescantes, a cabeça e os olhos baixos, mostrando ostensivamente o quanto aquela situação a incomodava. Chegava até a enxugar algumas lágrimas. Alguns lastimavam sua sorte, outros a cumprimentavam por estar presente, sacrificando sua juventude, seu tempo, para cuidar do marido impotente, um deficiente temperamental, um artista de convívio difícil, um marido que achava que sua sombra era suficiente para satisfazer a mulher.

Desde que ele tinha pedido o divórcio, ela era forte e frágil ao mesmo tempo. Pois realmente chorava quando estava sozinha no quarto, longe dele. Dava-se conta de que sua vida era um fracasso, um grande desperdício. Estava perdendo peso, se descuidava e praticamente não saía mais. Somente Lalla, sua guru, a visitava, estimulando-a a resistir a qualquer preço ao marido, exortando-a a se vingar de tudo que ele a fizera sofrer durante todos aqueles anos e por ter pretendido abandoná-la. Havia, no olhar de Lalla, algo de pernicioso, como se fosse ela a vítima. Falava de um novo feiticeiro que havia chegado do Senegal, um homem muito jovem que usava ervas ainda desconhecidas no Marrocos. Fazia tanto sucesso que era preciso esperar alguns dias para conseguir uma consulta.

Infelizmente, estava fora de questão deixar o pintor sozinho, nem que fosse por uma hora apenas. Lalla se dispunha a viajar até Salé, onde o feiticeiro dava suas consultas, mas ela não aceitou. Afinal, não precisava mais disso. Seu marido estava ali, não teria mais como escapar, e esta era a melhor maneira de puni-lo. Dele, podia conseguir agora tudo o que queria. Nem precisava mais de sua assinatura para sacar dinheiro no banco. Dera um jeito de conseguir discretamente uma procuração que lhe conferia praticamente todos os poderes.

Ela conseguira vencê-lo, mas essa situação era menos confortável do que esperava. Ele com certeza era todo seu, mas a enganava com sua doença. Mantinha-se calado, glacial e mal a olhava. Seu drama se resumia a isto: o que quer que fizesse, ele jamais haveria de lhe pertencer completamente como havia sonhado. Ele se entregava à sua arte, aos amigos, à família, à doença, mas jamais a ela. Sua frustração fazia-lhe mal. No momento, nada mais havia a salvar, a consertar. Era o fim, um fim melancólico para ambos.

Deitado de lado, com a cabeça voltada para o jardim da casa do amigo, ele observava durante horas uma infeliz figueira que há muito tempo já não dava frutos. Vendo aquela árvore, atarracada, de galhos nus, uma árvore cinzenta que deveria ter sido derrubada, ele sentia uma profunda tristeza ao pensar que seu próprio destino se assemelhava ao daquela planta que não servia para mais nada. Pensava: "Se ainda tivesse forças, haveria de pintá-la e lhe daria o título de 'Autorretrato'." Lágrimas corriam pelo seu rosto, molhando o travesseiro. Ele não conseguia contê-las. Elas o aliviavam e anunciavam um início de libertação. Ao mesmo tempo, ele detestava o contato da bochecha com o tecido embebido de lágrimas; lembrava-se de seu pai na clínica, começando a chorar em silêncio ao se dar conta de que ia morrer naquele dia. Tinha entendido, pela expressão do médico, que estava acabado e que nada mais havia a fazer. Essa cena tinha mexido muito com o pintor. Ver seu pai, que tanto admirava, reduzido à condição de um velho à espera de uma morte anunciada provocara nele uma raiva surda. Ele se debruçara e enxugara o rosto daquele homem que partia chorando como um menino.

O personagem de Michel Simon em *La chienne*, de Jean Renoir — um velho pintor que perde tudo e vai parar na rua —, voltou à sua memória enquanto ele contemplava o mar do terraço da casa de Abdelslam. Ele vira o filme quando era muito jovem e, na época, tinha considerado a história patética. Tempos depois, viu também a versão americana, realizada em 1945 por Fritz Lang e intitulada *Almas perversas*, com um ator de que gostava muito, Edward G. Robinson, mas não se interessara mais pelo destino desse artista vítima da própria paixão e ingenuidade. Porém o paralelismo era flagrante. É verdade que, ao contrário do personagem do filme, ele jamais teria aceitado pintar as unhas dos pés de Kitty, a vigarista que roubava seu talento. Não havia perdido sua obra, apenas se vira impedido de lhe dar prosseguimento. Tampouco se transformara num mendigo que abre a porta de um automóvel cujo dono acaba de comprar uma de suas obras. Entretanto, com sua mulher e em sua cadeira de rodas, vivia amarrado como um pacote à espera de ser entregue. Agora seria impossível desamarrar-se, romper a corda, liberar seus membros, levantar-se para fugir dessa prisão e correr como um cavalo enlouquecido.

Há meses ele não dirigia mais a palavra à inimiga. Nem a olhava mais. Haveria de ignorá-la, se ausentaria fechando os olhos quando ela se aproximasse. Se lhe perguntasse sobre seu estado, ele nem se mexeria, não faria um gesto, nada, nem mesmo uma careta. Viveria no seu mundo, totalmente encolhido sobre si mesmo, controlando a vontade de responder à sua guerra com outra guerra. Sua vitória seria total no dia em que, não tendo podido deixá-la, não mais sentiria ódio nem desprezo por aquela mulher. Ela simplesmente não existiria mais.

Uma mosca voava ao seu redor. Ele levantou o braço direito, mexeu a mão, fez um pequeno movimento. A mosca afastou-se. Ele pegou um jornal e esperou que ela voltasse para tentar expulsá-la definitivamente.

SEGUNDA PARTE

MINHA VERSÃO DOS FATOS

Resposta a
O homem que amava demais as mulheres

PRÓLOGO

Ideia fixa, perturbadora, divertida, diabólica. Eu sou uma mosca. Nervosa e decidida. Gulosa e teimosa. Uma mosca não vale nada. É expulsa sem contemplação, esmagada quando apanhada. Desprezada, mas também temida. Não é nada bela, uma mosca. Nenhum motivo de orgulho. Não é uma rainha como a abelha. Negra, cinzenta, sem pudor, sem moral. Ela é livre e brinca com os que lhe correm atrás. Zomba de tudo. Não tem casa nem país. Chega com o vento ruim e se instala sem autorização de ninguém. Só a chuva e o frio são capazes de desanimá-la. Ela ousa tudo. Entra nos salões chiques, nas mesquitas limpas, nas alcovas, nos lugares íntimos e secretos, nos banheiros, nas cozinhas, nas lavanderias, aonde quer que a conduza seu instinto. Atrapalha a preparação dos mortos, morde uma carne morta e vai vagabundear em outro lugar. Morde a pele macia dos bebês e se empanturra. Vai a todo lugar e nada a detém. Livre e teimosa. Esta manhã, eu me tomo por uma mosca. E me divirto. Gosto desse lado sem medo nem vergonha. Banco a mosca para chatear meu homem. Sei fazê-lo muito bem. Quando pouso na ponta do seu nariz e ele não consegue se mexer para me expulsar, fico satisfeita. Rio baixinho e me agarro. Faço-lhe cócegas, e o arranho e maltrato, e gosto disso. Minha pequena vingança. No fim das contas, digamos, uma pequena parte do meu plano.

É incrível o medo que os homens têm da solidão. Que pecado! A mim a solidão não dá medo. Fui eu que a criei, que a inventei e a faço reinar. Não sou obcecada por ela. Sou como a mosca, tenho o espírito independente e não aceito compromissos. Meu homem me acha rígida. Provavelmente, mas não gosto dessa palavra. Lembra-me a morte. Quanto à solidão, sei me virar muito bem com ela. Não há necessidade de gemer, de se lamentar com os mortos, que no fundo ficam muito felizes de nos desprezar. A solidão sou eu. É a mosca que fica à vontade e não se mexe mais. Eu sou essa solidão que se incrusta na pele do meu homem. Vou parar de chamá-lo assim. Ele nunca foi o "meu" homem, mas o homem de todas as outras, a começar por sua mãe e suas duas irmãs, duas bruxas.

Hoje eu sou uma mosca. A solidão está presente há muito tempo, desde o seu acidente. Digamos que eu a esteja carregando um pouco, dramatizando-a o mais do que posso. Não tenho escolha. Chupo o sangue na ponta desse enorme nariz. Eu o incomodo, o atrapalho, o insulto, cuspo no seu corpo; ele não pode fazer nada, não consegue mais mexer o braço, a mão, o dedo. É refém da doença e eu cuido para que nenhum detalhe seja esquecido.

Não passo de uma mosca, uma mosca qualquer, estúpida e teimosa. Eu sou teimosa. Está nos genes. É meu jeito de ser. As coisas são assim, não são diferentes. É idiota, mas é assim. Não se pode fazer nada. Meu homem tinha crises de nervos por causa da minha teimosia. Pobre coitado! Tentava acabar com esse aspecto fundamental do meu temperamento e não conseguia. Eu era, sempre fui, mais forte que ele. Como a mosca. Tenho olhos em todo lugar, desconfio de todo mundo e só acredito no que me convém. É assim, e nada vai me fazer mudar de opinião. Uma mosca, sou uma terrível mosca.

MINHA VERSÃO

Antes de dar a minha versão dos fatos, devo avisar que sou má. Não nasci má, mas, quando sou atacada, eu me defendo e devolvo cada golpe por todos os meios. Na verdade, não me limito a devolver os golpes, mas desfiro outros, ainda mais cruéis. Sou assim, não sou gentil, detesto as pessoas gentis, elas são moles, fracas, sem valor. Gosto de relações diretas, francas, sem hipocrisia, sem meios-termos. Sim, eu sou rígida. Flexibilidade é coisa para víboras, para diplomatas. Não tenho vergonha de dizer o que faço, pois sou uma mulher honesta. Não minto. Vou direto ao objetivo. Não contemporizo. Vim do meio das pedras e dos espinhos. Nasci numa terra árida, sem água, sem sombra, onde não há árvores nem vegetação. Mas há animais e homens. Animais malditos e mulheres resignadas. Foi contra isso que me revoltei. Respondi à secura com a dureza. Os animais não fazem cortesia, que eu saiba. Sou dura porque os gentis morrem e ficam se perguntando por que os outros são maus com eles.

Não sei o que é medo. Nunca tive medo. Não sei o que é vergonha. Ainda está para nascer aquele que me fará sentir vergonha. É assim. Nem medo, nem vergonha. Não tenho medo de ninguém. Estou disposta a morrer em qualquer lugar, a qualquer momento. Vou em frente e não olho para trás.

Já tive fome, muita fome. Tive sede. Senti frio. Ninguém me socorreu. Muito cedo entendi que a vida não é uma sucessão de noites de gala em que todo mundo ama todo mundo.

Sou uma mulher firme. Mantenho-me ereta. Não admito que tentem me dobrar ou me trair. A traição, para mim, é a pior coisa. Sou capaz de matar aquele ou aquela que me trair. É assim. Não escondo o jogo. Aliás, não há jogo. Vou até o fim da minha decisão. Eu sou da noite, do mundo cruel onde não se perdoa nada.

Pergunto-me por que senti necessidade de falar. Não é o meu jeito. Eu não falo. Eu ajo. E aqui estou falando, correndo o risco de deixar de agir.

Eu me chamo Amina, sou a mulher de que fala esta história. Sou alta, tenho 1,76m; tenho cabelos castanhos, é sua cor natural. Gosto da vida, sinto-me bem e gosto de ser útil. Não estudei, mas sou curiosa e me instruo o tempo todo, lendo, pesquisando. Esclareço tudo isso porque quero que saibam quem sou realmente. Meu marido trapaceou muito com a verdade.

Venho de uma região seca do interior, uma terra podre onde nada brota, a não ser pedras e ervas daninhas que machucam. Não é uma aldeia nem mesmo um povoado, mas um cemitério habitado por vivos. A cor da poeira pode ser cinzenta ou ocre. Depende do dia. Ela gruda nas ervas daninhas, no rosto das crianças, nos gatos e nos cães famintos.

Ninguém sabe que esse lugar existe. É um cafundó perdido que não tem nome. Há quem o chame de Bled el Fna, a aldeia do nada. Nenhum santo, nenhum profeta parou por ali. Para quê? Por que haveria de parar? Por alguns miseráveis camponeses, animais que nem encontram o que comer? Sim, o nada, a aldeia do nada.

Meu pai queria que eu fosse pastora; eu obedeci, até que um dia descobri a escola. Em vez de juntar madeira e vigiar as vacas, acompanhei meu primo à escola que ficava a uma hora a pé da aldeia. Cobri a cabeça com um lenço cinza e me misturei às outras crianças. Como sempre faltavam alguns alunos, o professor não prestou atenção em mim, até que eu briguei com uma colega que não queria me emprestar lápis e folha de papel. Eu sou violenta, tomo o que não me dão, é assim. Arranquei-lhe da mão a sua pasta e peguei o que queria; ela gritou; o professor interveio e eu passei a manhã inteira de castigo. Meu pai foi informado da minha aventura. Ele não queria, de modo algum, que sua filha se misturasse a meninos numa escola. "Para que aprender a ler e escrever?", perguntou-me. "Mais vale que aprenda a fazer uma vaca ou uma ovelha parir." Minha mãe não pensava assim, queria que eu estudasse para sair das trevas que às vezes me deixavam tão triste. Mas ela não podia ter opinião. Meu pai era gentil com ela, mas lhe dizia que era melhor que cada um ficasse no seu devido lugar. Ele me proibiu de voltar à escola e me entregou a seu tio Boualem, um merceeiro de Marrakech que me explorou como uma criada. Boualem era avarento, muito avarento. Passava o dia inteiro no armazém; contava as latas de sardinha, mudava-as de lugar, voltava a contar. Não tomava banho com frequência, limitando-se às abluções antes da oração — era o seu jeito de ser piedoso! Uma toalete muito superficial. Sua roupa cheirava a suor. Ele era magro, nem um grama de gordura. Dizem que os homens magros vivem muito. Minha tia gritava com ele. Certa vez, ele a espancou com ferocidade. Ela chorou. Eu chorei. Nessa noite, ficamos sem jantar. Eu sentia fome o tempo todo. De outra vez, dei um jeito de entrar no armazém, que se comunicava com a casa, e roubei um vidro de geleia. Eu nunca tinha comido geleia. No dia seguinte, sem pensar duas vezes, ele me deu uma bofetada que me rachou a cabeça. Pensei: "É o preço do pote roubado."

No dia em que ele me disse que ia me entregar a estranhos, eu senti medo, mas, ao mesmo tempo, uma espécie de alívio. Ele me deixou diante de uma mansão com um portão que abria sozinho. Havia um aviso em que se lia: "Cão feroz". Fui andando devagarzinho, com as minhas coisas enfiadas num saco plástico. Veio na minha direção uma senhora que caminhava com dificuldade. Ela me disse: "Venha, minha menina, venha, vou lhe mostrar seu quarto." No início, eu não entendia o que teria de fazer naquela casa; eles eram muito gentis comigo, compraram roupas novas para mim (sim, pela primeira vez eu usava roupas novas; normalmente, minha mãe me vestia com roupas velhas que ganhava da família); davam-me comida e me convidavam a sentar com eles à mesa. Eu não sabia como me comportar, não sabia usar a faca e o garfo, comia com os dedos, e eles ficavam chocados. Tive de aprender a cortar a carne e a pegá-la delicadamente com o garfo. Eles me falavam de países distantes, de viagens; diziam-se felizes por serem meus novos pais. Eu não entendia tudo, mas Zanouba, a empregada, traduzia para mim o que falavam. Eu chorei, rasguei meu vestido azul; eles compraram outros vestidos e me matricularam numa escola particular com poucos alunos. Levavam-me de carro, davam-me um lanche embrulhado num papel branco muito brilhante. Na escola, eu não

FELICIDADE CONJUGAL

dizia uma palavra. Fazia caretas, gestos, apurava bem os ouvidos e aprendia francês. Guardava tudo; minha memória trabalhava bem; à noite, eu recitava o que tinha aprendido durante o dia. Misturava as palavras e as coisas. Quando sentia muita vontade de rever meus pais, ia me aninhar nos braços de Zanouba, que me dizia palavras gentis e me consolava. Eu tinha sorte, dizia ela. Sim, sorte de ter sido separada dos meus pais, dos meus irmãos e irmãs. Eu não sentia falta da aldeia, mas não conseguia esquecer minha avó. Meu atraso na escola complicava as coisas. O casal francês pagava a um rapaz para repassar comigo o que me era ensinado na escola. Ele era bonito. Acho que me apaixonei por ele. Era um aluno do secundário. Eu não tinha coragem de encará-lo. Tenho de reconhecer que ele me ajudou bastante. Aprendi a ler e escrever com ele. A partir de então, tudo mudou na minha vida. Um dia, escorreu sangue na minha calcinha. Senti vergonha. Felizmente, Zanouba me explicou tudo e cuidou da minha higiene. Eu estava apaixonada e, de repente, comecei a prestar atenção na maneira de me vestir. Queria atrair a atenção do rapaz. Mas, ao chegar o verão, ele se foi e nunca mais voltei a vê-lo.

Em três anos, vi meus pais duas vezes. Eles vinham trazer a parte que me pertencia do óleo e do mel que os primos distribuíam na aldeia.

Certo dia, meus novos pais me explicaram que teriam de voltar para a França. Nós fomos à aldeia; eu me sentia estranha e estrangeira naquele lugar onde não havia água. As crianças brincavam com um gato morto e estavam cobertas de moscas. O nariz delas escorria e ninguém se importava. Meu pai veio ao meu encontro, eu achava que ele ia me beijar, como faziam meus pais estrangeiros, mas fui eu que tive de beijar sua mão grossa, cheirando a terra seca. Ele me disse, sem me olhar diretamente: "Minha filha, logo voltaremos a nos ver." Depois me falou de uma viagem e de papéis a serem assinados. Vi quando maços de notas passavam das mãos do francês para as do meu pai. De repente entendi o que estava acontecendo. Meu pai tinha me vendido! Que horror! Eu comecei a chorar. A senhora me consolou. Disse-me que meu pai sempre continuaria sendo meu pai. Eles não tinham conseguido me adotar, por isso precisavam de uma carta do meu pai para que eu pudesse ir com eles. Foi assim que eu recebi meu primeiro passaporte; ele era verde. O sujeito da administração local me disse em tom de ameaça: "Cuidado, é um objeto valioso, se o perder, não receberá outro, ficará sem passaporte a vida inteira e não poderá ir a lugar nenhum." Quando estava saindo do escritório, ele me segurou e me disse ao ouvido: "Você tem sorte de ser aceita por esses franceses, então não nos envergonhe. Não se esqueça de que representa o Marrocos com esse caderninho verde!" Ele estava enganado, eu não representava ninguém, nem sequer minha mãe, que me via me afastar sem reagir, talvez ela também estivesse chorando. Fechei os olhos e decidi nunca mais voltar a pensar naquela aldeia desgraçada.

Semanas depois, fui de barco para Marselha com os franceses. Durante a viagem, eles não se falavam, estavam de mau humor; a mulher chorava escondida. Ela me disse que não tinha vontade de sair daquele país maravilhoso, mas que seu marido tinha de voltar para cuidar dos pais doentes e muito idosos. Fiquei pensando que ele era um bom filho. Mas havia outra coisa que não ia bem naquele casal que nunca tivera filhos. Eu sentia as coisas, mas não conseguia dar-lhes nome. Eles brigavam por qualquer coisa. A mulher queria mandar, o marido protestava

FELICIDADE CONJUGAL

e eu via aquelas cenas e pensava em meus pais, que nunca levantavam a voz.

Fomos morar num apartamento não muito grande. Os vizinhos, armênios, vieram nos dar as boas-vindas, oferecendo bolos com massa de amêndoa. Eles tinham uma filha muito bonita, alta, morena, que parecia ter mais de vinte anos, apesar de ter apenas dezessete. Logo ela se tornou minha amiga. Muitas vezes me convidava a ir à sua casa para me mostrar fotos que tiravam dela. Ela queria se tornar atriz. "E os estudos?", perguntei-lhe. "Não é preciso estudar para representar!", respondeu ela, achando graça. Ela participava de desfiles de moda e fazia muito sucesso. Como tínhamos a mesma altura, disse-me: "Sabe, se os seus pais concordarem, você devia tentar a sorte. Atualmente eles querem garotas de tipo marcante como nós, chegou a nossa vez de ficar famosas. Não corte os cabelos, deixe-os crescer e passe a usá-los como uma leoa." Achei aquilo divertido. Eu gostava dos meus cabelos e cuidava bem deles, a hena lhes dava uma bela cor avermelhada com reflexos marrons. Minha amiga se despiu e pediu que eu fizesse o mesmo, depois começou a comparar nossas medidas: altura, seios, quadris... Disse, então, que, se eu quisesse mesmo, causaria um estrago no mundo da moda.

Eu frequentava o colégio e estudava muito. Meus pais marroquinos não me davam mais nenhum sinal de vida. Os franceses, por sua vez, com frequência sentiam saudade do Marrocos. Depois, perderam-se numa história de herança complicada após a morte dos pais do meu pai francês. Quase sempre me davam toda a liberdade e confiavam absolutamente em mim. Eu aproveitava para acompanhar minha amiga armênia em seus desfiles. Foi assim que um sujeito de cabelos pintados de vermelho me pediu que caminhasse à sua frente como se tivesse uma jarra cheia de água na cabeça. Puxei pela imaginação e andei com cuidado. Ele gritou: "Cuidado, o jarro vai cair e se partir em mil pedaços!" Retomei o fôlego e caminhei normalmente. Uma mulher me pegou pela mão, despiu-me e me mandou vestir um vestido esquisito com buracos; na verdade, ele era transparente. Eu não queria usar aquele negócio que me deixava nua. Ela, então, me deu outro vestido mais apresentável e me disse que desse uma volta pela sala.

Em poucos instantes, aos dezessete anos e meio, eu me transformara num manequim! Um trabalho mais que agradável, do qual saía sempre com os braços cheios de presentes. Meus pais fechavam os olhos. Com uma única condição: que eu não falhasse no vestibular. Não lhes dei ouvidos e, em junho, fiquei em recuperação. Foi uma bofetada. Eu nunca me imaginara como uma aluna em dificuldades. Não me dava conta das lacunas, às vezes enormes, que vinha acumulando. Era tão orgulhosa que estava convencida de que em pouquíssimo tempo seria capaz de compensar meu atraso. Afinal, não era culpa minha se tivera uma educação caótica e conturbada. Eu não sabia mais quem era: filha de Lahbib Wakrine ou do sr. e da sra. Lefranc? Árabe ou berbere? Francesa ou belga? A sra. Lefranc tinha origens flamengas...

Fiz a recuperação e passei raspando no vestibular. Meus pais franceses nada disseram. Matriculada na faculdade, eu nem aparecia por lá. Preferi me perder em coisas muito mais fúteis, passando de um desfile a outro, de uma sessão de fotos a outra. Era maior de idade e nem via o tempo passar.

Além do mais, minha amiga armênia veio a conhecer, nem sei muito bem como, um produtor que a enrolou e a levou

FELICIDADE CONJUGAL

para filmar cenas ousadas em filmes que não eram exibidos nos cinemas convencionais de Marselha. Ela brigou com os pais e desapareceu. Esse desenlace dramático me tirou do meu sonho acordado. Deixei de lado aquele ambiente sujo para estudar seriamente história da arte.

Mas, de repente, de um dia para o outro, fiquei completamente sozinha. Meus pais franceses se separaram sem que eu me desse conta, e devo reconhecer que ficava muito pouco em casa. Eles dividiram os pertences, e eu estava no meio deles. A sra. Lefranc me perguntou se eu queria ir com ela ou ficar com seu ex-marido. Fiquei envergonhada. Mas o acaso resolveu as coisas. A reconstituição da família original foi autorizada por decreto. Meu pai biológico, que tinha se instalado em Clermont-Ferrand, decidiu trazer de volta sua mulher e seus dois outros filhos. Esquecendo minhas antigas tristezas e a dor de ter sido abandonada, veio-me, de uma hora para outra, a vontade de voltar para eles. A adoção abortada fora apenas um parêntese que me permitira uma escolarização mais ou menos normal. Meus pais continuavam sendo meus pais. Eu me chamava Amina Wakrine, embora os Lefranc me chamassem de Nathalie. E, por sinal, eu nunca vim a saber por que eles tinham escolhido esse nome. Na escola, todo mundo me chamava de Natha. O sujeito de cabelos vermelhos, por sua vez, queria me chamar de Kika. Por que não? Eu podia mudar de nome toda hora, mas continuava a mesma, a filha dos meus pais.

Chegando a Clermont, eu tive uma crise de pânico. A cidade me parecia uma prisão. Feia, cinzenta, sufocante. Vontade de fugir, de ir embora e nunca mais voltar. Ante a minha desorientação, meu pai teve o bom senso de não dizer nada e concordou com que eu fosse para Paris dar continuidade aos estudos que tinha iniciado em Marselha. Abriu uma conta bancária para mim e depositou uma parte do dinheiro que os franceses lhe tinham dado. Era uma quantia considerável, ainda mais engordada pelas remessas que a sra. Lefranc passou a me enviar depois do divórcio. Essa ida para Paris foi uma grande virada para mim. Finalmente eu era independente, livre dos meus remorsos em relação aos meus pais. Estava decidida a tirar o melhor partido possível disso. Nem podia imaginar o grande fracasso que me esperava anos depois, com o pintor.

Em Paris, confesso, eu logo tive namorados, flertes. Mas me mantinha casta, queria chegar virgem ao casamento. Vá saber por que uma garota rebelde como eu, que tinha passado por momentos difíceis na vida, fazia tanta questão de manter o hímen intacto. A tradição, os costumes eram mais fortes que eu.

Meu futuro marido nunca veio a saber de nada disso. Eu nunca quis lhe contar, e ele, por sua vez, raramente me fazia perguntas sobre esse período da minha vida. Talvez considerasse que o que tinha acontecido antes do nosso encontro pertencia à pré-história, à jahilia [ignorância], como se costuma dizer em referência aos séculos anteriores ao advento do islã.

Só voltei a ver a sra. Lefranc uma vez. Ela estava num abrigo para idosos. Na verdade, não estava muito velha, mas não tinha mais ninguém para cuidar dela ou lhe fazer companhia. Apertou-me em seus braços e eu percebi que ela estava chorando. Ao me despedir, ela me entregou uma malinha. Disse-me: "É para abrir no dia do seu casamento." Mas eu não resisti. Mal cheguei em casa, abri. E fiquei impressionada ao encontrar joias,

FELICIDADE CONJUGAL

fotos, uma caderneta de endereços, alguns deles riscados, um vestido marroquino que ela devia ter comprado na *kissaria* de Rabat, e, por fim, uma carta fechada a ser enviada ao tabelião Antoine, no nº 2 bis da rue Lamiral etc. Eu não a abri. Guardo-a até hoje numa pasta. Um dia, vou procurar o tabelião Antoine...

O MANUSCRITO SECRETO

Vocês devem estar se perguntando como eu tomei conhecimento da existência do manuscrito que acabam de ler, e ao qual vou responder ponto por ponto. Eu o roubei. Sim, roubei. Eu sabia que o melhor amigo de meu marido, escritor amador, estava aprontando alguma coisa. Mas desconfiava que haveriam de esconder o fruto de seu trabalho. Comecei, então, a espioná-los pacientemente, dando um jeito para que não percebessem nada. Eis como foi que eles fizeram. Durante cerca de seis meses, o amigo fazia uma visita discreta, muito cedo pela manhã. Conversavam demoradamente, depois o outro abria seu computador portátil para dar forma à conversa. Quando ficava satisfeito com o resultado, ele imediatamente imprimia as páginas dessa curiosa biografia e as levava para o cofre do ateliê, do qual eu não tinha, claro, o segredo nem a chave. Um mês atrás, aproveitei o dia em que meu marido foi à clínica para fazer exames e chamei um chaveiro, que abriu o cofre para mim. Perfeitamente normal, estou em minha casa, nenhum chaveiro se recusaria a abrir um cofre cuja chave foi perdida ou do qual se esqueceu o segredo. Peguei tudo que encontrei, fiz uma verdadeira limpa. Antes de se despedir, o chaveiro me disse que escolhesse um segredo. Sou atualmente a única que pode usar o cofre. O manuscrito estava numa pasta com a inscrição "confidencial" em vermelho, e eu me regalei. Li e anotei tudo numa noite. Fiquei louca de raiva, mas meu desejo de vingança pela primeira vez adquiria toda a sua legitimidade. O amigo dele não voltou mais. Creio que ficou gravemente doente. Minhas orações deram fruto.

Quando se deu conta do que eu tinha feito, meu marido não reagiu. Tive a impressão de ouvi-lo protestar sozinho. Cheguei com um chá, que ele se recusou a tomar com um sinal dos olhos, e depois deu a entender que queria ficar sozinho. Ao sair, deixei cair de propósito um pote de tinta numa tela inacabada. Confesso que depois lamentei esse gesto mesquinho. Estraguei uma obra que um dia poderia me render muito dinheiro. Mas o que fazer?... Nem sempre fazemos aquilo que deveríamos. Comigo, o instinto sempre leva a melhor sobre a razão.

Foulane tinha uma coleção de manuscritos árabes raros. Orgulhava-se disso, mostrando-os aos visitantes e falando a respeito com eloquência. Aproveitei uma manhã em que ele fora à clínica para um check-up e os roubei. Deixei-os na casa de Lalla, que tem um grande cofre. Algum dia vou usá-los como moeda de troca. Fiz com que ele ficasse sabendo do desaparecimento, o que o deixou enfurecido. Ele ficou vermelho, todo o seu corpo tremia, como que sacudido por uma crise de epilepsia. Postei-me diante dele, saboreando a vitória, e disse-lhe:

— Agora você vai pagar. Não vou mais deixá-lo em paz. É apenas o começo da minha vingança. Nunca mais voltará a ver os seus tesouros. No dia em que botar fogo neles, vou levá-lo para assistir à destruição! Você estará preso a sua cadeira e não poderá fazer nada.

Vou narrar os acontecimentos na ordem, como num relatório de polícia. Sem exaltação, sem sentimento, sem concessões. A leitura desse texto me deu uma energia que eu não suspeitava ter. A guerra me faz bem. Sinto-me reviver. Eu mato e estou sempre afiando minhas armas. É uma luta mortal. O que é normal, depois de ler tudo o que ele fez e disse, não tenho o menor escrúpulo de apressar sua morte. Não sou muito culta, não tenho grandes diplomas, não sou sofisticada, sou natural, direta, sincera. Detesto hipocrisia. Não fico enrolando as coisas em veludo ou seda. Deixo isso para a família dele. Vamos então aos fatos.

Espero que tenham notado que em momento algum sou mencionada pelo prenome ou pelo nome de família nesse manuscrito. Para ele, eu não sou nada, apenas vento, um pouco de umidade numa vidraça, nada, nem mesmo um fantasma. Antes dele, seu pai tampouco jamais dizia o nome da mulher. Chamava-a simplesmente de "mulher", e ela vinha. Pois muito bem, vou fazer o mesmo. A partir de agora, vou chamar meu marido de "Foulane", palavra que serve em árabe para designar um "indivíduo qualquer". Sei que parece um pouco desdenhoso, pejorativo, digamos. "Foulane" é qualquer um, o primeiro que aparecer, um homem entre muitos outros, sem qualidades especiais.

Quando falamos depressa, engolimos o "ou" e dizemos "Flane", aquele de quem não conhecemos o nome nem as origens. Mas o fato é que foram suas origens que levaram ao fracasso de tudo. Quantas vezes ele falava da importância das raízes, assumia uma pose de filósofo e dizia: "Nossas raízes nos acompanham aonde quer que vamos; elas nos revelam, nos desvendam e traem nossas tentativas de parecer o que não somos." Um belo dia, eu entendi que, por trás dessa lenga-lenga, ele estava falando mal das minhas origens camponesas: filha de imigrantes pobres e analfabetos. Ele não gostava dos pobres. Dava esmolas com ar de nojo. Dava dinheiro ao motorista para ir ao cemitério onde estão enterrados seus pais e distribuir dinheiro aos mendigos. Às sextas-feiras, pedia à cozinheira que preparasse um grande prato de cuscuz para os carentes. Desincumbia-se de seu dever de bom muçulmano. Com isso, ficava com a consciência tranquila para pintar telas nas quais copiava fotos, dando-lhes desavergonhadamente o título de "Favela I", "Favela II" etc.

Esse romance — as páginas que eu li aparentemente constituem um romance, pelo menos é o que ele ou seu amigo, o escriba, escreveu na primeira página sob esse título ridículo, *O homem que amava demais as mulheres* —, que pretendia ele fazer com esse romance? Publicá-lo? Mas para quê? Quem leria essa trama de mentiras, essa enorme palhaçada? Tudo nele é falso, a começar pelo título, grosseira imitação do filme de Truffaut *O homem que amava as mulheres*. Foulane limitou-se a botar um grão de sal, acrescentando o "demais" para bancar o esperto. Já seu amigo está longe de ser um grande escritor. Publica seus livros por conta própria, ninguém os compra e ele os empilha na garagem

O manuscrito dos dois não passa de uma longa sucessão de inverdades e alegações, cada uma mais inaceitável que a outra. Chegando à última página, ficamos aparentemente com a convicção de que eu sou inteiramente responsável pelo seu acidente cerebral. É horrível insinuar tal disparate. Irresponsável e criminoso, não? Eu sou esperta, talvez inteligente, embora ele nunca quisesse reconhecê-lo, mas criminosa, não, certamente que não!

Quando o conheci, ele já sofria de enxaqueca, hipertensão arterial aguda, taquicardia e outros problemas de ordem nervosa. É hereditário, não tenho nada a ver com isso. Vocês terão notado que antes de relatar a cena que antecedeu seu acidente vascular — cena que só existiu em sua imaginação de artista embriagado pelo sucesso, devo esclarecer — ele me dedica algumas belas páginas, chegando até a dizer que me ama. Mas não acreditem em nada disso, ele era incapaz do menor cumprimento, nem uma palavra gentil pela manhã nem um gesto de ternura ao se deitar, nada, vivia no seu mundo e eu tinha de existir a sua sombra, fazer-me bem pequena a sua sombra. Ah, essa sombra onipresente, pesada, negra, ela me seguia por toda parte, me assediava, debruçava-se sobre mim e me enregelava; prendia-me no meu canto. Uma sombra não fala. Ela paira, ameaça e esmaga. Pela manhã, eu me levantava esgotada, esvaziada; tinha sido perseguida pela sombra a noite inteira. Não tinha ninguém com quem me confidenciar e, além do mais, quem teria acreditado em mim? Perseguida por uma sombra? As pessoas teriam me considerado louca, o que seria muito conveniente para meu marido. Dizer uma palavra doce devia ser muito difícil para ele. Então, ele se abstinha, fechava-se e, quando queria fazer amor, esticava a mão para esfregar meu joelho. Era o sinal, sua maneira terna de pedir que me preparasse

FELICIDADE CONJUGAL

para recebê-lo, como se eu estivesse ali à sua disposição, sempre pronta, disponível o tempo todo, pois Foulane tinha pressa, para não perder a ereção. Sim, tinha pressa de cumprir seu dever higiênico. Ele me penetrava forçando um pouco, ia e vinha em mim, como uma máquina programada por alguns minutos, e depois perdia a força como um brinquedo cujas pilhas acabaram.

Nunca me ofereceu rosas, por exemplo. Dar flores é uma coisa simples, algo que dá prazer, diz alguma coisa. Com ele, nada de flores. Não era a sua linguagem. Nunca a menor atenção. De vez em quando, voltando de uma viagem, como se quisesse ser perdoado, ele me dava uma joia, um colar ou um relógio. Mas dava um jeito de eu acabar descobrindo o preço de alguma forma. Ele era assim, mesquinho, pequeno. Vivia no seu mundo, em sua bolha de artista de sucesso, só que se esquece de dizer que o sucesso chegou a partir do momento em que nos conhecemos. Ele nunca admitiu que sua vida e sua carreira prosperaram com o nosso casamento. Eu lhe dei estabilidade, inspiração, e acredito até mesmo ter contribuído muito para a mudança radical do seu estilo. Antes de nos conhecermos, suas telas tinham um realismo banal, sem alma, sem imaginação. Ele copiava o que via, como uma fotografia melhorada. Mas, como sabem, ninguém podia dizer isso, pois ele ficava furioso. Comigo, ele ousou se afastar desse estilo e de suas técnicas. Suas telas tornaram-se vivas, loucas, ricas, humanas. Ele nunca teve a honestidade de reconhecer o que minha presença lhe proporcionava, o que minha sensibilidade lhe oferecia. Quando morávamos em Paris, eu cuidava da casa, dos filhos, de tudo; ele se fechava no ateliê, que ficava num outro bairro. Ateliê? Sim e não. Eu sempre soube que ele usava aquele lugar para receber mulheres, putas ou jovens inocentes que ficavam embasbacadas com suas telas. Um dia, perguntei-lhe: "Por que você botou uma cama no ateliê?" "Naturalmente para que o artista possa descansar", respondeu ele. Mas não descansava sozinho. Sempre havia, entre os conhecidos, uma ou duas mulheres dispostas a entrar num táxi e ir ao seu encontro para que fizessem, juntos, o que ele chamava de sesta. Tudo isso eu sabia e fazia um esforço sobre-humano para não ir até lá e provocar o escândalo que qualquer esposa normal teria provocado. Eu era uma boba, uma ingênua. Eu não tinha medo do que poderia descobrir, nunca tenho medo, é um sentimento que não conheço. Não, simplesmente não queria incomodá-lo; sim, eu tinha esse cuidado, sabia que ele trabalhava muito e não queria invadir seu ateliê, pois sabia que minha raiva seria terrível e dificilmente controlável. Mas um dia, quando ele estava viajando, eu me dei conta de que tinha esquecido as chaves em sua pasta. Não pude resistir à tentação de visitar aquele antro onde ele me enganava o ano inteiro. Abri a porta, meio sem jeito, estava tremendo um pouco, preparando-me para receber na cara os respingos de uma realidade que eu me recusava a ver. A cama estava desarrumada, uma tela tinha sido começada; na mesinha, uma garrafa de vinho pela metade, duas taças, uma delas com marca de batom. Resumindo, o cenário clássico e banal do adultério em todo o seu esplendor, ainda por cima com um frasco do meu próprio perfume, com o qual ele devia aspergir sua vítima para ficar em território conhecido. Fui direto ao lixo, guiada pelo instinto, e encontrei dois preservativos cheios de esperma. O imbecil, em vez de jogá-los no vaso sanitário ou levá-los num papel para jogá-los fora do ateliê, deixava para trás provas irrefutáveis. Eu queria recolher um pouco do material num frasco e entregá-lo a um dos meus feiticeiros, mas como fazer? Esperma do Senhor! Ideal para uma poção destinada a deixar impotente. Abri, em seguida, suas gavetas. Cartas de amor quase pornográficas, fotos de todos os tipos, presentes, flores secas entre duas folhas com as marcas de uma boca franzida e perfumada com Chanel nº 5. Sentei na sua poltrona, acendi um cigarro, abri uma garrafa de vinho (muito melhor do que as que ele levava para casa) e comecei a pensar. Não podia fazer como se aquela visita e aquelas descobertas não tivessem ocorrido, não poderia perdoá-lo, esquecer o que vira e aceitar viver com um homem que levava sua verdadeira vida naquele buraco podre. Reagir. Calmamente. Reagir para pôr fim àquela situação anormal. Ele zombava de mim, desde o primeiro dia. Eu sabia disso, mas agora todas aquelas provas me davam vontade de vomitar. Eu tinha de passar à ação o mais rápido possível. Pensava: "Para variar, vou me comportar de maneira planejada e racional. O vinho é bom, estou calma, preciso decidir exatamente o que vou fazer. Já estou vendo meu marido de volta, com seu sorriso no canto da boca, sua pança à frente, seu ar cafajeste, sua arrogância, e tenho vontade de lhe furar os olhos, ou melhor, de cortar-lhe as mãos, como fazem com os ladrões na Arábia Saudita. Um pintor sem mãos, nada mau! Não, é melhor atacar as partes genitais. Não há grande coisa para cortar, mas ele precisa sentir dor. Bom, vamos parar de delírios, não vou derramar sangue nenhum. A melhor coisa a fazer é ficar em silêncio sobre o que acabo de descobrir para melhor destruí-lo quando eu houver criado as condições para isso. Não sei se conseguirei ficar calada. Tenho sangue quente. Mas uma coisa é certa, ele não vai me tocar mais. Inicialmente, vou enchê-lo desse medo; ele vai viver com esse medo a corroê-lo por dentro, terá uma vida cheia de buracos causados pelo medo. Eu passei os dez primeiros anos de vida tentando me curar desse sentimento; era uma questão de vida ou morte, de modo que sei bem o que é isso, posso dizer até que é a minha especialidade. Passei sede e fome, sei o que é a seca, a sobrevivência na canícula, a sobrevivência no frio glacial, a sobrevivência lutando contra víboras, escorpiões, hienas... Eu não tinha escolha. Fui capaz de domar o meu medo e hoje sei transmiti-lo aos animais e aos seres humanos."

Juntei tudo que encontrei e procurei um advogado no intuito de perguntar se seria suficiente para pedir o divórcio. Também liguei para a minha mãe, que se propôs a viajar para o sul do Marrocos a fim de conversar com um dos nossos antepassados, dotado de poderes extraordinários. "Ele saberá como punir Foulane. Na nossa família, o que vale é a solidariedade." Todo mundo ficou sabendo. Era preciso lavar a afronta, a vergonha. Ele tinha de pagar. Um dos meus irmãos propôs que rasgássemos suas telas, outro, que mandássemos dois capangas para lhe dar uma lição. Eu neguei. Essa história tinha de ser tratada por mim, e apenas por mim!

Ao voltar de viagem, Foulane fez cara de cansado, ah, sua famosa enxaqueca. Perguntei aonde fora, e ele respondeu: "Você sabe muito bem, a Frankfurt, para negociar a próxima exposição com a galeria Impact. Foi muito difícil, a cidade não é bela, as pessoas são gentis, mas eu me apressei porque só tinha vontade de voltar para casa. Bom, que temos para jantar?"

FELICIDADE CONJUGAL

Sem hesitar, eu respondi: "Camisinhas inglesas em molho branco podre, com cabelos de anjo misturados a suor e algumas gotas de Chanel nº 5."

Ele não achou graça. Ficou imóvel em sua poltrona. Pegou uma revista que estava no chão e começou a folheá-la. Eu, então, joguei-lhe um grande copo d'água na cabeça, teria preferido um copo de vinagre, mas era o que tinha à mão. Eu detesto quando alguém não reage. Ele se levantou, enxugou o rosto mantendo a calma e saiu. Cinco minutos depois, voltou, sempre calmo e calado, pegou algumas coisas, meteu-as na mala que ainda não tinha desfeito e saiu de novo.

Mais tarde, telefonei para o ateliê, xinguei-o, em lágrimas, e ameacei processá-lo. Na verdade, eu dizia qualquer coisa. Estava mal, muito mal. A traição é uma coisa terrível, uma humilhação insuportável. Inaceitável. As crianças me ouviram gritar e chorar. Vieram até a minha cama e dormiram ao meu lado, murmurando: "Mamãe, nós te amamos."

Ele viveu três meses no ateliê, seu bordel, para ser mais exata. Recebeu uma carta do meu advogado para lhe causar medo. Tampouco isso ele se dá ao trabalho de contar em seu manuscrito. Até que, um belo dia, como eu ainda o amava, sim, confesso, acabei cedendo e fui ao seu refúgio e me deitei na cama. Lembro-me muito bem, ele estava vendo um filme na televisão, não me rechaçou, nós fizemos amor sem dizer uma palavra e, no dia seguinte, eu o tinha recuperado, ele voltou para casa e tudo recomeçou entre nós. Grave erro. Minha mãe desaprovou. Teve de voltar aos cafundós do Marrocos para suspender as providências do grande antepassado. Mais valia recuperar aquele marido em bom estado, disse-me ela.

Eu achava que Foulane tinha entendido, que passaria a se comportar corretamente. Mas ele logo retomou seus hábitos de solteiro, sem se preocupar com o que eu podia sentir. Viajava, saía à noite para jantares "de trabalho"; voltava tarde, e eu sentia nele o perfume de outras mulheres. Eu não dizia nada, engolia sapos. Olhava para os meus filhos e chorava em silêncio. Quando ele dormia com outra mulher, sempre corria para o banheiro e tomava uma ducha. Normalmente, tomava uma ducha pela manhã, como todo mundo. Quando eu tentava me aproximar, ele não tinha ereção. Toda a sua energia tinha sido bombeada por outra. Estava com os colhões moles, a pica em péssimo estado. Esvaziado, completamente esvaziado. Era inadmissível! Eu suportei tudo isso durante anos. Não tinha coragem de fazer o mesmo. Minha moral, meus princípios, minha educação não me permitiam enganá-lo. Na nossa terra, uma mulher que engana o marido não tem mais direito nenhum, fica malvista até se for vítima de um esposo violento e mentiroso. Todo mundo na aldeia conhecia a história de Fatna, a única mulher da tribo que ousara ter um amante. Ela foi expulsa da aldeia. Viveu alguns anos mendigando nas ruas de Marrakech até se atirar debaixo das rodas de um ônibus perto da praça Jamaa el Fna. Pobre Fatna! Que Deus a tenha e a perdoe!

Eu também gostaria de ter tido aventuras, vários amantes, mas em momento algum minha alma, meu orgulho, meu amor-próprio me permitiram. Minhas amigas me estimulavam, me incitavam a me vingar, a devolver cada traição quintuplicada, mas eu resistia. Nem sequer me sentia atraída por outros homens.

Eu amava meu marido e não queria me entregar a mais ninguém. Homens belos, interessantes, livres e generosos me cortejavam. Eu os rejeitava, os rechaçava, mesmo me orgulhando de exercer tanta atração. Eles me diziam: "Você é muito sedutora, você é bela, e seu marido a deixa de lado, é um crime a ser punido com o amor, com outros amores."

Eu o amava e não demonstrava, questão de pudor. Meus pais nunca se beijaram diante de nós, não diziam palavras de ternura um ao outro. Mas o que é então esse amor? Ele foi o primeiro homem da minha vida; não estou contando o período em Marselha, no qual eu não me sentia eu mesma. Antes, eu apenas tinha flertado com amigos, nada mais. Ele me intimidava, me dominava. Era preciso inverter a relação, e eu, então, ousei desafiá-lo, derrubá-lo de sua posição. O que eu gostava nele era a maturidade, a experiência, a fama. Eu o queria para mim exclusivamente, o que é normal, nenhuma mulher aceita dividir seu homem. Para mim, uma mulher que dorme com um homem casado é uma perversa, uma puta, uma vadia. Eu as conheço muito bem e as desprezo. Já me aconteceu de arquitetar planos dignos de um *serial killer* contra esse tipo de mulher, preparando minuciosamente as diferentes etapas do crime. Sim, eu agiria com toda a calma, levando-as a cair numa armadilha e desfigurando-as uma após a outra. Adorava imaginar a cena nos menores detalhes, como abordá-las, como despertar a confiança delas e, sobretudo, como não deixar o menor traço, o crime perfeito. Uma mulher *serial killer*! Sonhei com isso, mas é claro que não botei em prática.

Não vão acreditar, mas eu nunca enganei Foulane. Isso ele sabe perfeitamente, e é estranho que no seu "romance" deixe pairar uma dúvida sobre minha fidelidade. É muito descaramento suspeitar de mim! É verdade que eu saía muito com as amigas, e que, como ele estava sempre viajando, poderia perfeitamente enganá-lo. Mas nunca ultrapassei essa fronteira. Hoje, confesso que lamento. Eu fui uma pobre imbecil, presa a princípios que me penalizavam. Pensava em Fatna, mas nós não estávamos na aldeia da virtude. Na época, vivíamos em Paris, tínhamos uma vida social, saíamos com frequência, ele estava muito em voga e eu o seguia, era a coisinha bonita que o acompanhava. Durante uma recepção no Eliseu, ele foi capaz de me dar as costas exatamente no momento em que falava com o presidente. Contra toda expectativa, François Mitterrand interrompeu de repente a conversa e se dirigiu a mim com um grande sorriso. Perguntou de onde eu vinha, o que estava estudando. Quando lhe disse que eu era a esposa do artista com o qual ele acabava de falar, ele me disse: "Oh! Agora eu sei, você é a sua musa!" Sim, era isso. Eu era sua musa, sua escrava, sua coisa, sua coisinha bonita, que ele exibia nas recepções. No início, eu ficava incomodada, mas depois me acostumei. Ninguém podia me causar complexos. Eu sabia quem era e o que valia. Não precisava fingir, bancar a hipócrita, como as cunhadas dele, todas traídas, insatisfeitas, grandes, gordas, sem charme. Elas ficavam se pavoneando nos casamentos, e eu, isolada no meu canto, era a estrangeira, a desprezível. Era a mancha condenável no ambiente límpido de uma sociedade acostumada à hipocrisia e às aparências.

A lista das humilhações que sofri é longa. Estou contando tudo, não invento nada, o meu negócio não é fazer romance. Estou desabafando, esvaziando o saco, que já estava cheio e começava a cheirar mal. Já ele gosta de arrumar as coisas; sobretudo,

FELICIDADE CONJUGAL

nada de escândalo, nada de barulho, o negócio é se acalmar e ser flexível. "Um olho que vê e outro que não vê", como diz Foulane. Mas eu sempre tive os olhos bem abertos. Não sou flexível, jamais serei. Ser flexível é o quê? Aceitar tudo e baixar a cabeça? Não, isso nunca!

NOSSO CASAMENTO

Voltemos ao início. Nosso casamento. Que desastre! Ah, aquela sexta-feira de abril, haverei de me lembrar pelo resto da vida. Todas as noivas se lembram desse dia com felicidade, menos eu. Aquela sexta-feira ficará eternamente marcada como um dia negro, um dia triste, um dia em que eu chorei muito. As jovens noivas choram por tradição, por deixarem sua família para entrar numa outra, mas eu chorava porque deixava minha família para uma inimaginável descida aos infernos.

Vou descrever o cenário.

Meus pais tinham alugado uma casa de festas nas imediações de Casablanca. Tinha saído muito caro para eles. Queriam fazer bonito diante da família do noivo, intimidados com suas origens citadinas. Essa gente de Fez se achava superior a todos os outros marroquinos. Eles olham o resto do Marrocos do alto, como se só houvesse a sua cultura, como se as suas tradições tivessem de ser adotadas por todo mundo, como se todo o Marrocos tivesse de cozinhar como eles, vestir-se como eles, falar como eles. Sua intolerância é natural, seu desprezo, ostensivo; eles não são maus, apenas cínicos. Meus pais não queriam aquele casamento por todos esses motivos. Meu pai, que falava pouco, disse a minha mãe, que repetiu para mim: "Nós não somos para eles, eles não são para nós." E acrescentou: "Não estou certo de que nossa filha possa ser feliz nessa família. Tudo bem, a rigor, que o marido seja mais velho que ela, mas sua família me dá medo, eu jamais saberia como recebê-los nem como me comportar, são pessoas de outro mundo, e nós somos gente simples, sem pretensão. Seria até o caso de perguntar se acreditamos no mesmo Deus! Aí está, diga a ela que faça como achar melhor. Diga a ela que estou triste."

Lembro-me dessa conversa com minha mãe, eu não podia discordar totalmente dela, pois sabia que tinha certa razão. Mas já era tarde demais: eu estava apaixonada. O que significa estar apaixonada para uma garota que desde muito cedo conviveu com todas as formas de miséria? Eu pensava nele como se estivesse vivendo um conto de fadas moderno. Descartava os defeitos que se manifestavam, achava que aquele homem haveria de se mostrar à altura. Na verdade, o amor é uma invenção romanesca. Eu tinha lido vários romances que se passavam na Escócia no século XIX. Sonhava com aquelas paisagens chuvosas, aqueles personagens delicados, aquelas declarações cheias de poesia e promessas. Ficava me achando uma daquelas heroínas e acreditava nisso. A volta à realidade foi dura. Muito dura.

Lembro-me de que, certo dia, antes do noivado, ele estava me esperando em seu apartamento da rue Lhomond, em Paris. Eu tomara o trem e, chegando à estação Saint-Lazare, senti um nó enorme pesando no peito. Pela primeira vez na vida, senti medo. Entrei num café, pedi um chá e fiquei horas fumando, sozinha, pensando e vendo o filme da minha futura vida. Eu tinha certa capacidade de prever meu futuro. Mesmo apaixonada, não me iludia. Via que sua família não perdia a menor oportunidade de lembrar minhas origens e minha inadequação naquele ambiente familiar. Sabia que ele não haveria de me defender, que concordava com as ideias dos seus familiares. Via perfeitamente que estava cometendo um erro, mas pensava, como uma tola, que, se estava escrito que devia me casar com ele, eu haveria de me casar. Eu era jovem, muito jovem, sem experiência com os homens, também tinha lido romances franceses e me identificava com os personagens da pequena burguesia da província, simulando, como eles, uma vida interior intensa.

Foulane me esperava, mas eu não telefonei para avisar que estava atrasada, não tinha vontade de ir àquele encontro, pois sabia que, se desse aquele passo, estaria perdida. Quando meu maço de cigarros acabou, levantei-me, consultei os horários de retorno, não havia trem antes das dez e dez, eram oito horas da noite. Comecei, então, a caminhar, tomei o ônibus 21, desci no boulevard Saint-Michel e me dirigi para o seu apartamento.

Fazia frio, eu estava com um casaco leve, tiritando. Ele me enlaçou, me beijou, me aqueceu, cozinhou um peixe delicioso e depois fizemos amor. Era a primeira vez que eu me entregava a ele. No meio da noite, eu quis fumar, ele saiu de carro e foi comprar cigarros para mim. Aproveitou para trazer também brioches para o café da manhã. No dia seguinte, eu tinha aulas na universidade. Cheguei atrasada, e o professor de filosofia me convidou a ficar depois da aula. Deu a entender que gostaria muito que eu aceitasse jantar com ele qualquer dia da semana, exceto sábado ou domingo, quando ficava com os filhos, pois era

FELICIDADE CONJUGAL

divorciado. Por rebeldia e curiosidade, aceitei encontrar com ele numa sexta-feira. Seu plano era claro, ele queria que eu me tornasse sua amante. Era um belo homem, inteligente e muito sedutor. Eu rechacei suas reiteradas insinuações, depois me levantei para ir embora pretextando o horário do meu trem. Ele segurou a minha mão, beijou-a e disse: "Não se preocupe, vou levá-la." Por mais que eu explicasse que era longe, a trinta quilômetros de Paris, ele insistiu, querendo aproveitar o trajeto para tentar me convencer a desistir do casamento. Todo mundo sabia que eu ia me casar com um artista muito conhecido. Chegou até a ser anunciado num jornal.

Um mês depois, Foulane chegou à casa de meus pais, em Clermont-Ferrand, acompanhado de seis de seus amigos mais próximos, para pedir oficialmente a minha mão. Era um sábado, meu pai não estava trabalhando. As coisas correram bem, eu diria mesmo que melhor que a cerimônia de casamento. Seus amigos descobriram o que é uma moradia de imigrantes. Viram perfeitamente que éramos pessoas modestas. Isso nunca fora um problema para mim ou para Foulane. Ele sabia de onde eu vinha, mas eu não sabia de onde ele vinha nem como fora sua vida antes de me conhecer.

Uma semana depois, ele me apresentou a seus pais num grande restaurante parisiense. Tinha mandado as passagens aéreas e telefonou a um amigo do consulado da França em Casablanca, apreciador da sua pintura, que rapidamente conseguiu um visto para eles. Ouvi sua mãe dizer pelas minhas costas: "Não pode ser ela, não, não essa garota, ora essa... Ela nem sequer é branca..." Fingi que não ouvi. Eu tenho a pele morena, que se queima com facilidade ao sol. E sorri. Seu pai era mais simpático. Logo começou a fazer perguntas sobre minha aldeia, os bens do meu pai, as nossas tradições. Chegou a me perguntar: "É verdade o que dizem, que vocês são muito bons em feitiçaria?" Eu achei graça e respondi: "Não sei disso, não." No fundo, ele também desaprovava aquele casamento. Eu podia ver em seus olhos, na expressão do rosto; esse tipo de coisa a gente não consegue esconder. Não sei se ele falava sobre mim, mas várias vezes o ouvi dizer *"media mujer"* (mulher pela metade, em espanhol), expressão que costumava usar para se referir à baixa estatura de sua mulher. De outra feita, ouvi a palavra *"khanfoucha"* (besouro, em árabe). Estaria se referindo a mim? Eu tinha caído numa família de malucos! Gente que falava por insinuações, metáforas. Eu não estava acostumada a esse tipo de brincadeira. Meus pais não xingavam ninguém, não falavam mal de ninguém. As mulheres que trabalhavam na casa da minha sogra me chamaram num canto para me avisar que seria difícil, numa espécie de cumplicidade de classe. Uma delas me disse: "Sabe, menina, os Fassis não gostam da gente; não se pode fazer nada, eles se acham superiores e não têm a menor consideração pelos outros! Então tome cuidado, seu marido é bom, é um bom sujeito, mas suas cunhadas são terríveis!"

Eu podia ter dado para trás, cancelado o casamento e ido para casa. Tudo era possível. Não consigo entender o que foi que realmente me fez decidir arriscar nessa aventura perigosa. O amor, naturalmente. Mas até hoje eu me pergunto se realmente o amei com sinceridade. Ele me agradava, eu o achava sedutor, carismático, além do mais, era um artista, eu sempre quis chegar perto desse mundo mágico, o mundo dos músicos, dos escritores, dos pintores. Nada a ver com o mundo artificial da moda. Era como um sonho. Apesar desses sinais preocupantes, eu persisti na minha decisão e mergulhei de cabeça no casamento.

Na época, Foulane era todo suavidade, puro mel, atencioso, alegre, amoroso. Queria me agradar, ia até o outro lado da cidade para me comprar um presente. Tinha acabado com sua vida de solteiro, de paquerador. Em seu apartamento, ainda havia alguns traços. Um sutiã, uma camisola, sapatos de grife. Aproveitei a primeira oportunidade para jogar tudo no lixo dos vizinhos. Foulane nem sequer se deu conta de que os objetos tinham desaparecido. Pelo menos nunca me disse nada.

Numa gaveta, encontrei centenas de fotos, algumas de suas obras, outras dele nos braços de mulheres: louras, ruivas, morenas, altas, baixas, árabes, nórdicas... Pensei com meus botões: "Em que furada eu fui me meter! Por que eu? O que é que eu tenho que as outras não têm? Ah, já entendi, o sujeito chegou aos quarenta e precisa se acomodar, obedecer à mãe e fazer filhos, é isso, vou ser uma mãe de aluguel. Até ele me descartar por outra mais jovem."

Meus pais seguiram a tradição. O casamento foi celebrado no salão de festas. Ao chegar, atrasada, naturalmente, sua família ficou chocada, especialmente as mulheres. Como era possível que seu filho querido, o artista festejado, se casasse num salão de aluguel, como os imigrantes que voltam à terra? Eles se entreolharam com a mesma cumplicidade de que eu seria vítima por tanto tempo, fizeram cara de amuados e foram cumprimentar minha mãe e minhas tias. Os homens postaram-se do outro lado, no local onde os *adoules* celebrariam o ato. Foulane vestira uma *djellaba* branca, com pantufas que lhe saíam dos pés, estava constrangido, incomodado. Sentia que a massa nunca chegaria a ficar homogênea entre aqueles dois mundos. Estava desolado; desolado por sua família ser racista, por minha família ser tão mal-educada, por eu pertencer àquela tribo em que ninguém tinha aprendido as boas maneiras de Fez, pois, aos olhos deles, nossas boas maneiras não eram boas maneiras.

Confesso que os vestidos das mulheres da família dele — sua mãe, suas irmãs, sua tia, suas cunhadas, suas primas — eram lindos, caros e raros. Os que nós usávamos não podiam competir. Nós éramos modestas, mas estávamos orgulhosas. Por que nos envergonhar? Por sermos o que éramos? Nunca. Acho que ele nunca entendeu esse traço de caráter da nossa tribo. Mas temos muito orgulho. Temos nossa dignidade. Todo aquele aparato deles não nos virava a cabeça.

Chegou o momento da certidão. Eu tinha de dizer "sim" e depois assinar. Estávamos em duas salas diferentes, separados por uma porta. Eu apertava tanto o braço da minha mãe que a machucava, chorava como uma menininha que teve sua boneca roubada. Vi o pai de Foulane fazer uma careta, como se quisesse deixar clara sua discordância. Um amigo o segurava pela manga da *djellaba* para que ele não fizesse escândalo. Eu teria gostado tanto que o pai dele fizesse um escândalo; ele teria me salvado, e acho, sinceramente, que também teria salvado seu filho.

Assoei o nariz, enxuguei as lágrimas e disse um "sim" fraco em voz baixa; precisei repetir, depois cobri a cabeça e assinei a certidão da minha escravidão, do meu sequestro, da minha humilhação.

Os homens rezaram para que aquele rapaz e aquela moça fossem abençoados por Deus e por seu Profeta, para que se mantivessem no caminho do islã, tivessem fé, a alma limpa de toda impureza, e que se mostrassem dignos da felicidade que Deus lhes reservava!

Ergueram as mãos dadas para o céu, recitaram versículos do Corão e, então, se cumprimentaram, para, em seguida, desejar aos respectivos pais uma vida feliz e próspera.

A orquestra da nossa aldeia tocou boa parte do nosso patrimônio musical. O pessoal da minha família cantava e dançava. Os da família dele estavam rígidos em suas belas roupas. Sua tia me fez sinal para que me aproximasse e perguntou: "Por que estão tocando a mesma coisa desde o início?" Como lhe explicar que os músicos tinham tocado pelo menos vinte canções diferentes? Em seguida, mandou que eu me sentasse ao seu lado e disse: "Você sabe com quem está tendo a sorte de se casar? Sabe para qual família está entrando? Por que você não fala direito o árabe? Que sotaque é esse? Você é marroquina ou meio francesa? Bom, terá de ir à minha casa em Fez, vou lhe ensinar a cozinhar, a se comportar e a responder quando alguém fala com você."

Fiquei petrificada. E caí na gargalhada, um riso nervoso. Chorei de tanto rir e não sabia mais se eram lágrimas de felicidade ou de arrependimento. Raiva reprimida. Ódio controlado. Eu não respondia, baixava os olhos e ficava olhando para o chão como uma louca, uma desvairada.

* * *

O jantar foi servido tarde. As mulheres não gostaram da nossa culinária. Os pratos mal eram tocados e voltavam para a cozinha. Os homens comiam normalmente. Meu pai, que não tivera tempo de se trocar, estava muito cansado. Minha mãe, pobrezinha, estava infeliz. Minhas tias me olhavam com uma insistência que significava "bem feito para você!". De longe, eu observava meu marido e percebia sua tristeza. Ele não sorria, não comia. Talvez estivesse com vontade de fugir. Teria nos prestado um serviço.

Por volta das quatro horas da manhã, ele me levou, como é o costume. Seu amigo nos deixou em nosso hotel. O quarto não havia sido bem-arrumado. Não havia flores, nem chocolates, nem um cartãozinho de felicitações. Dessa vez, a culpa não era de Foulane, mas do hotel, que não merecia suas cinco estrelas. Nossa noite de núpcias começava sob mau augúrio. Havia até pontas de cigarro no vaso sanitário. A quem recorrer àquela hora? No dia seguinte, ele escreveu ao gerente uma carta indignada de protesto. A festa acabara. Na verdade, nem sequer houvera uma festa, apenas uma cerimônia para se descartar daquela obrigação.

Um amigo fotógrafo tinha passado a noite tirando fotos nossas. Meu marido mandou ampliar algumas. Elas foram penduradas no salão do nosso primeiro apartamento em Paris. Os visitantes ficavam extasiados: "Puxa! Parecem as *Mil e uma noites*! Como a noiva está linda! Como é jovem! Você é maravilhosa, querida, deve ter sido uma cerimônia esplêndida, por que não nos convidaram? Que pena! Um grande casamento marroquino! Que linda festa! E essa felicidade toda nos olhos de vocês!"

* * *

Nem todo mundo é capaz de ler uma foto. Quantas vezes tive vontade de dizer: "Mas vocês estão completamente enganados! Não foi uma festa, mas uma obrigação, um mal-estar generalizado, uma noite em que ninguém estava satisfeito, ninguém sentia estar no lugar apropriado, em que se festejava um grave erro com tambores e flauta berbere, um erro monstruoso. O que vocês estão vendo nos nossos olhos é uma enorme tristeza, um profundo arrependimento, uma fatalidade que nos esmaga."

Nós sempre demos a impressão de ser um casal feliz. Quem não nos conhecia bem achava que éramos um casal-modelo. Eu tive de suportar essa imagem que não correspondia à realidade. Meu marido passou a mandar que ficasse calada quando eu estava à mesa com convidados. Permitia-se algo que jamais faria com outras. Certo dia, quando eu estava recebendo suas sobrinhas com os maridos, ele teve a audácia de traduzir em bom francês minhas palavras, dizendo que botava legenda no que eu falava! As pessoas achavam graça, achavam divertido ver como ele me tratava, e eu, como uma idiota, não fazia nada.

De outra feita, na presença de um pintor inglês também representado por sua galeria, ele se achou no direito de dizer que nunca viajava comigo porque gostava de andar sem bagagem, livre, sem ser atrapalhado por uma mulher que inevitavelmente lhe causaria mil problemas. O pintor não entendeu por que ele falava assim de mim. Como ele adotava um tom de brincadeira, limitou-se a rir polidamente. Outra vez, diante de um amigo músico que viera nos anunciar seu casamento, ele fez pilhérias sobre a estupidez do casamento, repetindo os aforismos sombrios de Schopenhauer.

Ele não só me faltava com o respeito em público como também jamais me defendeu quando sua família me atacava. Talvez até reforçasse esses ataques, alimentando a rejeição, para não dizer o ódio deles.

Assim foi que nosso casamento começou mal, continuou mal e terminou mal.

DINHEIRO

Eis um tema complicado, doloroso. Basta que eu fale de dinheiro para que Foulane fique irado. Típico reflexo de avareza.

Com o tempo e a experiência, posso afirmar que esse artista, que ganha muito dinheiro, é avarento. Antes, eu dizia "econômico". Hoje, digo "avarento". Passei a vida economizando, procurando coisas menos caras, esperava sempre a época das liquidações para vestir as crianças. Tínhamos uma conta conjunta, mas ele nunca fazia depósitos, ou muito pouco. Eu estava sempre desprovida. Ele gostava de brandir a carta do banco em que lhe anunciavam que a conta estava zerada ou no vermelho. "Veja só, suas despesas vão nos arruinar!" Que despesas? Apenas o necessário, nada supérfluo, nada luxuoso. Minhas amigas compravam roupas de grife com o preço alto, e eu me virava com os saldos. Nunca usei um vestido de grife nem uma joia de valor.

Sempre que viajávamos, ele me dava uma pequena quantia e dizia, como se estivesse falando com um dos filhos: "Cuidado!" Ele não pagava nada, pois era sempre convidado. Mas me proibia de usar o frigobar, para não ter de pagar extras. Ainda por cima, mesquinho. Quando saíamos do hotel, ele fazia sempre a famosa cena porque eu tinha bagagens demais. Por mais que eu explicasse que era preciso vestir as crianças, ele respondia: "Pare com isso, por favor, sei perfeitamente que suas malas estão mais uma vez cheias de presentes para sua família, estou farto disso!"

Foulane não é um homem generoso. Estou dizendo isso, mas vocês não vão acreditar, pois ele deu um jeito de conseguir a reputação inversa. Ele conta tudo. Nada é gasto ao acaso. Em seu coração há uma calculadora. Nada lhe escapa. Ele me acusa de ser uma consumidora compulsiva, de não saber distinguir as cédulas, de acreditar que um cartão de crédito é uma fonte infinita de recursos, e diz que, de qualquer maneira, como trabalhei muito pouco, não conheço o valor do dinheiro e, sobretudo, nunca aprendi a contar.

Também acha que, se eu tivesse casado com um homem da minha condição, pobre como eu, teria sido mais feliz, mais realizada. Como é que ele pode saber?

Quantas vezes ele viajou sem deixar dinheiro. Precisei pedir emprestado a um amigo para pagar as compras e dar comida às crianças.

Ele tem contas bancárias por toda parte. Deu um jeito para que o produto da venda de suas telas seja depositado em contas fora do meu alcance. Um dia, descobri por acaso que ele tinha uma conta em Gibraltar. Uma negligência dele, um recibo de depósito. Eu tirei uma cópia e guardei, assim como já guardei também extratos bancários, talões de cheque, faturas e notas fiscais. Tirei cópias também de todos os documentos relativos aos bens que ele comprou na França, no Marrocos, na Itália e na Espanha. Desconfio até que ele comprou alguma coisa em Nova

York, mas não tenho provas. Meu advogado me pediu que juntasse tudo isso numa pasta, em caso de pressentir problemas. Basta que eu mande uma carta ao fisco marroquino e Foulane vai para o xilindró por alguns anos. Descobri outro cofre cujo segredo eu não conhecia. Chamei o chaveiro e disse que a senha não estava funcionando. Ele conseguiu abri-lo em meia hora. Encontrei lá dentro inúmeras coisas que ele escondia, dinheiro, joias, documentos de compra e venda, caixas de preservativos e até remédios para ereção. Fiquei pasma. Peguei tudo e escondi. Como viver ao lado de um homem com tantos segredos? Como engolir aquela vida dupla ou tripla? Em matéria de traição conjugal, eu estava bem-servida há muito tempo, só faltava descobrir o segredo de suas atividades econômicas. Como não confiava mais nele, comecei muito cedo a depositar dinheiro em uma poupança. Eu sabia que ele seria perfeitamente capaz de me abandonar, deixando-me sem um tostão. Então, eu inventava obras em casa, coisas para comprar para as crianças, e separava uma parte para a poupança. Um dia, ele se recusou a comprar para mim uma joia que eu queria. Na mesma noite, deu à irmã mais velha uma quantia enorme para que fizesse plástica nos seios e nas nádegas. Fiquei sabendo também que cedera sua parte na herança ao irmão menor, casado com uma bruxa que me detestava e que tentara me prejudicar de todas as maneiras, até mesmo me lançando um feitiço. Meu *taleb* confirmou. Anos depois, Foulane ainda estava ajudando o irmão e as irmãs, agora para comprar um esplêndido apartamento no litoral mediterrâneo.

A avareza de meu marido estava voltada exclusivamente contra mim e minha família. Devo reconhecer que com as crianças ele não contava dinheiro; mas um dia nosso filho menor disse-lhe: "Papai, nós somos ricos, podíamos comprar muitas coisas, por que você se priva? Os pais dos meus amigos não são tão ricos, mas eles têm os jogos eletrônicos mais modernos!" Eu sei que, por princípio, e nisso eu sempre estive de acordo, ele se opunha a que nossos filhos se transformassem em escravos dessas máquinas virtuais, mas não era apenas uma questão de princípio...

O dinheiro estava na origem dos nossos principais conflitos. Um dia, tive vontade de roubar uma de suas telas para vender. Infelizmente, não havia nenhuma pronta. Eu desconfiava que ele não as concluía de propósito, deixando para assiná-las no último minuto. Tomava suas precauções. Eu me comparava a outras mulheres do nosso meio, especialmente a esposa de um músico espanhol que deixava nas mãos dela tudo que tivesse a ver com dinheiro, contratos, vendas, direitos autorais. Um dia, ele nos disse: "Eu dou concertos e ela recolhe a grana!" Nós tínhamos outro amigo, um escritor famoso e rico, que também entregava tudo à mulher; nunca tinha dinheiro nas mãos; era sempre a mulher quem pagava as contas.

No início, eu não queria cuidar dos negócios dele, queria apenas não ser relegada à última fileira, numa cadeira extra, como se eu não fosse nada, como se não contasse para ele. Mas Foulane confiava mais no seu agente (que roubava dele) do que na esposa. E assim eu via o patrimônio dos meus filhos se evaporar. Precisava reagir, estancar a hemorragia. A família dele, seu agente e os amigos viviam praticamente às nossas custas. Para mim, era inadmissível. É que Foulane é fraco, ingênuo e sempre se deixou enganar pelo primeiro que aparece. Quantas vezes não o adverti contra um de seus supostos amigos, que

FELICIDADE CONJUGAL

o lisonjeava, o seduzia com palavras e gestos nos quais ele não enxergava a intenção oculta, o objetivo inconfessável. Foi assim que lhe foram roubados não só quadros, mas também dinheiro, por um deles — o homenzinho que, em seu manuscrito, ele diz ver em alucinação —, que se revelou depois um especialista em golpes internacionais, sujeito pérfido, astuto, de riso histérico e olhos brilhantes, às vezes vermelhos de inveja e ciúme. Esse sujeito tinha pretensões artísticas, pintava, e ninguém comprava seus borrões. Ele, então, abriu uma galeria em Casablanca, expôs obras de Foulane e vendeu tudo. Pouco depois, abriu falência e meu marido foi roubado com todas as letras. Essa história chegou a ser contada na imprensa, mas o vigarista tinha mudado de profissão e abrira uma agência de viagens especializada na peregrinação a Meca e na Omra, pequena peregrinação feita ao longo do ano. Ele vendia aos pobres uma viagem organizada, e na hora as pessoas descobriam que tinham sido enganadas, não encontravam nada do que lhes fora prometido. De volta, impossível reclamar, encontravam a agência fechada ou então ocupada por um açougue ou um armazém. Esse vigarista era seu amigo, e ele não se dava conta de que estava preparando um golpe. E dizer que foi meu marido que lhe adiantou dinheiro para abrir sua galeria... Eu sempre desconfiei desse sujeito, mas Foulane não me ouvia, dizendo: "Você tem ciúme dos meus amigos, quer me separar deles" etc.

Por isso é que o dinheiro gerava brigas entre nós. Um dia, eu lhe disse: "Você tem um sério problema com o dinheiro, devia se tratar." Ele me respondeu com uma frase que me fez chorar durante muito tempo: "Prefiro que esse dinheiro vá para o bolso dos meus amigos do que para o da sua família!"

Como se minha família precisasse da grana dele. Que vergonha! Foi então que eu entendi, definitivamente, que ele era doente e que sua família — quero dizer: eu e seus filhos — vinha depois dos amigos, dos irmãos e irmãs, das sobrinhas e dos sobrinhos, dos primos e primas.

Quando pedi divórcio, meses atrás, é verdade que estava decidida a me vingar, a recuperar o máximo para meus filhos, antes que a primeira mulher que aparecesse levasse tudo. Ele é incapaz de administrar a fortuna da família, por isso é que eu quis tomar a frente das coisas de uma vez por todas.

Ah, já ia esquecendo um detalhe: quando ele me dava um presente, raramente tinha sido pago por ele mesmo. O cinto dourado que muitas esposas marroquinas têm, ele não comprou para mim, foi sua mãe que me deu o dela. Eu queria um cinto moderno, escolhido por mim, para o meu tamanho e os meus vestidos. Não, ele pediu à mãe que me desse o dela, já que não o usava mais desde que havia adoecido nem comparecia mais a casamentos e festas. Eu nunca o usei. Nós nunca fizemos uma viagem de núpcias. Sempre por causa do dinheiro. Ele dizia que, como tínhamos a sorte de muitas vezes ser convidados a viajar ao exterior, devíamos considerar que era uma viagem de núpcias permanente. Ele chegava até a comprar uma passagem em classe executiva para suas nádegas sensíveis, e nós, eu e as crianças, viajávamos na classe econômica, pois ele não queria pagar o preço para nos oferecer o mesmo conforto. Dizia que, de qualquer maneira, como estávamos no mesmo avião, chegaríamos ao mesmo destino. "Vocês são jovens, eu não sou mais." Ele nunca dizia "estou velho" ou "idoso", era vaidoso e supersticioso.

Quando meu tio e a mulher foram morar numa de nossas antigas casas, que estava fechada, ele quis obrigá-los a pagar aluguel. Que vergonha! Que falta de respeito! Pedir dinheiro a meu pobre tio quando ele mesmo ganhava milhões. Ele estava nos prestando um serviço ao morar numa casa que teria perdido o valor se continuasse desocupada, ele exigia quantias de trabalhadores migrantes cujo salário mal passava do mínimo.

No restaurante, ele não me deixava beber vinho, a pretexto de que podia estimular meu alcoolismo nascente. Na verdade, estava economizando. Além disso, como bom marroquino, convencido da superioridade do homem sobre a mulher, ele não suportava me ver bebendo, achava que era um sinal de desobediência, um gesto de liberação. Eu, então, exagerava só o necessário para deixá-lo incomodado e revelar sua verdadeira face, de um aiatolá vestido como europeu.

Com os empregados, ele era extremamente generoso, pagava melhor do que ninguém, dava presentes, chegando a comprar do nosso guarda o carneiro do Aïd Kebir, a festa do sacrifício. Mas comigo ele calculava. Nenhuma de minhas amigas tem esses problemas de dinheiro com o marido. Eu tive muito azar. Mas é o meu destino. Precisava constantemente estar pedindo; na verdade, ele dava um jeito para que eu ficasse dependendo dele, de sua generosidade, como se fosse uma estranha ou um de seus filhos. Anotava tudo num caderninho e toda vez que eu pedia dinheiro ele o sacava, dizendo: "No mês passado você gastou tanto... É muito, é demais, ainda mais porque não lhe falta nada..." Um dia, eu arranquei esse caderninho das suas mãos, rasguei e joguei no lixo. Ele ficou me olhando, aterrorizado, como se eu acabasse de destruir cédulas de dinheiro.

Eu nunca quis facilitar as coisas para ele; fazia questão de contrariá-lo e escolhia os momentos mais delicados — por exemplo, quando ele estava trabalhando —, e aparecia no seu ateliê, pedindo dinheiro. Para ficar em paz, ele assinava um cheque. Certa vez, ele se esqueceu de escrever o valor. Eu tinha nas mãos um cheque em branco. Fiquei louca de alegria. Podia esvaziar sua conta. Comecei a fazer projetos. Corri até o banco e perguntei ao caixa se a conta tinha fundos. Ela respondeu que eu podia sacar até cem mil *dirhams*. Saí de lá com a bolsa cheia de notas. Sentia-me leve, pois minha bolsa estava cheia de grana, da grana dele! Paguei a viagem dos meus pais a Meca e comprei para mim um belo relógio e algumas outras coisas.

Também aconteceu de eu chamar o estofador, encomendar tecidos muito caros e dizer que mandasse a conta para meu marido. Era um estofador bom, mas que cobrava preços exorbitantes. Meu marido o detestava por esse motivo, mas acabava pagando os valores cobrados.

Apesar de sua desconfiança em relação a comerciantes de qualquer natureza, um dos primos conseguiu passar Foulane para trás. Ele havia encontrado um colecionador mexicano que queria comprar uma de suas mais belas obras. O mexicano chegou até a dar um adiantamento como garantia. O primo levou a tela, o mexicano pagou e Foulane nunca mais voltou a ver o primo! Um golpe bem astucioso! Foulane não confiava na minha família, mas era passado para trás pela sua... É essa a verdade.

SEXO

Vocês notaram que Foulane quase nunca fala da nossa sexualidade? Se forem perguntar por que, ele vai dizer que é uma questão de pudor. Mas, quando pinta uma mulher completamente nua, às vezes em posições dúbias, ele não tem a menor preocupação com o pudor. Só quando se trata da nossa vida sexual é que ele fica em silêncio. Em seu manuscrito, ele faz uma lista de suas conquistas, descrevendo as mulheres com muitos detalhes, fazendo-se passar por um Casanova ou um Don Juan de província e, de repente, começa a se queixar do esmorecimento de sua libido, por minha causa e por causa do acidente.

Prefere calar a respeito do que acontecia, ou melhor, do que não acontecia na nossa intimidade. Nós raramente fazíamos amor. Ele era brutal, tinha pressa de acabar e ejaculava sem sequer se perguntar se eu tinha gozado. Podia passar um mês sem que meu marido me tocasse. Devo dizer que tampouco eu tinha desejo por ele. Nós nos deitávamos, dizíamos boa-noite, ele lia um livro ou via um filme, levantava várias vezes durante a noite, comia uma fruta ou tomava um iogurte, acendia o abajur, xingava porque não conseguia dormir, mudava de posição e então, cúmulo da falta de consideração, começava a ouvir rádio. Eu ia dormir com as crianças, deixando-o sozinho com sua insônia. De manhã, ele se levantava de mau humor, bebia seu café sem dizer uma palavra, sem esboçar um sorriso, entrava no carro e ia para o ateliê, onde, segundo ele, tinha paz.

Eu sei que essa paz era acompanhada, que ele aproveitava esses momentos em que eu estava longe, cuidando das crianças, para dar suas voltas com mulheres da rua. À noite, voltava com o rosto cansado. Eu sabia por intuição que ele tinha feito amor, embora pudesse ser levada a crer que ele sofria de impotência sexual. Mas não, ele guardava sua energia e seus desejos para outras, para mulheres talvez casadas, talvez solteiras, mas que sempre esperavam um dia poder agarrá-lo.

A coisa acabou mal, pelo menos uma vez, com uma marroquina que cursava a Escola de Belas-Artes em Paris. Ela o havia procurado para se aconselhar, era vagamente aparentada à família de sua mãe, neta de uma prima. Tinha apenas vinte e dois anos e ainda era virgem. Dois meses depois desse encontro, ela apareceu grávida. Para salvar as aparências, teve de abortar imediatamente e, para dissimular a coisa, teve o hímen costurado numa clínica especializada. Foulane contou-me a história, mas se eximindo de dizer que era ele o responsável. "Preciso ajudá-la", disse, com ar de sinceridade, "pois seus pais são muito tradicionalistas, vão reagir muito mal, o amigo que a engravidou não tem um tostão, e além do mais desapareceu...".

Foulane pagou tudo. A moça saiu da clínica como se nada tivesse acontecido. Esperei passar um mês mais ou menos, telefonei e fui visitá-la levando uma garrafa de vinho, pois sabia que

FELICIDADE CONJUGAL

ela adorava vinho tinto. Bebemos e, já desinibida, ela começou a se abrir, contando todos os detalhes, como ele a possuía, como lhe mostrava posições que favoreciam o orgasmo, como ela o chupava, lambia seus pés, e imagino que o cu também. Chegou até mesmo a dizer que fizeram amor a três com uma italiana que estava de passagem, uma jornalista que viera para a Feira de Arte Contemporânea.

Ao me despedir, agradeci e perguntei se ela podia me fazer um favor: "Da próxima vez que for se encontrar com ele, me avise."

Infelizmente não houve uma próxima vez. Foulane tinha rompido com ela e não atendia mais aos seus telefonemas. Eu queria surpreendê-lo e confundi-lo. Mas será que ainda precisava de mais provas?

Que mulher aceitaria semelhante situação? Com a esposa, ele simula enxaqueca, com as outras, é uma performance atrás da outra!

É verdade que um dia eu lhe mandei uma mensagem dizendo que me sentia *frustrada financeira e sexualmente*. Ele não respondeu.

Muitas vezes minhas amigas me contavam suas noites com seus homens, e eu ficava calada, sem ter coragem de dizer a verdade. Recalcava minha frustração e sentia vergonha. Minha amiga Hafsa era depilada pelo marido; parece que é muito excitante. Maria era beijada demoradamente em todo o corpo. Khadija vestia-se com lingerie fina e provocante e bancava a estranha seduzida pelo marido; quase todas elas faziam amor várias vezes por semana. Já eu precisava sempre esperar que o senhor tivesse vontade. Ah, se ele tivesse se dado ao trabalho de cuidar realmente de mim!

Felizmente eu conheci Lalla, minha vizinha, detestada por ele, que tentou afastá-la de mim. Lalla me salvou. Ela me abriu os olhos, deu-me armas para me defender; é uma mulher excepcional, sadia, desprendida, generosa, bela, boa, uma alma de artista que não aceita compromissos, o que está longe de ser o caso de Foulane.

Lalla falou-me da sexualidade, explicou-me que uma mulher da minha idade tem absoluto direito de ficar satisfeita pelo menos uma vez por dia. Eu não esperava tanto, mas ela tinha razão, eu tinha de deixar aquele monstro do egoísmo, aquele perverso que quase me deixara louca. Entendo perfeitamente que Foulane não goste de Lalla. Ela me ajudou a descobrir seu jogo, ele procurava me desestabilizar para se livrar de mim e refazer sua vida, ficando com tudo.

Devo a Lalla o início da minha liberação. Ele ficou enciumado, muito enciumado. Gritava, urrava, supostamente porque me amava! Que hipócrita! A única coisa que o interessou a vida inteira foi o seu ego e, quando alguém me ajuda a abrir os olhos, ele não pode suportar. Pensava que tinha casado com uma pastorinha que não diz uma palavra, que abaixa os olhos e engole sapos! Mas não! Enganou-se, não sabia o que a camponesinha lhe reservava.

Quanto a minha sexualidade, ainda sou jovem, as pessoas comentam que sou bela e sedutora, espero finalmente encontrar o homem que haverá de me vingar de todas essas frustrações, dessas humilhações e dessa permanente falta de respeito.

CIÚME

Sim, confesso, sou ciumenta, muito ciumenta. Nunca tive ciúme das minhas amigas, apenas de Foulane. Ele tinha uma maneira perversa de provocar o que há de pior em mim, esse sentimento terrível, mas legítimo, que enlouquece os casais. Sua perversidade se manifestava sorrateiramente, é claro. Na presença de convidados, ele começava a dirigir cumprimentos a mulheres malpenteadas, malvestidas, só para me irritar. Manifestava interesse pelo que elas faziam, pelos seus filhos, fazia perguntas sobre suas leituras, suas formas de lazer. Falava num tom meloso que eu detestava. Eu me continha. Não dizia nada. Um dia, fomos convidados à casa de pessoas do *show business*. Havia uma estrelinha com um decote escandaloso. Os olhos de Foulane não saíam dos seios dela, e ele conversou com essa mulher a noite inteira. Flagrei-o anotando seu número de telefone. E deixei para lá. À noite, peguei seu celular e apaguei todos os nomes de mulheres, a começar pelo da estrelinha, que se apresentava como Mariline, com "i", dizia. No dia seguinte, ele fez uma cena, falando de respeito, de privacidade dos seus negócios e me dando uma lição de moral com um gosto nojento de vômito. Na verdade, o meu ciúme não traduzia um afeto recalcado nem um amor a ser conquistado. Não, era uma reação contra suas tentativas de me rebaixar em público.

De outra feita, a sua russa ou polonesa, não sei se era pintora ou musicista, mas de qualquer forma se apresentava como artista, telefona para nossa casa. E me diz, com seu sotaque horrível: "Gusdaria de gonhecerr zus filhus do meu antig ammant, gueu gunheci há mucho tempo..." Era muita audácia! Eu desliguei na cara. À noite, Foulane comentou, lacônico: "Não dê atenção, é uma louca!" É assim que ele trata as mulheres que diz ter amado!

Um dia, ele me pediu que o ajudasse a escolher um colar que queria dar à mulher do seu galerista. Era um gesto simpático, pois sempre que nos visitavam eles traziam alguma coisa. Compramos um magnífico colar berbere antigo de coral e prata, e eu o embrulhei em papel de presente. Meses depois, fui encontrá-lo no pescoço de uma diretora de galeria em Madri, uma bela jovem que certamente era sua amante. Quando lhe perguntei a respeito, ele começou a gaguejar, como um mentiroso pego em flagrante. De vez em quando, mulheres telefonavam para nossa casa. Eu dava o número do ateliê. Muitas vezes, passado um momento de espanto, elas me perguntavam: "Mas você não é a secretária dele? A assistente?" E eu berrava: "Sou a mulher dele!!" Elas desligavam, e ele não me dava a menor explicação. Repetia sempre a mesma frase: "Não sou responsável pelas cartas e telefonemas que recebo." E acrescentava: "Se quiser cultivar seu ciúme doentio, é melhor ter ciúme do que é importante, e não de coisas insignificantes que não me interessam!" E "o que é importante"? Uma relação séria, um amor forte, um entendimento perfeito? Sem

FELICIDADE CONJUGAL

nada revelar, ele estava confessando. Isso, para mim, é má-fé, e eu tenho horror a má-fé.

Foulane dominava a arte de atingir meu orgulho, ia buscar feridas escondidas lá no fundo da minha infância e revirava a faca para me fazer mal, me causar muita dor; zombava da minha experiência como manequim, dizia que uma boa altura não era garantia de talento; usava minhas confidências para me ferir, para me lembrar minha condição de filha de imigrantes analfabetos. E dizer que ele pintou um afresco dedicado aos imigrantes! Que cabotino, que usurpador! Presenteou-o à cidade de Saint-Denis, que, meses depois, comprou-lhe duas grandes telas para decorar o gabinete do prefeito e a entrada da prefeitura.

Eu sentia ciúme de certos amigos seus. Foulane estava sempre disponível para eles. Disponível e generoso. Havia dois exilados políticos chilenos realmente inseparáveis. As esposas não reclamavam de nada, aceitavam a situação: primeiro, o amigo, depois, a esposa e a família. Foulane, não sei por que, os admirava, falava deles babando. Eu desconfiei de uma relação homossexual, mas não era nada disso. Os dois chilenos eram realmente muito amigos, e não havia lugar para mais nada. Um dia, num jantar em nossa casa em Paris, um deles se achou no direito de fazer um comentário comigo: "Cuidado com o nosso amigo Foulane, ele é um grande artista, temos de ser gentis, gostamos muito dele e reverenciamos seu enorme talento!" Eu não me contive, meu lado selvagem veio à tona e eu lhe dei uma bofetada; ele ficou boquiaberto; o jantar acabou e nunca mais voltei a vê-los. Naturalmente, meu marido me passou um sermão, xingando-me de todos os nomes; nossa briga assumiu proporções inéditas.

Pois é isto, meu ciúme não passava de raiva, de contrariedade levada ao extremo. Nada mais. Hoje, no seu canto, diminuído, Foulane não pode mais me atingir. Precisa de mim para se levantar, para se sentar, para comer e até para cagar. Está nas minhas mãos. Meu ciúme não tem mais razão de ser.

O ERRO

Dessa noite passada fora de casa, contada no manuscrito de Foulane, eu também me lembro. As amigas com quem me encontrei à tarde tinham me achado estranha, triste, nada feliz. Decidiram, então, sair comigo. Fomos jantar num bom restaurante e depois terminamos a noite numa boate da moda. Dancei como uma louca, cheguei até a flertar com um louro: de manhã fui comprar croissants e voltei para casa. Foulane estava me esperando, com as chaves do carro na mão, e perguntou onde eu estivera. Respondi: "Na boate." Ele bateu a porta e se foi, descendo a escada. Só mais tarde fiquei sabendo que estivera na casa dos meus pais para se queixar, como acontecia nas famílias tradicionais. Mesmo casada, a mulher continua sendo inferior; os pais, aliados ao marido, podem puni-la, espancá-la, trancá-la! Mas ele se deu mal. Meus pais confiam mais em mim do que nele. Não acreditaram no que meu marido disse, balbuciaram algumas frases e me telefonaram discretamente para me informar de sua visita intempestiva. Eles não gostavam de Foulane, achavam-no arrogante, desdenhoso. Sabiam que não me fazia feliz, mas entre nós ninguém se divorcia, é uma tradição. Várias vezes minha mãe me sugeriu que entregasse o caso a Hajja Saadia; ela era capaz de fazer o bem tanto quanto de causar a desgraça de alguém. Mas eu recusei. Nada disso. Ainda não. Quantas vezes eu não tinha diluído algum produto em seu café para privá-lo de vontade! Uma receita aparentemente à base de cérebro de hiena em pó misturado com outros condimentos importados da África e até do Brasil...

Claro que nesse dia eu não devia ter voltado para casa; mas não podia simplesmente sair e deixar nosso filho de seis meses. Depois desse episódio, várias vezes tive vontade de deixá-lo, mas sempre acabava revendo minha posição, pensando: "Ele vai mudar, é um velho solteirão que não conhece a vida a dois e suas obrigações, vai acabar acordando e assumindo suas responsabilidades, vai entender que não está sozinho, que constituiu uma família e terá de assumi-la." Dava-lhe, então, um prazo, uma chance para que ele abrisse mão de suas manias, dos seus velhos hábitos de homem solitário.

Pouco depois, ele ganhou um grande prêmio internacional de pintura, seguido de viagens e exposições. Levou-me com ele por toda a parte, ao Egito, ao Brasil, à Itália, aos Estados Unidos, ao México, à Rússia etc. Eu gostava dessas viagens, gostava dos grandes hotéis, da boa cozinha e de descobrir as joias e os tecidos dos países do Oriente. Quando viajávamos, confesso que as coisas iam melhor entre nós, até em matéria de sexo. Mas bastava voltarmos para casa e ele fechava a cara, passando uma quantidade inacreditável de tempo no ateliê, onde tinha dificuldade de trabalhar, pois todos esses deslocamentos o perturbavam.

FELICIDADE CONJUGAL

Até que chegou o fim da década de 1990, com sucessivas hospitalizações, que acabariam por levá-lo, lenta mas seguramente, a um AVC. Ele me irritava, pois estava sempre muito inquieto, pálido, angustiado, estressado. Eu não lhe dava moleza, e achava que estava certa, acreditando ajudá-lo a ser mais forte para enfrentar a dor, tanto mais que os exames não eram alarmantes. Ele passava noites em claro e me impedia de dormir, como se eu fosse responsável pelo parasita que havia contraído na China, aonde não quis que eu o acompanhasse. Justo castigo! Enquanto esteve internado, eu lhe mandava comida, cuidava da sua correspondência, cancelava seus compromissos e convites. O agente americano veio visitá-lo. Na verdade, não estava temeroso pelo protegido, muito pelo contrário, era puro interesse: se Foulane morresse de uma hora para outra, sua cotação imediatamente subiria. Com uma caixa de chocolates comprada no aeroporto, ele acorreu à cabeceira do doente. Depois de se informar sobre seu estado de saúde, logo voltou a tomar o avião para ir tranquilamente fazer seu relatório aos donos de galeria com os quais trabalhava.

Foulane ficou todo contente com a visita do agente, vindo de Nova York especialmente para vê-lo. Quando manifestei dúvidas quanto aos motivos da visita, ele ficou furioso, apesar de estar no balão de oxigênio. Três dias depois de ter alta, perdeu um de seus grandes amigos, um daqueles que estavam ao seu lado no dia em que foi pedir a minha mão. Morrera estupidamente de uma doença rara. Isso o afetou muito, pois acabava de passar perto da morte. Foulane ficou espantado com o fato de eu não compartilhar sua dor. Mas eu não sou do tipo que exagera, dizendo palavras gentis, fazendo gestos de ternura etc. Eu sou assim; meu pai parou de me beijar aos três ou quatro anos.

Durante meses, suportei um doente imaginário que caminhava como um velho, recusava-se a sair à noite, passava o tempo todo rabiscando num caderno; ele não pintava mais. Seu galerista telefonou e mandou um adiantamento pela próxima exposição. Como adora o dinheiro, ele voltou a trabalhar; não estava mais doente nem cansado. Levantava-se cedo e ia para o ateliê. À noite, falava-me do que estava fazendo. E eu pensava: mais dinheiro do qual nem veremos a cor. Eu sabia que ele queria ajudar alguém da família cujo negócio estava em perigo. Telefonei ao galerista americano e lhe pedi que, a partir de então, os direitos autorais fossem encaminhados para mim. Ele respondeu sem vacilar: "Temos ordens claras de Foulane por escrito, para nada lhe entregar enquanto ele estiver vivo."

Fiquei pasma, balbuciei algumas desculpas e comecei a chorar.

Meu erro foi imaginar que é possível mudar as pessoas. Ninguém muda, muito menos um homem que já fez sua vida. Eu apareci no momento em que ele parou de se divertir e decidiu esposar uma mulher porque começava a ser invadido pela angústia do tempo e da morte. Eu fui a florzinha destinada a continuar o trabalho começado pelas outras, só que, no meu caso, foi a minha juventude e a minha inocência que ele tomou.

Nós não tínhamos sido feitos para nos encontrar. Foi esse o meu erro, o nosso erro.

A FAMÍLIA DELE

A indiferença de Foulane e a guerra de sua família contra mim tinham o objetivo de me enlouquecer. Às vezes eu me levantava no meio da noite, trêmula, suando, gelada, embora o quarto estivesse aquecido. Eram os sinais do feitiço que me haviam lançado. Ele dizia não acreditar nessas coisas; talvez, mas eu tenho provas de que mulheres de sua família recorreram à feitiçaria contra mim. Meu *taleb* contou-me tudo, eu sei o que elas queriam fazer, onde e quando. Primeiro, tentaram agir contra nossa vida conjugal para provocar uma separação. Meu homem não me tocava mais, não dormia mais comigo. Depois, ele se tornou insensível à minha presença, ficou até alérgico à minha pele. Ao meu lado, ele não tinha nenhum desejo. Não era normal. Fiquei sabendo, tempos depois, que elas conseguiram fazer a coisa com um chumaço de cabelos e absorventes higiênicos usados por mim. Eu sofria, tinha súbitos ataques de angústia, ficava dando voltas pela casa, incapaz de pedir ajuda, e perdia minhas forças, minha saúde. Enquanto isso, Foulane trabalhava, saía, viajava. Estava em paz.

Seguindo os conselhos do *taleb*, fiz uma grande faxina na casa. Minhas amigas me ajudaram, e nós encontramos muitos pacotinhos embrulhados em papel-alumínio nos cantos de cada quarto, debaixo das camas, nos banheiros. A casa estava infestada de coisas destinadas a me deixar doente.

Nesse dia, entendi que estava ameaçada, que era vigiada e que precisava reagir para me proteger. Meu *taleb* não tinha competência para isso. Falou-me de uma mulher de Marrakech, uma senhora muito poderosa que saberia entrar em ação. Disse-me, também, que era necessário, sem demora, sacrificar um animal em frente à porta da casa, acendendo incensos protetores.

Eu fui a Marrakech; esperei dias seguidos até conseguir uma sessão com Wallada (que na juventude fora parteira). Logo ao me ver, ela foi dizendo: "Minha pobre filha, felizmente você veio me procurar. Bom, sente-se aí, à minha frente, e me dê o necessário para começarmos a sessão." Eu peguei uma nota de duzentos *dirhams* e a depositei à sua frente. Ela é uma mulher muito forte, não é evidente, mas sabe ler nos rostos e nas linhas da mão. Contou-me tudo nos menores detalhes; parecia até que ela vivia conosco; sabia tudo, descrevia as pessoas mal-intencionadas. Fiquei impressionada com seu talento, pois, olhando para mim, me examinando, ela descobria o que havia por trás do meu sofrimento. Wallada era uma mulher do campo, não sabia ler, mas, em compensação, escrevia sinais incompreensíveis de poderes mágicos. Enquanto falava comigo, fiquei observando-a. Ela mergulhava um caniço na tinta sépia e desenhava seus sinais misteriosos, que serviriam para o meu contra-ataque.

Paguei mil *dirhams*, mas fiquei aliviada, voltava para casa com as armas necessárias para destruir o que as cunhadas de Foulane haviam ousado fazer contra mim. Depois disso, risquei uma cruz sobre a família do meu marido. Quando os vejo por acaso, eu sou polida, faço os salamaleques hipócritas de sempre. A mulher de Marrakech e o meu *taleb* continuaram trabalhando pela minha proteção. E eu continuo vigilante. Sempre trago comigo os escritos do *taleb*. De seis em seis meses, ele manda fundir bronze numa panela, mistura com a água da fervura de ervas de várias procedências e me entrega uma garrafa desse líquido amarelado para que eu derrame sobre meu corpo antes de me banhar. Nos piores momentos do feitiço, eu quase enlouquecia, me sentia cercada pelo Mal, por uma grande vontade de me prejudicar, de me destruir. Podia ler nos olhos de Zoulekha, sua cunhada mais invejosa, mais perversa, todo o ódio do mundo. Parecia que ela expelia chamas para queimar tudo que eu fazia. Certo dia, ela me deu um anel de ouro e prata. Quando o *taleb* o viu, ordenou-me que o tirasse e o devolvesse. Era um anel enfeitiçado, que anulava as proteções por ele preparadas. Quando o devolvi, ela fingiu surpresa; eu lhe disse que ele estava machucando meu dedo e que eu tinha alergia a ouro. Ela sorriu e fez uma cara de quem diz: você não perde por esperar.

Foi assim que eu resisti, com todas as minhas forças, à família dele.

Sim, Foulane tem razão de dizer que minha família me procurava com frequência, era a minha proteção, o meu apoio. Sim, jovens da minha tribo vieram morar conosco para me ajudar a cuidar dos filhos. Sim, eu sempre dei prioridade à minha família. Não, não gosto de ninguém da família dele. Tenho minhas razões, ele é que não quer entender. Não aceito ser invadida por seus sobrinhos e sobrinhas, muito mal-educados e que não me respeitam. Um dia, quando eu estava hospedando uma de suas muitas sobrinhas, uma garota estúpida, obesa e que tinha fracassado nos estudos, não aceitei que ela ficasse vagabundeando pela casa. Propus que ela fizesse algo de útil e que me ajudasse a arrumar o quarto das crianças. Ela se recusou. Botei-a para fora. Ela me respondeu: "Você não tem esse direito, aqui eu estou na minha casa, na casa do meu tio, não vou sair." Eu joguei suas coisas na rua e ela foi chorar nos braços do tio. À noite, Foulane me xingou.

Sua família sempre me detestou. Mas, no fim das contas, pouco importa. Não tenho nada com isso; ele é que não quer enxergar a verdadeira natureza dos seus familiares. Ele não acredita em mim quando digo o que encontrei ao fazer a grande limpeza. Disse-me ele: "Você está inventando tudo, está doente."

NOSSOS AMIGOS

Nós não tínhamos os mesmos amigos, não só por motivos de geração, mas também de classe social. Os meus são quase todos imigrantes. Os deles são intelectuais, artistas internacionais, escritores, políticos, todos muito cheios de si. Olham-me com condescendência ou com esse tipo de gentileza com que são tratadas as crianças que se misturam aos adultos.

Lembro-me de uma argelina ou tunisina feia e vulgar, casada com um francês muito mais velho do que ela, que logo depois de nos conhecermos me disse, fazendo uma careta que a tornava ainda mais horrorosa: "Você ganhou a sorte grande!" "Que idiota!", respondi.

Sorte grande! Sim, sorte grande em matéria de problemas e desprezo.

Eu sempre tive intuições sobre as pessoas que me cercavam. Mas ele sempre as defendeu, dando-lhes a preferência em meu detrimento. Quando era enganado, vinha se queixar, e eu, com grande satisfação, o mandava pastar.

294   TAHAR BEN JELLOUN

Ao fim de todos esses anos de casamento, nós conseguimos ter alguns amigos comuns. Não são muitos, eu nem sempre fico à vontade com eles, pois são sempre cheios de admiração pelo grande pintor, que foi condecorado pelo rei depois de lhe vender uma dezena de telas por excelente preço. O que me incomoda é ninguém saber que eu estive sempre ali, por trás dele, estimulando-o a trabalhar, preparando o terreno para que ele pudesse pintar com toda a tranquilidade, sem se preocupar com nenhum problema material.

Eu criei sozinha nossos filhos. Explicava-lhes que o pai precisava trabalhar e que não deviam incomodá-lo. Eu o poupava de todos os aborrecimentos. Por isso é que afirmo, diante de seus amigos, os verdadeiros e os falsos, que contribuí muito para o seu sucesso, mas que minha parte infelizmente é invisível, é o que está reservado às mulheres dos homens famosos, especialmente os artistas.

Como não tínhamos os mesmos amigos, eu o fiz aceitar minhas saídas com minhas amigas e meus amigos de vez em quando. Em geral, éramos só mulheres, o que era mais divertido, ficávamos conversando, dizendo bobagens, fazendo brincadeiras bobas, em suma, ficávamos numa boa, sem sentir o tempo passar. Mas Foulane constantemente telefonava para que eu voltasse para casa. Eu pedia que ele me deixasse em paz: "Vou voltar quando quiser." Ele detestava quando eu dizia isso. Quando eu chegava, ele não estava dormindo e me culpava pela sua insônia. Depois, ia dormir na sala, pretextando que eu estava cheirando a álcool.

FELICIDADE CONJUGAL

* * *

Seus amigos muitas vezes interferiam nas nossas histórias. Telefonavam-me pedindo que eu fosse vê-los, pois tinham coisas importantes a me dizer. E me davam lições de moral: "Você se dá conta da sorte que tem de viver com um grande artista como ele, um homem admirado, invejado? É preciso facilitar sua vida, não o aborreça com suas histórias; ele fica facilmente deprimido, quer apenas uma coisa, um pouco de paz para trabalhar. Ele não suporta mais a maneira como sua família interfere na vida dele."

Uma vez, minha resposta foi começar a gritar. Eu não queria que se metessem na nossa vida.

Depois, foi ele quem veio me dar lição de moral: "Como é que você foi capaz de tratar assim meus amigos, pessoas que me ajudam, amigos de infância, de juventude?"

O desentendimento era completo, fosse com ele ou com eles.

Até o dia em que meu encontro com Lalla mudou tudo. Foulane se consumia de ciúme em relação a ela, ficava furioso, perverso, violento. À mesa, ele não falava, dava ordens com a mão. Tudo porque eu finalmente encontrara alguém que me entendia, que me ajudava a suportar tudo aquilo que ele me impunha, assim como sua família e seus amigos. Eu estava farta de ser considerada uma mãe de aluguel. Queria me realizar, existir, fazer coisas e me vingar de todas as derrotas da minha vida. Ao conhecer Lalla, logo tive a estranha sensação de estar na presença de uma alma gêmea, cúmplice, capaz de ler o que havia no meu coração, na minha consciência. Ela tem uma doçura natural que vem da experiência que adquiriu na Índia, quando frequentava as aulas de um mestre cujo nome esqueci. Ela me deu seus livros para ler. Conversamos muito sobre eles. Ela me abria os olhos e o caminho, considerava-me uma pessoa sensível, com um formidável potencial, sempre sufocado por meu marido. Ajudava-me a pôr o dedo nas feridas, nas falhas de nossa vida conjugal. Tinha uma visão ampla e rica da vida. Novos horizontes se abriam para mim. Com ela, eu me sentia uma criança sendo levada à escola da vida. Tomei consciência do tempo perdido querendo acertar as coisas. Lalla me estendeu a mão. Isso nunca vou esquecer. Finalmente alguém que se interessava por mim sem nada pedir em troca. Eu passava horas na casa dela, nós conversávamos, depois pegávamos no sono. Foulane logo começou a falar de homossexualidade por causa da nossa relação. Os homens são loucos! Basta duas mulheres se encontrarem e eles acham que é uma coisa de cama. Não, Lalla não é lésbica. Ela gosta de homem e não esconde. Acho até que tem amantes, mas disso a gente nunca fala. Ela tem uma reputação que em nada corresponde ao que é realmente. As pessoas têm inveja da sua liberdade, da sua beleza e da sua generosidade. É uma mulher que passa o tempo cuidando dos outros.

É verdade que o ciúme de Foulane era compreensível. Eu passava mais tempo com Lalla do que com ele e as crianças. O que era normal, pois bastava a gente se encontrar e ele começava a gritar e a insultar Lalla, o que eu não suportava. Ele era como todos aqueles burgueses de que estávamos cercados e que tinham preconceito contra essa mulher corajosa, que teve a audácia de repudiar o marido porque não a satisfazia, porque estava tantas vezes ausente. A coisa se deu tranquilamente, sem gritos nem

FELICIDADE CONJUGAL

crise. Os dois ficaram amigos. Eu também gostaria de ter chegado a essa solução. Mas meu marido é um perverso que se compraz nos conflitos, quer controlar tudo, resolver tudo de maneira egocêntrica. Lalla entendeu perfeitamente. Melhor que qualquer psicólogo, ela desvendou o segredo do nosso erro fundamental, o de ter perseverado nessa relação fadada ao fracasso desde o dia do casamento.

Eu não era a única que achava Lalla maravilhosa. Havia cinco outras mulheres, todas decepcionadas com a vida conjugal, feridas pelo machismo dos maridos, malvistas pela sociedade pequeno-burguesa de Casablanca. Nós nos encontrávamos e trocávamos experiências, tentando analisá-las. Lalla acendia um incenso, botava uma linda música indiana para ouvirmos e nós nos entendíamos nessa amizade calorosa e bela.

Descendente de uma grande família da linhagem do Profeta, Lalla tinha o dom de falar e tocar nossos sentidos. Nós a cercávamos e a ouvíamos em silêncio, bebendo, deliciadas, suas palavras. Ficávamos impregnadas com a verdade que se desprendia da sua fala:

> Estamos aqui para que nossas energias se encontrem, se fundam, para dar o melhor da alma a nossa alma coletiva, para seguirmos de mãos dadas no caminho da sabedoria primal, a sabedoria de nossa humanidade tocada pela graça de nossos espíritos, que não serão mais atormentados. Estamos aqui em nossa pureza para não mais suportar o peso do egoísmo dos outros, daqueles que veem em nós terras a lavrar, ventres de aluguel, seres inferiores, submissos e resignados. Minhas irmãs, o tempo da nossa liberdade chegou, e nós devemos ouvir seu ritmo, seu canto; nós somos

energias, nossas ondas positivas afastam de nós as ondas negativas emitidas pelos olhos de nossos adversários. Nós não somos objetos do desejo deles, não somos mais objetos, somos energias vivas, caminhando para o pico das montanhas mais altas, onde o ar é puro, puro como nosso coração, como o nosso espírito. Nós estamos no caminho, não ficaremos mais submetidas ao homem que se julga forte, não seremos mais humilhadas por suas pretensões, suas ambições, que nos sacrificam e nos pisoteiam. A liberdade da nossa energia original está em nossas mãos, a sensualidade de nossa energia está em nossas mãos, a beleza do que é evidente está em nossas mãos, tratemos, então, de tomá-las, e vamos em frente, para acabar com o medo, a vergonha, a submissão, a resignação, o conformismo. Nossas energias se encontram, se falam e se aliam num movimento libertador. Sim, nós nos tornamos livres, definitivamente livres. Marchemos sem olhar para trás, pois esses homens que nos exploram sabem que agora somos mais fortes que eles, decididas a tomar nas mãos nosso destino, nossa vida e nossas energias.

Vamos escalar a montanha de nossas energias positivas. Deixemos para eles as negativas. Poderão usá-las para cobrir o rosto. De nossa parte, nada mais temos a ver com aqueles que caminham sobre nossa sombra para nos fazer tropeçar e cair. Não somos loucas, nós somos sabedoria, filosofia, guiadas pelo eco do nosso grito primal, da nossa saída para a luz. Nós somos limpidez, clareza, mar insondável, colhemos nossa energia no fogo da vida, na árvore e na floresta da vida. Nós somos fortes, unidas, e nunca mais voltaremos a ser vítimas.

FELICIDADE CONJUGAL

* * *

Aí está toda a verdade. E essa verdade me ajudou a me libertar desse homem, príncipe de todos os egoísmos. E isso eu devo a Lalla, a única amiga que sempre estará ao meu lado quando eu precisar de alguém para me apoiar. Obrigada, Lalla. Obrigada por ter me salvado e aberto meus olhos.

MEU MARIDO É...

Ele encontrou mil e uma razões para o nosso desamor, pois eis aqui as minhas:

Meu marido tem muitas qualidades, mas eu só conheci seus defeitos.

Meu marido, no fundo, é um velho solteirão, maníaco e egoísta.

Meu marido come depressa, o que me irrita.

Meu marido chega ao aeroporto com antecedência de três horas.

Meu marido é colérico e nervoso quando está comigo, mas muito amável com os outros.

Meu marido é impaciente.

Meu marido ronca e se mexe o tempo todo quando dorme.

Meu marido não gosta de dirigir e não suporta minha maneira de dirigir.

Meu marido não gosta de gente, prefere a solidão.

Meu marido é ingênuo, fraco e sem autoridade.

FELICIDADE CONJUGAL

Meu marido é um otário. Seus melhores amigos nos traíram (quantas mulheres não o roubaram sorrindo, e o mesmo fizeram seus agentes).

Meu marido detesta esportes, não faz ginástica e é barrigudo.

Meu marido gosta de cinema em preto e branco; tem mania de citar trechos de diálogos de filmes favoritos, o que me irrita.

Meu marido é um simulacro (adoro essa palavra, que o caracteriza tão bem e o deixa fora de si).

Meu marido é um derrotado; quando ele ganha, é por acaso.

Meu marido não gosta de lutar, diz que não gosta de conflitos.

Meu marido é um pai (muitas vezes) ausente.

Meu marido não tem nenhuma loucura, nenhuma fantasia (o que fica bem evidente em sua pintura).

Meu marido nunca fumou haxixe nem bebeu vodca.

Meu marido nunca se embriagou, nunca perdeu a cabeça.

Meu marido fica me perseguindo quando eu bebo um copo ou fumo um cigarro.

Meu marido é árabe, com os defeitos e atavismos dos árabes.

Meu marido desafina quando canta.

Meu marido não acredita nos espíritos, na alma, nas energias que passam pelas ondas.

Meu marido não é generoso, quando presenteia com uma tela, ela é pequena e sem assinatura.

Meu marido é hipocondríaco.

Meu marido é machista sem força.

Meu marido é como uma árvore, mas de tronco oco, morto.

Meu marido é tão desajeitado que uma das minhas amigas está sempre atualizando uma relação das suas gafes.

Meu marido finge que está lendo quando não está pintando (ele adormece ao ler).

Meu marido gosta de fazer a sesta vendo um filme antigo que já viu várias vezes.

Meu marido não sabe mentir.

Meu marido é um traidor da pior qualidade.

Meu marido não é um marido.

Meu marido diz amar demais as mulheres, o que é mentira, ele nem sequer é capaz de amar a própria mulher.

ÓDIO

Parece que é preciso ter amado muito alguém para odiá-lo. Talvez seja o meu caso. Eu amei Foulane, mas contra a minha vontade. Minha mãe me dizia: "Minha filha, o amor vem com o tempo, quando conheci seu pai, era a noite das minhas núpcias; eu aprendi a viver com ele, a descobri-lo, e aos poucos nos demos conta de que tínhamos sido feitos um para o outro. Então, minha filha, paciência, o amor é a vida, e mais vale que a vida seja calma e agradável." Como todas as moças da minha idade, eu acreditei. Eu o idealizava, o via como um senhor, um príncipe, um homem sólido com quem podia contar, no qual poderia me apoiar. No início, vivemos momentos agradáveis. Ele cuidava de mim, mostrava-se atento, sobretudo quando fiquei grávida. Ele foi maravilhoso. São as melhores lembranças da nossa história. Foulane era fiel, não me deixava um minuto, fazia as compras, quando a empregada não vinha, lavava a louça, levava a roupa de cama para a lavanderia, passava o aspirador, enquanto eu repousava. Vendo-o assim, eu pensava: "Puxa vida, um grande artista lavando o chão, seria o caso de tirar uma foto dele com seu avental e mandar para um jornal." Eu fazia graça. Ele era outra pessoa. Na verdade, eu entenderia mais tarde que ele me tratava com toda essa delicadeza porque eu era, para ele e para sua família, uma mãe de aluguel. Por sinal, sua família me olhava como uma estrangeira. Disseram-me que sua cunhada havia declarado: "Que ela receba seu salário e se vá, poderemos cuidar muito bem da criança." Tive vontade de jogar ácido no rosto dela. Mas me acalmei. Pensava: "Vai passar." Não pensava: "Vai mudar." Não, eu sabia que nunca mudaria. Ele consentia, não me defendia. Disso estou certa.

Hoje, confesso que o detesto. Não lhe quero apenas mal, quero algo mais. Só estou tranquila quando ele não está presente; basta estar na sua presença, apesar do que aconteceu, e sinto meus nervos se agitarem. Um dia, ele me disse: "O ódio é um sentimento fácil; o amor é mais complicado, é preciso vencer as defesas e se deixar levar." Puro blá-blá-blá. Ele sempre recorreu a esse tipo de explicação para me rebaixar, como se quisesse lembrar que estudou filosofia e eu não. É como aquela história da toalha bordada que ele quis me obrigar a aceitar na mesa redonda do salão. Eu não sou tão idiota quanto ele pensa. Se a tirei, foi porque uma peça de artesanato tão rara e preciosa precisava ser emoldurada, e não servir para cobrir uma mesa, podendo ser rasgada ou ficar suja. Que ele então vá dar uma olhada no cofre do nosso quarto e verá que a acomodei com o maior cuidado.

Já me aconteceu de querer que ele morresse. Todos nós temos, um dia ou outro, esse tipo de desejo, ainda que por alguns segundos apenas. Durante uma festa, ele não parava de girar em torno de uma loura de beleza provocante; de repente, eu não aguentei mais. Peguei minha bolsa e fui embora. Ele me

FELICIDADE CONJUGAL

seguiu até o estacionamento, agarrou a maçaneta da porta do carro, mas eu dei a partida e fui em frente. Ele caiu, eu não dei marcha a ré, continuei no meu caminho. Se houvesse um carro atrás de nós, ele teria sido esmagado. Foulane se levantou, com o rosto ensanguentado; na verdade, nada de grave, apenas arranhões, como fiquei sabendo depois. Ainda me lembro dos mínimos detalhes dessa festa. Durante muito tempo ele ficou com raiva de mim, acusando-me de não tê-lo socorrido e de ter deixado que voltasse sozinho. Mas, depois do que ele me tinha feito passar, eu não ia abrir a porta e conversar como se nada tivesse acontecido. Mais ou menos o mesmo sentimento que tive quando não quis bancar o táxi quando ele voltou da China. Queria puni-lo por não me ter levado. Desconfio que ele foi com outra. De modo que, doente ou não, eu não ia ficar de motorista.

Reconheço que sou violenta. Ele sabe, então por que essas constantes provocações?

Ele me acusa de não admirá-lo. E tem razão. Como admirar um pintor que também é um homem de comportamento mesquinho, um marido medíocre? Eu não queria saber do artista, pois não me servia de nada. Ser a mulher de Foulane talvez seja uma sorte para os outros, mas para mim é um calvário. Ele se identificava com Picasso e seu comportamento grosseiro com suas conquistas. Chegamos até a ver juntos um filme que falava disso abertamente. Eu não admiro Foulane, eu o odeio, e confesso que sua condição de homem diminuído não me dá pena. Olhando para ele, vejo, antes de mais nada, o monstro traidor que explorou meus anos de juventude e depois me abandonou. Ele diz que tudo isso é culpa minha. É fácil me responsabilizar pelo seu ataque. O médico tinha avisado, **ele** precisava fazer um regime, parar de beber tanto e parar de fumar. Mas ele continuou vivendo como se ainda tivesse trinta anos. Sempre foi estressado, muito inquieto, muito angustiado quando viajávamos. Chegava ao aeroporto muito cedo, detestava levar bagagem, não suportava esperar numa fila, saía correndo para sentar no avião, como se alguém fosse tomar o seu assento. Ele já era estressado muito antes de me conhecer. De modo que o estresse, somado à ausência de uma vida regrada e às noitadas regadas à bebida com as amigas, mais as saídas com os amigos que o adoravam porque era sempre ele quem pagava a conta, tudo isso levou ao seu acidente cerebral. Eu bem que gostaria de ter contribuído de alguma maneira, acredito que minha vontade precipitou as coisas. Ele se recuperou um pouco, supostamente graças a Imane, que se apresentava como sua enfermeira quando, na verdade, dormia com ele, apesar do seu estado. Eu adivinhava o que eles faziam na minha ausência. Lalla leu tudo no rosto de Imane. Era uma jovem ambiciosa tentando se aproveitar de um homem debilitado. Cuidei pessoalmente do seu caso. A essa altura, ela deve se arrepender amargamente.

Não vou largar do pé de Foulane. Jamais o deixarei em paz. Ele tem de assumir suas responsabilidades. Pouco estou ligando para sua saúde, seus humores, seus estados de ânimo. Enquanto não realizar minha vingança, não me cansarei de detestá-lo. Um dia, vou refazer minha vida, mas não sem que ele tenha pagado. Enquanto meu marido não lamentar o que me fez, enquanto não pedir desculpas diante de todo mundo, não vou desistir! Sou orgulhosa demais para desistir. Estou cheia de ódio e, se me sacudirem, vão cair gotas de veneno.

FELICIDADE CONJUGAL

* * *

Detesto seu cheiro.

Detesto seu jeito.

Detesto seu hálito.

Detesto sua boca.

Detesto seu sorriso zombeteiro.

Detesto sua má-fé.

Detesto seus amigos.

Detesto seu jeito de comer depressa, se sujando.

Detesto seu estresse e suas angústias.

Detesto sua insônia, que atrapalha meu sono.

Detesto sua fraqueza e sua falta de reação.

Detesto seu riso grosseiro.

Detesto seu uísque *single malt*.

Detesto seus charutos cubanos, guardados com tanto zelo.

Detesto sua coleção de relógios de luxo.

Detesto sua maneira de fazer amor.

Detesto seus silêncios pesados.

Detesto sua indiferença.

Detesto sua relação hipócrita com a religião.

Detesto suas longas ausências.

Detesto seu egocentrismo.

Detesto seus pneus na cintura.

Detesto sua paixão pelo cinema.

Detesto o jazz que ele ouve no último volume.

Detesto todas as mulheres que ele conheceu antes de mim.

Detesto e desprezo todas as mulheres que amou além de mim.

Detesto sua violência muda.

Detesto seus tiques (quando é contrariado, ele morde o lábio inferior).

Detesto seus telefonemas para me tranquilizar logo antes de se refestelar com outra (ele telefona para o fixo para se certificar de que estou em casa).

Detesto seu ateliê, sua pintura, sua cama, seu sofá, seu pijama, suas escovas de dentes, seu pente, seu barbeador, detesto todos os seus estojos de toalete, suas bagagens, especialmente a malinha de couro de que nunca se separa.

Eu sonho em acabar com ele, deixá-lo à minha mercê, de joelhos, despojado de tudo, nu, pronto para se deitar na mortalha que lhe dei no nosso aniversário de casamento.

Eu também tenho insônia às vezes. Não é uma exclusividade do artista. Passo, então, minha vida em revista e boto as coisas no lugar. Depois, saboreio em imaginação as diferentes maneiras de atingi-lo, de fazer mal a ele. Meu desejo de vingança ainda é forte e ganha ferocidade redobrada nas noites em claro:

— Queimar sua coleção de manuscritos antigos, que roubei em seu ateliê. Eu sei que é um ato criminoso; mas, se o fizer sofrer, é o que me importa.

— Montar um plano de assédio às amantes cujos dados consegui encontrar e mantê-lo informado de meus atos e das reações dessas rivais que foderam com a minha vida.

— Aproveitar um momento de distração e fazê-lo assinar uma procuração (que já está redigida) me autorizando a transferir seu saldo para a minha conta bancária. Como ele adora o dinheiro, vai enlouquecer.

FELICIDADE CONJUGAL

— Convocar especialistas médicos para declará-lo incapaz e irresponsável, e assim deixá-lo sob minha tutela.

— Ele vai mijar quando eu bem quiser. Por mais que me chame, não vou acorrer para levá-lo ao banheiro. Gosto da ideia de que ele sinta a urina quente descendo pelas pernas. Assim, se sentirá humilhado.

Tenho ainda outras ideias. Mas pretendo agir por etapas. Nada de precipitação, nada de improviso.

O AMOR

De vez em quando ainda me pergunto: eu realmente amei esse homem? Talvez o tenha amado mal, mas hoje, depois de desabafar, tendo conversado e refletido, posso afirmar que só fui movida pelo amor. E não qualquer amor. Nem racional nem enlouquecido. Algo diferente. Eu tinha de amá-lo porque não podia ser diferente. Eu venho de longe, de um mundo que poucas pessoas conhecem. Um dia, numa cerimônia de noivado na minha família, eu estava entediada. Olhava ao meu redor e tudo me parecia estranho em relação à vida que levava com Foulane. Eu tinha a sensação de estar distante daquelas pessoas, daquelas mulheres satisfeitas, daqueles homens felizes e saciados, daquelas crianças entregues a si mesmas num pátio cheio de poeira e sujeira. Comecei a olhar fixamente para minha tia, cuja filha acabava de dar à luz, e me perguntava: "Será que existe amor entre ela e o marido?" Fiquei a observá-los, cada um no seu canto, ela absorta nos preparativos do almoço, ele jogando cartas com outros homens. O amor, o verdadeiro amor, o grande amor, aquele que arrasta tudo ao passar, eu não conseguia

FELICIDADE CONJUGAL

encontrá-lo em lugar algum ao meu redor, muito menos nessa casa do interior com tudo no devido lugar, bem-arrumadinha. Nem o menor sinal de conflito... As mulheres cumprindo seu papel, os homens, o deles. A tradição e a natureza fazendo seu trabalho. E eu me sentia sobrando nessa assembleia onde havia alegria e felicidade. O principal era não perturbar nada naquele conjunto. Eu me pus de lado e fiquei observando a felicidade a evoluir num ritmo e segundo um ritual que não me diziam nada. Tornara-me uma estranha na minha terra natal. No entanto, meu pai me disse muitas vezes que nunca nos desligamos de nossas raízes. Sim, mas as minhas não me acompanharam, eu diria até que me abandonaram; acontecia, às vezes, de procurá-las, e só o que eu encontrava eram os traços ridículos de um campesinato pobre e grosseiro.

O amor, eu vim a aprendê-lo nos romances e em certos filmes que vi em Marselha. Eu me identificava com a heroína, me via triunfante, feliz nos braços do ator principal. Não sabia muito bem a diferença entre o amor representado e o amor vivenciado.

Aos dezoito anos, ainda me perguntava: amar a quem? Para quem me voltar? Ao meu redor, ninguém me atraía. Eu estava pronta para me apaixonar e esperava que o homem, meu homem, aparecesse, como num palco de teatro. Eu o esperava, o desenhava, o inventava, dava-lhe grandes olhos azuis, estatura elevada, elegância, beleza e bondade também. Eu estava disponível. Levava adiante meus estudos com dificuldade e esperava que minhas noites fossem visitadas pelo meu amado.

No dia em que conheci Foulane, eu estava distraída, olhando para outro lado, foi ele que se dirigiu a mim e me fez um monte de perguntas sobre as minhas origens, minha vida, meu futuro.

Pegou minha mão direita e fingiu que estava lendo as linhas, e depois a esquerda, para fazer o mesmo. Disse-me coisas justas. Ele tinha intuições fortes. Falou demoradamente sobre o Marrocos, a França, a arte e seu desejo de tirar férias, longas férias. Eu o considerava belo e, ao mesmo tempo, havia nele algo que me incomodava. Ele olhava para as outras mulheres enquanto falava comigo. Seu olhar passeava pela sala de exposições e pousava nos corpos das mulheres. Eu percebia que algumas delas também olhavam para ele. Pensei: "É um sedutor, esqueça." Mas ele pediu meu número de telefone, pois tinha uma coisa importante a me mostrar. Como eu manifestasse curiosidade, ele confessou que queria pintar meu retrato e que era assim que atraía as mulheres a seu ateliê. Eu não sabia se ele estava gracejando ou se falava a sério. Recusei polidamente e o acaso levou nossos caminhos a se cruzarem de novo certa noite, na casa do meu professor de história da arte moderna. Ele não me largou a noite inteira. Acompanhou-me até em casa, o pequeno conjugado onde eu morava no subúrbio.

Nascera o amor. Sua imagem não me deixava, e várias vezes eu me surpreendi esperando algum sinal dele, um telefonema, um cartão-postal ou uma visita inesperada.

EXISTIR

Aí está meu desabafo. Ao contrário de Foulane, fui breve e direta. De qualquer maneira, sei que é na versão dele que vocês vão acreditar, e não na minha, pois é sua obra que vai sobreviver, e não nossa miserável história de amor. Eu não passo de uma camponesa que entrou na sua vida e que viu tudo virar um transtorno. Ele não me fez feliz, e, no entanto, creio ter me esforçado muito para que a vida lhe fosse agradável. Lamento ter tantas vezes fechado os olhos. Hoje, sentado em sua cadeira, com a metade do corpo imobilizada, Foulane me dá pena. A piedade não é um sentimento muito bom, mas o fato é que eu não tenho a menor vontade de vê-lo de pé novamente com boa saúde, pronto para começar de novo suas traições. De agora em diante, vou cuidar dele, serei sua enfermeira, sua mãezinha, sua esposa, talvez sua amiga. Suspendi o processo de divórcio. Vou mudar de tática e também de comportamento, ele ficará surpreso, vocês vão ver que não poderá mais viver sem mim. Vou amá-lo como no primeiro dia, amá-lo e guardá-lo para mim. Vou descartar meus piores impulsos; abro mão da vingança, vou fazer o bem, estarei à sua disposição. Não vou mais me perguntar se o amo ou não, eu sei que ele é incapaz de amar, de dar e também de receber. Eu não sou nenhum monstro, muito embora em tudo que ele diz eu apareça como aquela por quem a doença e a morte chegaram.

Meu primeiro gesto por ele será levar-lhe uma sopa, depois vou massageá-lo demoradamente, como fazia sua bela Imane. A essa altura, ela está vivendo a quilômetros daqui. Fui visitá-la certo dia, no início de agosto, levei-lhe um presente, um belo vestido que não uso mais, estive com ela no minúsculo apartamento do bairro popular onde mora com a mãe e o irmão. Falei com toda a franqueza: "Pois é isto, vou cuidar do meu marido, ele precisa de mim, quero muito que fique curado, que volte a pintar graças a mim, sua mulher. Ele é um grande artista, e por isso lhe peço que não cuide mais dele. Sinto que você o perturba, sua tensão voltou a ficar irregular, é perigoso. Sei que é quase um serviço que lhe estou pedindo, de modo que proponho uma troca: eu providencio um visto para seu irmão entrar na Espanha e depois lhe pago até sua partida para a Bélgica. As coisas são muito simples, você me explica como dar uma injeção e fazer um pouco de fisioterapia, e pronto. Você terá também de acalmá-lo, explicando que vai se casar e que logo seu noivo estará chegando para os preparativos. Eu cuido da papelada, acho que não deve ser complicado, pois o seu caso é de reunião dos membros de uma família. No caso do seu irmão, será fácil, conheço muito bem o cônsul da Espanha, Javier não me recusa nada. Ele também é amigo do meu marido."

Imane ficou inicialmente chocada com minha visita e com o que eu dizia, mas tinha o coração puro e achava perfeitamente

FELICIDADE CONJUGAL

legítimo que uma esposa cuidasse do marido doente. Disse-me que Foulane, para ela, era como um tio ou um pai, que ela jamais fizera nada além do seu trabalho e que era apaixonada pelo noivo. Eu fingi que acreditava e tratei de abordar as questões práticas. Ela me mostrou como dar injeção, explicou-me também as técnicas de massagem e os procedimentos para que os músculos recuperem tonicidade. Passei uma tarde muito instrutiva. Ela me deu o passaporte de Aziz, seu irmão, assim como os papéis para que ela mesma fosse para a Bélgica, que tinham sido recusados pelo consulado. Nós nos cumprimentamos com beijos, e eu fui embora, orgulhosa de mim mesma.

Meu estratagema agora está montado, e a armadilha vai funcionar. Falta apenas explicar a Foulane, com suavidade e ternura, como é que eu vejo sua nova vida. Para isso, precisei ensaiar. Lalla me ajudou. Ela fazia o marido e eu representava meu próprio papel. Foi divertido. Em dado momento, caímos na gargalhada. Ela me disse que, com esse plano, tínhamos mais certeza de ganhar do que com os incensos do *taleb* da montanha. Abrimos, então, uma garrafa de vinho para comemorar.

Assim é que estarei a serviço dele dia e noite. Vou lhe propor a paz, em nome das crianças. É a melhor maneira para que ele não me escape nunca mais e finalmente seja o homem com o qual sonhei. Cuidarei dele, serei tão útil que vou me tornar indispensável. Vou amá-lo tal como é; não vou mais tentar mudá-lo. Não sou um monstro; eu tenho sentimentos; sou meio selvagem, um pouco brutal, é o meu lado "natureza"; detesto fingimento, a hipocrisia tão frequente na família dele. Vou amá-lo, dar-lhe o que não pude oferecer ao longo desses anos de mal-entendidos, vou admirá-lo — logo eu, que tanto me esforçava para não deixar transparecer o quanto me orgulhava dele. Quero que ele saiba que o amo, que se dê conta de que não sou sua inimiga, mas a única mulher que o ama, sobretudo agora, que está doente, agora que sua vida está paralisada pela doença e suas consequências. Eu me informei sobre seu acidente, parece que ele vai se recuperar, foi o que me disseram. Mas será que terá de novo a plena posse de suas capacidades? Será capaz de pintar tão magistralmente quanto antes? Nenhum médico pode dizê-lo com certeza. Pode-se apenas constatar seus progressos e comemorar que tenha voltado a manusear o pincel. Eu vou guardá-lo, nenhuma outra mulher poderá mais aproximar-se dele, eu estarei presente e ele não vai mais sair da sua cadeira. Os Gêmeos, como costuma chamá-los, vão me ajudar quando for necessário levá-lo ao banheiro ou sair com ele. Mas, a partir de agora, eu é que farei sua toalete, quero vê-lo nas minhas mãos, como uma criança, impotente. Ele não poderá reclamar, fazer ameaças nem proferir insultos como antes. Serei inatingível. Vou dormir ao seu lado, preparar seu chá, dar seus remédios e até seus soníferos, para que durma muito tempo. Chegou a hora de provar a Foulane que sou uma mulher boa, desprendida, disposta a sacrificar pela segunda vez sua juventude, ou o que resta dela, para que ele viva bem. Ficarei atenta e nunca mais vou deixá-lo sozinho. Conversei com seus médicos, que acharam uma boa ideia. Afinal, nos casamos para a saúde e para a doença, como se diz na tradição cristã. Entre nós, dizemos que é necessário ajudar um ao outro em caso de doença. Eu faço as duas coisas.

Estou tomando o poder, mas vou fazê-lo com uma suavidade que haverá de espantá-lo, tornando-o mais fácil de manejar.

FELICIDADE CONJUGAL

Já organizei as suas coisas. Nenhum documento, nenhuma assinatura passará sem minha autorização. Escondi algumas telas no porão e fiquei com a chave da porta, além do segredo dos cadeados. Nada mais de presentes a torto e a direito. Telefonei para o seu agente, que foi logo dizendo que sua cotação aumentou depois do acidente e que melhor seria não vender nada por enquanto. Explicou-me que, quanto menor for o número de telas em circulação, maior será o seu valor, pois a raridade eleva os preços. De modo que não haverá mais pintura, o que quer que pense Foulane. De qualquer maneira, ele nunca mais será capaz de pintar de novo aquelas grandes telas que eram vendidas a preços tão altos. Acabou-se. Basta! Agora ele é algo meu, e desse algo eu faço o que bem entender. Quero que isso tudo esteja aplacado, de forma conciliadora, diria quase feliz.

Um detalhe importante: ainda preciso confirmar se ele não tem filhos por aí. Encontrei no seu cofre a foto de um garotinho nos braços de uma loura...

A gentil esposa que recebe bofetadas ficou no passado. Eu, Amina, nesta noite de 1º para 2 de outubro de 2003, na qual redigi esta resposta ao seu manuscrito, decidi amar meu marido no estado em que se encontra. Meus sentimentos não mais se perderão em ruelas sem saída. É uma decisão bem-amadurecida, que devo em grande parte a Lalla, de quem partiu a ideia de recuperá-lo. Ela é genial. Sem ela, eu ainda estaria relegada, chorando pelos cantos. Lalla chegou a sugerir que trouxesse para ele, de vez em quando, uma mulher, se assim ele quiser; mas não sei se serei capaz. Não, não devemos exagerar. Minha vingança será assim, vai passar pelo caminho do bem, da bondade e da generosidade. Será amor e redenção. Vou cobri-lo de um amor infinito, belo e profundo, um amor que o deixará sonhando e o envolverá numa brandura que ele nem imagina. Vou fazer-me bem pequena, pedirei perdão, darei um jeito de lhe obedecer e até de prever seus desejos, de tal maneira que ele não terá como duvidar da minha boa-fé, da minha vontade de resolver o menor de seus problemas e de me submeter a ele. Sim, vou submeter-me, resignar-me, e espero, com isso, marcar definitivamente meu lugar ao seu lado. Dou graças ao acaso, que me permite recuperar meu lugar, esse lugar que nunca devia ter perdido. Foulane nem vai acreditar quando entender. Tudo farei para que ele seja meu, meu objeto, meu doente — totalmente, inteiramente dependente de mim e apenas de mim. Já saboreio esses momentos que virão. Rejubilo-me por essa dádiva. Enfim livre, finalmente vou existir.

Impresso no Brasil pelo
Sistema Cameron da Divisão Gráfica da
DISTRIBUIDORA RECORD DE SERVIÇOS DE IMPRENSA S.A.
Rua Argentina 171 – Rio de Janeiro, RJ – 20921-380 – Tel.: 2585-2000